HEYNE <

Das Buch

Mit eiserner Hand herrschen die Menschen über ein gewaltiges Sternenreich, das Rote Imperium. Andere Spezies werden gnadenlos unterdrückt. So auch die Nachkommen des längst verschwundenen Volkes der Jorier, die so genannten Hybriden, die den Menschen als Kampfmaschinen dienen müssen. Als die Hybriden unter ihrem Anführer Jon Starfire jedoch eine Rebellion gegen die Menschen anzetteln, überschlagen sich mit einem Mal die Ereignisse. Als die junge Hybride Jaqi, die sich als Raumschiffnavigatorin durchs Leben schlägt, plötzlich in den Besitz wertvoller Informationen gerät, sind mit einem Mal alle hinter ihr her: sowohl die imperialen Truppen als auch die Rebellen. Nur gut, dass Jacqi mit allen Wassern gewaschen ist, denn wenn sie an der Kommandozentrale eines Raumschiffes sitzt, holt sie so schnell keiner ein …

Der Autor

Spencer Ellsworth schreibt, seit er als Kind schreiben gelernt hat. Seine Kurzgeschichten wurden in Science-Fiction- und Fantasy-Magazinen und Online-Portalen veröffentlicht. »Imperium« ist der Auftakt seiner »Starfire«-Trilogie. Er lebt mit seiner Frau und seinen drei Kindern in Bellingham, Washington.

SPENCER ELLSWORTH

STARFIRE
IMPERIUM

Roman

WILHELM HEYNE VERLAG
MÜNCHEN

Titel der englischen Originalausgabe
STARFIRE: A RED PEACE
Deutsche Übersetzung von Martin Gilbert

Sollte diese Publikation Links auf Webseiten Dritter enthalten, so übernehmen wir für deren Inhalte keine Haftung, da wir uns diese nicht zu eigen machen, sondern lediglich auf deren Stand zum Zeitpunkt der Erstveröffentlichung verweisen.

Dieses Buch ist auch als E-Book erhältlich.

MIX
Papier aus verantwortungsvollen Quellen
FSC® C014496

Verlagsgruppe Random House FSC® N001967

Deutsche Erstausgabe 06/2018
Redaktion: Elisabeth Bösl

Neumarkter Straße 28, 81673 München
Printed in Germany
Umschlagillustration: © by Sparth
Umschlaggestaltung: Das Illustrat GbR, München
Satz: KompetenzCenter, Mönchengladbach
Druck und Bindung: GGP Media GmbH, Pößneck

ISBN 978-3-453-31890-8

www.diezukunft.de

Für Dad und Chrissy,
die inspiriert, angefeuert, zugehört,
Ideen geliefert und vor allem gelesen haben.

»Die blutroten Sterne, die blutende Galaxis tanzen ihren Reigen auf ihren Bahnen. Ihre Wunden sind der Kälte ausgesetzt – doch es ist diese Kälte, die die Wunden kauterisiert. Der Kriegsherr brennt die Sonnen aus, eine nach der anderen. Der Sohn der Sterne steht vor den Riesen, die mit einem Schritt ganze Welten überspannen, und gewappnet ist er mit nichts als seinem Glauben …«

– Drittes Buch von Joria

OUVERTÜRE

Der Planet Irithessa war umgeben von Erinnerungen an den Krieg. Die Wracks von Kriegsschiffen drifteten in der Umlaufbahn. Wolken toter Materie erstreckten sich wie Tentakel zwischen den Trümmern. Zerstörte Schaltkreise, Leitungen und Verkleidungen schimmerten im silbernen Sonnenlicht; ausgeweidete Leichen starrten mit leeren Augen ins gleißende Licht. Sie waren binnen eines Sekundenbruchteils von einem heißen Blitz verzehrt worden und nun in der ewigen Kälte begraben.

Der Krieg hatte zehn Jahre lang Hoffnung, Furcht und Liebe auf Zehntausenden Welten in der ganzen Galaxis erstickt.

Jetzt war er endlich vorbei.

Auf der Oberfläche des Planeten stieg Rauch über den Pyramiden der Hauptstadt auf und waberte durchs Blattwerk der berühmten Gärten. Es herrschte Totenstille: kein Kreischen von Scherbenblastern, kein Klirren von Seelenschwertern. Die Berge in der Ferne wurden von roten Blitzen angestrahlt, und Geschützdonner hallte von ihnen wider. Doch mit der Zeit wurden auch diese Geräusche immer leiser, bis das sanfte Raunen des Abendwindes sie schließlich ganz übertönte.

Die Leiche des Imperators schwang in der Brise sacht hin und her. Man hatte ihn an der Statue seines Vorgängers auf dem Großen Platz aufgehängt. Der Körper war jetzt nur noch eine graue Mumie mit leeren Augenhöhlen.

Ganz oben im Kaiserturm stand ein Mann – er hob sich dunkel vor der glühenden, wirbelnden Karte der Galaxis ab. Wie seine Soldaten war auch er in einem Tank herangezüchtet worden. Metallarme hatten ihn zur Welt gebracht, dann hatte man sein Gehirn mit Daten vollgestopft, die ihm als Erinnerungen dienen sollten, ihm eine Nummer gegeben und ihn auf ein Landungsschiff gesteckt, um ihn zu einem weiteren Toten in einem aussichtslosen Krieg zu machen. »Kanonenfutter« hatten sie ihn genannt. Hässlich, aber nützlich. Kein echter Mensch. An die Nummer, die man ihm bei seiner Geburt gegeben hatte, erinnerte sich niemand mehr. Der Name, den er sich ausgesucht hatte und der nun auf jedem Steckbrief auf tausend Welten prangte, war John Starfire – der die Hybrid-Soldaten hinter sich versammelt und eine Armee gegen das korrupte menschliche Herrscherhaus aufgestellt hatte.

Sein Bart wurde von silbernen Strähnen durchzogen, und die grünen Augen wurden von Fältchen umrahmt. Während er die Karte betrachtete, nahm er den Kampfhelm ab; das silberne Metall schimmerte im trüben Licht. Dann legte er die Hand auf den Knauf seines großen Seelenschwertes. Sie zuckte kurz, doch dann beruhigte sie sich.

Er hatte die Galaxis befreit. Er hatte Frieden mit der Dunklen Zone geschlossen und das alte Herrscherhaus ausgelöscht. Nun konnte er sich endlich ausruhen.

Dennoch spiegelte sich Angst in diesem verwitterten Gesicht. Er umklammerte wieder den Schwertknauf – so fest, dass alles Blut aus der Hand wich.

»Sir?«, ertönte eine Stimme vom Eingang des Raums her. »Sie sind schon sehr lange hier drin. Wir haben noch mehr imperiale Offiziere gefunden. Was … was sollen wir mit ihnen tun?«

Er drehte sich um und sah drei seiner Gardisten – und seine Frau.

»Wir haben nun schon so lange gekämpft«, sagte er mit leiser, brüchiger Stimme. »Werden wir noch so lange durchhalten, wie es nötig ist, um zu siegen?«

Die Soldaten bewegten sich unruhig. Sein Blick traf den seiner Frau, ihr bleiches, müdes Gesicht wurde vom blauen Licht der Sternenkarte angestrahlt. Er trat ein paar Schritte vor und legte ihr eine Hand auf die Schulter.

»Ich dachte, du wolltest dich endlich einmal ausschlafen«, sagte sie sanft.

»Ich denke nach. Ich glaube, dass wir es doch noch schaffen können.«

»Es schaffen?« Seine Gardisten wechselten Blicke. Sie fragten sich offensichtlich, was hier noch zu schaffen war.

»Sie kennen den Befehl.«

»*Den* Befehl?«, fragte einer von ihnen.

»Direktive Null.«

Sie starrten ihn ausdruckslos an.

»Es ist an der Zeit«, sagte er, »jeden Menschen in dieser Galaxis zu töten.«

1

Jaqi

Da stehe ich nun, mitten in einer Kampfgrube. Mit einem riesigen, am ganzen Leib tätowierten und mit drei Hörnern bestückten Zarra, der sich genüsslich die blutigen Hände ableckt. Es ist zwar das Blut eines Aliens, aber trotzdem Lebenssaft. Der dem Stoff in meinen Hybrid-Adern recht ähnlich ist.

Und das alles nur wegen Tomaten.

Aber ganz von vorne: Mein Name ist Jaqi, und ich bin halb Mensch, halb Jorier. Das bedeutet für mich, dass ich in der Wildnis, zwischen den unzivilisierten Welten, auf kulinarische Genüsse verzichten muss.

Das letzte Jahr habe ich damit verbracht, auf einem Cricket-Schiff dunkle Knoten abzufliegen. Es wurde für Exoskelettträger gebaut, nicht für menschliche Gliedmaßen, und es stinkt und ist eng. Aber die Crickets zahlen mir ein sehr gutes Honorar für meine Talente. Nein, das Problem bei einem monatelangen Aufenthalt in der Wildnis ist das Essen. Die frischen Vorräte sind bald aufgebraucht, und dann muss man Protein rehydrieren.

Protein mit Erdnussbuttergeschmack, Protein mit Schokoladengeschmack, Protein mit Thurkuk-Drüsen-Geschmack (das tastsächlich eher nach Erdnussbutter schmeckt als Protein mit Erdnussbuttergeschmack). Und nach einem Monat möchte man nur noch kotzen, wenn man so einen kleinen braunen Würfel sieht. Ich habe in meiner Verzweiflung sogar den Speise-Lehm des Kapitäns versucht. Es ist einfach nicht fair, dass sich Cricket-Lebensmittel besser halten als die für Menschen. Ich habe mich sofort wieder erbrochen, was im Weltraum normal ist, aber die Crickets haben mich trotzdem ausgelacht – mit diesem seltsamen Geräusch, wenn die Borsten auf ihrem Rücken knisternd aneinanderschaben. Und dann haben sie mir das für den Rest des Jahres vorgehalten.

Knister, knister, knaster. Proteinwürfel, Proteinwürfel. Deshalb begab ich mich, als wir aus der Wildnis, in der wir im letzten Jahr krumme Geschäfte gemacht hatten, in den Wirklich-Echte-Leute-Raum eintauchten, sofort auf die Suche nach Wirklich-Echte-Leute-Essen. Vor allem war ich auf Tomaten scharf.

Die besten Tomaten waren natürlich die, die meine Mutter mir damals in unserer Zeit als Pachtbauern mitgebracht hatte. Meine Eltern hatten die Früchte, die aufgeplatzt waren, mit nach Hause genommen, denn die Obstbauern konnten sie wegen dieses Makels nicht mehr verkaufen. Meine Mutter schnitt dann eine auf und bestreute sie mit Salz, während sie Feldlieder sang und sich dazu in den Hüften wiegte. Dann gab sie mir die Scheibe, und jedes Mal schmeckte sie nach purem Sonnenschein.

Heute würde ich mich schon mit halb reifen Tomaten aus einem Orbital-Treibhaus mit Hefeflocken begnügen. Und vielleicht mit einem hübschen Jungen, der für einen »One-Day-Stand« zu haben ist. Oder einem Mädchen. Oder irgendwas dazwischen, solange sie nicht klammern. Ich bin da nicht so wählerisch.

Die Orbitale Ökosphäre 912 ist ein netter Ort – für einen ungezieferverseuchten galaktischen Schweinestall. Nicht meine Wortwahl: Die Bewohner haben ihm tatsächlich den Spitznamen »Schweinestall« verpasst. Die Umweltkontrollsysteme sind seit Jahren kaputt und stehen auf »Sumpf«. Sie lassen sich nicht mehr umstellen, sodass der Ort einer Waschküche mit einer Luftfeuchtigkeit von hundertzehn Prozent gleicht. Es riecht nach verfaulendem Essen, das man in der zum Schneiden dicken Luft fast kauen kann. Eben ein versiffter, schmieriger Schweinestall.

Ich habe gerade meinen Vertrag mit den Crickets beendet und noch etwa vier Stunden Freizeit, bevor ich mir neue Arbeit suchen muss. Also will ich diese Zeit optimal nutzen.

Die Leuchtschilder blinken mich an, als wir von Bord gehen – ist wahrscheinlich wichtig. Aber ich kann nicht lesen. Was soll's. Meine Mutter wollte es mir beibringen, aber sie war auch nicht gerade vom Fach. Sie verschwand, als ich acht war, und danach gab es für mich nur noch Arbeit, egal was, auf jedem Schiff, das mich nehmen wollte. Ich kann Navigationskarten lesen, die mit den Zahlen und Linien, aber bei Buchstabenreihen wird mir immer schwindlig. Es wäre schön, wenn ich mir die lange Zeit in der Wildnis mit Lesen vertreiben könnte, aber es gelingt mir auch so irgendwie, nicht den Verstand zu verlieren.

Eines Tages werde ich es lernen. Wenn ich mich wieder in die Mitte der Galaxis wagen kann.

Auf dem Hauptplatz des Schweinestalls wird immer Markt abgehalten, und es herrscht normalerweise viel Betrieb. Es gibt auch reichlich Lebensmittel. Doch jetzt … nur ein paar Stände, die Tuch verkaufen, das so aussieht, als ob es erst einmal gebügelt und mit Fleckenentferner behandelt werden müsste. Es gibt zwar auch einen Lebensmittelstand, aber das Sortiment besteht hauptsächlich aus hochwertigem Protein. Abgesehen davon ist nicht viel los, und die Auswahl an anderen Produkten ist bescheiden. Die meisten Stände sind einfach verschwunden.

Das ist mein ganz persönlicher Albtraum.

Leute eilen vorbei, aber sie haben die Köpfe gesenkt und starren auf ihre huschenden Füße. Da ist ein großer Fleck – Blut? – in der Mitte des Platzes. Jeder scheint diesen Ort so schnell wie möglich wieder verlassen zu wollen. Vor langer Zeit war diese Ökosphäre zu zehn Prozent Handelsposten und zu neunzig Prozent Park.

Doch nun hat der Park sich in eine unwegsame Wildnis verwandelt, die unzählige Verstecke bietet. Und es hat den Anschein, als ob jeder sich verstecken wollte.

Die einzige Person, die sich nicht von der allgemeinen Hektik hat anstecken lassen, ist der tätowierte Necro-Priester mit dem totenkopfartigen Gesicht. Er fuchtelt mit seinem Stab in der Luft herum und ruft mit krächzender Stimme: »Tod!« Diese Typen kennen nur dieses eine Wort und rufen es ständig. Das macht sie wohl glücklich.

»Hey«, sage ich zu einer der Gestalten, die an mir vorbeirennen. »Hey, was ist hier los? Wo ist das Essen?«

Er legt noch einen Zahn zu.

»*Skrit*«, rufe ich einem mir unbekannten empfindungsfähigen Käfer zu. Ich hoffe, dass ich mit der Cricket-Sprache – zumindest mit der menschlichen Pidgin-Version und ohne die knisternden Rückenborsten – zu dem Wesen durchdringe. »*Skrit secca nee?*«

Das Geschöpf rennt weiter, ohne mich eines Blickes zu würdigen.

»Suchst du nach Antworten?«

Der Typ hat sich von hinten angeschlichen. Seltsamer Kerl. Ich trage ein Tanktop und Shorts und wünschte, ich könnte in der Hitze des Schweinestalls ganz nackt herumlaufen. Doch er trägt einen schwarzen Trenchcoat und einen Hut mit breiter Krempe über einem bärtigen Gesicht. Es gelingt ihm tatsächlich, mich unter diesem Hut heraus anzusehen, ohne mir seine Augen zu zeigen.

Ein Betrüger. Ein verdammter Betrüger.

»Salutes. Ja, suche ich. Aber Antworten ohne ein Preisschild.«

Er lacht. »Du gefällst mir. Wieso liest du denn nicht die Lauftexte auf den Bildschirmen?«

Eine peinliche Situation. »Schlechte Augen.«

Das ist eine triftige Begründung.

»Der Widerstand hat gesiegt. Irithessa ist gefallen.«

»Oh.«

Ich brauche eine Minute, um das sacken zu lassen.

»Oh!«

Es hatte schon seinen Grund, weshalb wir Pachtbauern waren. Meine Eltern waren beide künstliche Züchtungen der gängigsten Kreuzung – siebzig Prozent menschliche DNS, dreißig Prozent jorische –, und bei beiden wurde ein Gendefekt diagnostiziert. Sie sollten eigentlich wieder in den Zuchttank zurück und dort ausgeschlachtet werden, aber sie entkamen. Sie schlossen sich allerdings nicht dem Widerstand an wie andere Hybriden, sondern tauchten unter, und ich tat später das Gleiche. Aber wir setzten unsere Hoffnungen dennoch in die Rebellion. Jeder sympathisiert mit dem Widerstand: Menschen, Crickets, Hybriden, Gasbeutel – einfach alle. Ich habe ein Bild ihres Anführers John Starfire gesehen. Er ist der größte Seelenschwertkämpfer der Galaxis und ein stattlicher Mann obendrein. Versetzt mein weibliches Blut in Wallung. Alle außer den Blaublütern wollen, dass der Krieg endlich aufhört, dass es ein Ende mit den knappen Rationen und den Reisebeschränkungen hat; ganz zu schweigen von den imperialen Hybriden, die massenweise gezüchtet wurden, nur um dann in der Dunklen Zone verheizt zu werden.

Sie wollen das nicht. Sie müssen.

Die Galaxis ist *frei*.

Jetzt kann ich lesen lernen.

Ich kann zur Schule gehen. Ich kann heiraten und Kinder bekommen. Ich kann Alkohol kaufen!

Der Betrüger scheint meinen perplexen Gesichtsausdruck ziemlich gut zu deuten. »Du bist ein Hybrid?«

»Nein«, antworte ich, sofort vorsichtig geworden. »Ein reiner Mensch.«

»Das ist zu schade. Wirklich eine verdammte Schande. Ich könnte gerade jetzt einen Hybriden gebrauchen, der sich etwas Geld verdienen will. Seit dem Fall von Irithessa funktionieren die imperialen Knoten nicht mehr. Es kommen kaum noch Nachschublieferungen, die Vorräte sind so gut wie aufgebraucht. Aber ich könnte da ein Lager kennen, voll mit dem guten Stoff.«

Es muss die Euphorie sein. Oder der Hunger. Meine Instinkte sagen mir, dass dieser Typ genauso zuverlässig ist wie ein defekter Knoten. Aber ich ignoriere die innere Stimme. Ich Idiot.

»Vielleicht habe ich ja doch etwas jorisches Blut in mir. Für ein wenig von dem guten Stoff.«

»Eine warme Mahlzeit. Du musst sie dir nur noch verdienen.« Er wendet sich mit flatterndem Trenchcoat zum Gehen. Selbst das wirkt irgendwie unecht. Zumindest hätte ich das normalerweise in diesem Moment gedacht.

»Ich mache es.«

Und so verschlägt es mich schließlich in die Kampfgrube.

Zuerst befiehlt er zwei großen Rorgs, mir meine Messer abzunehmen und mich in einen Käfig zu sperren. Und nicht nur in irgendeinen Käfig – man hatte ihn mit einem Teppich aus Tausendfüßlern ausgelegt. Große Tausendfüßler. Es gibt unzählige Arten von Tausendfüßlern in der Galaxis, und bei allen läuft es mir eiskalt den Rücken herunter.

»Hey! Was soll das?«, protestiere ich, als ich mich an den Käfigstäben hochziehe.

»Damit verdienst du dir die warme Mahlzeit«, antwortet er spöttisch. »Mein Name ist Cade. Du erledigst das für mich, dann werde ich dich dafür belohnen.«

»Was glaubst du eigentlich …« Ich verrenke mich und versuche, mit beiden Beinen die Oberseite des Käfigs zu umklammern. Einer der Rorgs schlägt mir mit einem Stock aufs Bein. »Ich bringe dich um!«

»Lass dich von ihnen beißen«, befiehlt Cade. »Diese Tausendfüßler werden extra für die Gruben gezüchtet. Das Gift macht dich schneller. Und stärker.«

»Ich werde dir deine …« Ich belege ihn mit jedem Fluch in der Sprache der Menschen, der Crickets und im Händler-Slang, den ich kenne. Er setzt ein fieses Lächeln unter diesem albernen Hut auf und schließt die Luke. Nun bin ich allein in der Dunkelheit mit den Tausendfüßlern, die sich als wimmelnde und glitzernde Masse unter mir ausbreiten.

Tausendfüßler, verdammt. Ich könnte schwören, dass sie alle direkt aus der Dunklen Zone kommen. Auch die empfindungsfähigen.

Von den Tausendfüßlern werde ich erst abgelenkt, als die Tür neben mir sich öffnet und den Blick auf eine große Grube freigibt, die aus ausgehöhlten Wurzeln eines halben Dutzends riesiger Bäume gebildet wird. Ein zwei Meter großer Zarra, am ganzen Körper tätowiert und mit großen Hörnern bestückt, kämpft gerade gegen einen kleineren, mit Schuppen besetzten Sska. Das Wesen rennt Haken schlagend um ihn herum und zischt den Zarra an, doch der ist nicht im Geringsten davon beeindruckt. Dann greift er an, stürzt sich in den brennenden Speichel, wobei er sich Brandblasen zuzieht, packt den Sska an der Schulter und reißt ihn mitten durch. Reißt ihn einfach auseinander, als ob er ein Stück Fleisch tranchieren würde.

Und in diesem Moment wird mein Käfig in die Grube geschoben und umgekippt. Die Seite, die eben noch oben war, fliegt auf, und ich krieche noch vor den Tausendfüßlern heraus.

Der Boden ist aufgewühlt und schlammig. Blutschlamm, schießt es mir durch den Kopf. Die Grube war ursprünglich eine natürliche Senke inmitten eines Kreises aus großen alten Bäumen. Die starken Wurzeln bilden eine Art Tribüne, von der aus schmierige Gestalten uns beobachten. Um den Rand der Grube zieht sich eine billige Plastikbarriere, und alle Schweine des Schweinestalls hocken oberhalb oder auf dieser Barriere.

Der Zarra leckt sich das Sska-Blut von den Händen und sieht mich an.

Cade gibt von einem starken Ast aus theatralisch den Ringsprecher: »Die Sensation der Stunde! Sie ist ein echtes jorisches Halbblut, ein Killer, eine von denen, die heute die Galaxis erobert haben, meine Freunde! Doch kann sie auch Zaragathora den Fleischfresser besiegen?«

»Zaragathora?«, frage ich und sehe den Zarra an. »Echt jetzt?«

Er knurrt. Ein gutes Knurren. Tief aus der Kehle, sodass die Lunge vibriert. Der Typ hat Übung.

»Ich glaube, das kann sie!«, fährt Cade fort.

Bei allen Dunklen Sternen! Er glaubt, ich sei ein Kampf-Hybrid! Ich habe kein Seelenschwert, ich habe auch noch nie gegen Drachen gekämpft oder Planeten in die Sonne geschleudert. Alles, was ich dank meiner jorischen DNS kann, ist, ein Schiff zu fliegen. Genauer gesagt, ich kann ohne einen Knoten-Code aus eigener Kraft in den Überlicht-, den reinen Raum eintauchen. Ich bin ein Navigator.

»Sie kann allein mit ihren Gedanken töten«, redet Cade weiter, »und deswegen machen wir das Ganze noch etwas interessanter. Kreaturen aller Welten, wilde wie zivilisierte – die NecroWasp!«

»Die was?«

Dem Zarra gegenüber, direkt rechts neben mir, öffnet sich eine Tür.

Das Ding, das zum Vorschein kommt, ist der skurrilste Hybrid, den ich je gesehen habe. Ein Insektenkopf mit mahlenden Mandibeln. Ein großer, bleicher, stämmiger humanoider Körper mit einem Exoskelett, das unter der dünnen Haut durchscheint. Ein großer Stachel ragt ihm aus dem Bauch. Es riecht, als ob alle toten Kreaturen des Universums sich getroffen hätten und eine Party feiern.

Man hört ja immer wieder Geschichten über diese Kampfgruben, aber man geht natürlich nicht selbst hin. Denn jeder, der noch bei Verstand ist, hält sich davon fern! Es sei denn, man ist zu dumm, um Angst zu haben.

»Tod!« Ich schaue auf und sehe, wie der Necro-Priester diesem Ding zujubelt. Das erklärt natürlich alles. Der Wasp besteht aus Körperteilen von Lebewesen, die von den Necros zum Spaß zusammengenäht und wieder zum Leben erweckt wurden. Diese Kreatur ist zweifellos sein Haustier.

»Tod!«, brüllt die Menge.

Tomaten.

Der NecroWasp nimmt sich das größere Ziel vor, Zaraga … – ach, nennen wir ihn einfach Z –, und ich mache mich vom Acker. Ich erreiche mit einem Sprung die Plastikbarriere, halte mich am Rand fest und will gerade drüberklettern, als Cade ein abgesägtes Gewehr hervorholt und auf meinen Kopf zielt. »Vergiss es!«

Also zurück in die Grube.

Der NecroWasp greift Z an, und Z wirkt leicht verwirrt. Die Erkenntnis, dass er dieses Ding nicht mit dem üblichen Frontalangriff und Abreißen von Gliedmaßen bekämpfen kann, muss er erst einmal verarbeiten. Er duckt sich weg und rennt auf mich zu, und ich ducke mich meinerseits weg und weiche den beiden aus. Ducken, ausweichen, ducken, ausweichen – bis ich mich direkt in die Plastikbarriere ducke und ausweiche.

Unsere Laufübungen werden mit vielen Buhrufen quittiert, was den alten Z so richtig in Rage bringt. Er beschließt, den NecroWasp anzugreifen, der seinen Stachel ausfährt und seinerseits versucht, Z aufzuspießen. Der ändert seine Meinung und duckt sich wieder weg. Der Wasp schlägt ihm eine Klaue ins Fleisch, direkt auf den Schädel; diesmal ist es sein eigenes Blut, das Z ins Gesicht läuft.

»Unserem Hybriden fehlt es an Kampfgeist, Leute. Sollen wir ihr ein bisschen Beine machen?«

Und dann schießt Cade doch tatsächlich auf mich! Mit Scherben aus seinem Gewehr. Die Geschosse pflügen den Boden vor meinen Füßen um, Schlamm spritzt mir ins Gesicht, und rote Flammen züngeln über den Schmutz. Er will mich zum Tanzen bringen. Aber ich lasse mich davon nicht irritieren. Kein Promoter erschießt seinen Champion.

Cade sieht so aus, als ob er etwas sagen wollte. Es muss etwas Unflätiges sein, denn es bleibt ihm im Hals stecken. Und dann scheint es sein Gehirn zu blockieren, denn seine Stirn pulsiert auf einmal.

Nein, völlig falsch – irgendjemand hat ihn abgestochen! Eine schwarze Klinge ragt vorne aus seinem Hemd, doch es ist kein Blut zu sehen, und dann ist die Klinge auch schon wieder weg. Ein grauer Schemen rennt davon.

Und dann – also, dann muss ich NecroWasp und Zarra ausweichen, die auf mich zustürmen. Ich renne an der Barriere entlang, doch der NecroWasp erwischt mich mit einer Mandibel am Bein und schleudert mich durch die Luft. Schließlich lande ich im Schlamm. Dann werde ich schwer am Kopf getroffen – vielleicht von einem Stein oder auch von einem Zarra-Fuß.

Ich werde sterben, kaum dass ich die Freiheit gewonnen habe.

Aber nein – ich kann wieder klar sehen! Ich versuche zu atmen und sauge schlammiges Wasser in die Lunge. Ich zwinge mich, die Arme zu bewegen, krieche über den Boden und richte mich mühsam auf. Und dann sehe ich Cade, der direkt vor mir tot in der Grube liegt.

Ich komme mühsam wieder auf die Beine und reiße Cade das Gewehr aus der starren Hand. Dann drehe ich mich um und schieße auf den Erstbesten, den ich sehe –

den NecroWasp, wie sich herausstellt. Die Scherben reißen ihm das halbe Insektengesicht weg. Was ihn nicht aufhält. Ich muss ihm noch zehnmal ins Gesicht schießen, das ganze Magazin, und selbst dann dauert es noch einmal eine halbe Ewigkeit, bis er umfällt – und als er endlich fällt, schlägt er mit der Wucht einer abstürzenden Enterkapsel auf dem Boden auf. Er erzeugt eine so große Schlammwelle, dass ich schon befürchte, ich würde in den Strudel hineingezogen.

Das Publikum ergreift die Flucht. Z wirft mir einen langen bösen Blick zu. Dann fällt sein Blick auf Cades Leiche, und er fragt mit bellender Stimme: »Wo ist mein Geld?« Das sind die ersten Worte, die ich bisher von ihm gehört habe.

Anstatt ihm zu antworten, studiere ich Cade. Rote Augen, grau verfärbte Haut, und trotz dieser tiefen Stichwunde kein einziger Tropfen Blut. Ich würde die verlorene Erde darauf verwetten, dass ihm niemand auch nur eine Träne nachweinen wird.

Natürlich hatte dieser Mann Feinde. Doch warum sollte ausgerechnet heute ein blöder menschlicher Betrüger heimtückisch mit einem jorischen Seelenschwert erstochen werden?

2

Araskar

Einen Krieg zu gewinnen ist nicht das beste Gefühl meines Lebens, aber es liegt ziemlich weit oben auf der Skala. Mir klingeln noch immer die Ohren, sodass ich nicht viel von der Rede mitbekomme. Nach der Landung auf dem Planeten und nachdem direkt neben mir eine Pyramide explodiert ist, befürchte ich, dass dieses Klingeln nie mehr aufhören wird. Aber die Hauptsache ist, dass ich ihn sehe. John Starfire, der Auserwählte der ganzen verdammten Galaxis, steht im Eingang des Kaiserlichen Senats und ruft etwas. Ich verstehe nicht, was er sagt, aber ich kann es spüren, als ob eine Welle durchs Universum laufen würde.

Es ist vorbei.

Ich schwitze und blute und spüre jeden einzelnen Muskel im Leib. Doch die Luft von Irithessa entschädigt mich dafür: Sie schmeckt wie Nektar und Ambrosia. Selbst der Rauch schmeckt noch göttlich.

Ich recke mein Seelenschwert in die Höhe und jubele, was die Stimme hergibt. Die synthetischen Fasern meiner rekonstruierten Zunge dehnen sich, und die Stränge meiner rekonstruierten Muskeln strecken sich – nur unter meiner Haut sind die Verletzungen noch spürbar.

Jubelrufe für die Freiheit und diesen ganzen verrückten Scheiß. Vor allem juble ich meinen Freunden zu, den unglücklichen Bastarden, die den heutigen Tag nicht mehr erleben dürfen. Dafür bin ich hier. Ich feiere für euch mit.

Tausend erschöpfte Arme stoßen tausend blutige Seelenschwerter in die verqualmte Luft von Imperial City. John Starfire führt sein Seelenschwert an den Arm und ritzt sich eine feine Linie in die Haut. Das Blut rinnt durch die Rillen in der Schwertklinge und fängt Feuer – eine gleißend weiße Korona überwölbt die Menge und wirft ihre Lichtreflexe auf das schwarz-weiße Banner hinter ihm. Er senkt das Schwert, und die Menge fängt an zu tuscheln.

»Haben Sie das verstanden, Sir?«, fragt Rashiya mich, als ich mich umdrehe. Ihr Gesicht ist mit Ruß verschmiert, und die Platine in ihrer Schläfe flackert. Die Synthohaut im Schläfenbereich ist verschmort. Die künstliche Haut hat sie der gleichen Schlacht zu verdanken, in der ich meine Zunge, ein Stück des Beins und ein paar Finger verloren habe. Wir können von Glück sagen, dass wir so glimpflich davongekommen sind.

»Nein«, nuschele ich. »Lass mich raten: Ein glorreicher Sieg. Zurück an die Front.«

»Nicht ganz.« Sie lächelt und kann nicht anders – sie

berührt meinen Arm, und ihre ausdrucksvollen grünen Augen leuchten dabei. Ihr rotes Haar ist schweißnass, aber das steht ihr verdammt gut.

Ja, sie ist meine Untergebene, und wir hätten uns nicht miteinander einlassen dürfen, doch selbst ein Hybrid aus dem Brutkasten braucht manchmal interpersonale Wärme. Aber was muss ich mich überhaupt rechtfertigen? Ich bin schließlich ein gottverdammter Kriegsheld! »Er sagte: Sucht euch einen Platz zum Schlafen. Plünderer werden erschossen. Essen für alle.«

»Erschossen. Alles klar.«

»Ich muss nachsehen, ob es Helthizor gut geht. Der Junge hat einen schlimmen Treffer ins Bein bekommen.« Sie streicht mir übers Haar. »Du musst dich etwas ausruhen. Ich wusste gar nicht, dass du so was draufhast.«

»Was denn?«

»Du hast in nicht mal einer Stunde zwei Schützenstellungen ausgehoben. Hast du das etwa schon vergessen?«

»Bis gerade eben schon.«

Unter Missachtung der Etikette und sämtlicher Vorschriften schmiegt sie sich an mich, umarmt mich und flüstert mir ins Ohr: »Nun ruhen die Toten endlich in Frieden.«

Sie ist einfach unwiderstehlich. Ich streiche ihr durchs Haar und drücke sie an mich.

»Du ruhst dich jetzt auch aus«, sagt sie.

»Auf gar keinen Fall. Fester Schritt und blanke Klinge – ran an den Feind!«

»Aye, Sir.«

Und dann gehe ich – weg von den vielen Soldaten, die sich hier tummeln, weg von dem Ort, an dem die Bodentruppen nach den Luftkämpfen abgesetzt worden waren, vorbei an den zerstörten Kristallpyramiden und den Trassen der Grav-Bahn in die dunklen Straßenschluchten der Stadt.

Das heißt, ich begebe mich auf ein Terrain, das jeder kluge Soldat eigentlich meiden sollte, weil es vor ein paar Stunden noch ein Schlachtfeld war.

Also knie ich, eine halbe Stunde nachdem ich den glorreichen Sieg für den Widerstand errungen habe, in einer schmutzigen Gasse zwischen zwei Kurguls. Sie halten mir eine Waffe an den Kopf, weil ich ihnen ihre Drogen stehlen wollte.

»Ihr wisst schon, dass ich ein Kriegsheld bin, oder?«

Sie antworten nicht. Sie verziehen nur ihre kleinen, mit Tentakeln besetzten Münder und schlagen mit den rudimentären Flügeln unter den hässlichen Panzern. Sie warten nur noch auf den Befehl ihrer lokalen Nestkönigin. Eines dieser Wesen stößt eine Abfolge von Grunzlauten aus. Doch der andere äußert sich für mich verständlich – was bedeutet, dass ich es hören soll. »Niemand wird einen weiteren jorischen Hybriden vermissen.«

»Das stimmt«, pflichte ich ihm bei. »Ich weiß auch

nicht, weshalb ihr noch auf eine Erlaubnis wartet. Euer Nest ist höchstwahrscheinlich zerstört.«

Der zur Linken drückt mir seine Waffe an den Hinterkopf. »Wirf das Seelenschwert weg, und du wirst einen schnellen Tod sterben.«

Kurguls. Ein Haufen abergläubischer Bastarde. Sie haben keine Hemmungen, einen Jorier zu erschießen, aber wir sollen vorher vorsichtshalber unsere Waffen ablegen. Seelenschwerter haben eine hohe symbolische Bedeutung für die Religiösen. »Trotz des Namens nehmen diese Dinger euch nur die Erinnerungen, Kollegen. Sie haben eine Neuronencodierung. Wenn ich wirklich Seelen stehlen könnte, würde ich mir eine schöne Trophäensammlung anlegen.«

Ich ziehe das Schwert. Die Kurguls umklammern ihre Waffen, bereit, mich bei der kleinsten falschen Bewegung mit Scherben zu spicken.

Ich werfe das Seelenschwert auf die Straße und gehe auf die Knie.

»Na, macht schon. Gebt mir ein paar Drogen oder tötet mich.« Ihre Scherbenblaster glühen schon vor. Ich schließe die Augen und verspüre endlich die Erleichterung, auf die ich seit einer Ewigkeit warte. Ich kann die Gesichter meiner Freunde sehen. Aber nicht wie beim letzten Mal, als ihre Gesichter nur noch Fleischfetzen waren, vom Schädelknochen abgerissen und im ganzen Gang verstreut. Nein, meine Freunde lächeln nun, und sie sind noch am Leben.

Die Kurguls schreien auf, und Scherben zischen in einem heißen Luftzug an meinem Ohr vorbei. Ich öffne die Augen.

Da steht Rashiya. Und sie hat auch einen Scherbenblaster in der Hand. Die Kurguls haben beide buchstäblich den Kopf verloren. Aber sie achtet nicht auf die Leichen, sondern sie sieht mich an. Ihre Augen sind zusammengekniffen und gerötet.

Ich stehe auf. Bin immer noch nicht tot. »Fester Schritt und blanke Klinge!« Ich setze ein schiefes Lächeln auf.

Dann erscheint noch jemand hinter ihr. Ich falle sofort wieder auf die Knie.

»Erhebe dich, Araskar«, sagt John Starfire höchstpersönlich. »Meine Tochter hat mir von dir berichtet. Der Krieg ist noch nicht vorbei.«

»Du hast eine imperiale Minute, um dich zu erklären«, zischt Rashiya.

»Sie haben mir nichts zu befehlen, Lieutenant.« Ich wusste wohl, dass das Glück mich eines Tages verlassen würde. Aber ich hätte erwartet, dass mir eine Scherbe den Kopf abreißen würde – und nicht, dass meine Freundin und Liebhaberin sich als die Tochter – die *Tochter!* – des Auserwählten höchstpersönlich erweisen würde. Wenn Sie wüssten, was ich mit dieser Frau alles angestellt habe. Wenn ihr *Vater* das wüsste!

»Du wirst heute Nacht außerhalb einer Luftschleuse schlafen, wenn du dich nicht erklärst.«

Ich sitze eine Weile da und versuche, mir einen Reim auf ihre Worte zu machen. Ich glaube nicht, dass sie gehört hat, wie ich über die Drogen sprach. Gut. »Wir haben gewonnen«, sage ich. »Damit gibt es nichts mehr für mich.«

»Ich bin also nichts.«

»Verdammt, du weißt doch, wie ich das meine. Halt, ich korrigiere mich – du weißt es nicht«, schicke ich gleich hinterher, weil ich dabei bin, am Tag unseres Sieges den Krieg gegen die Idiotie zu verlieren.

Das ist das Schicksal eines Hybriden. Man hat keine richtige Familie. Es sei denn, man ist einer von diesen Sonderfällen wie Rashiya, deren Eltern es geschafft haben, sich fortzupflanzen. Doch für einen wie mich ist die Zuchtbottich-Charge die Familie. Und meine Chargen-Kameraden, mein Bataillon, meine besten Freunde, sind gestorben, als wir unser erstes imperiales Schiff enterten – durch Scherbenfeuer förmlich in Stücke gerissen. Ich überlebte nur, weil ich die Enterkapsel, die sich in die Schiffshülle gebohrt hatte, als Letzter verließ.

Und dann tötete ich die Hälfte der Besatzung dieses Schiffs mit meinen eigenen synthetischen Händen. Bekam dafür die höchste Auszeichnung des Widerstandes. Ironie ist schon eine kaltschnäuzige Schlampe, was?

»Der Krieg ist vorbei, Rashiya. Jetzt hat ihr Tod keinen Sinn mehr – und mein Leben auch nicht.«

Sie dreht sich zur Tür um. »Das war's? Mehr hast du nicht dazu zu sagen?«

Doch, ich hätte schon noch etwas sagen können: dass ich mir nämlich so viele Drogen reingezogen hatte, dass ich allein dafür, das überlebt zu haben, noch eine Auszeichnung verdient hätte. »Du kommst nicht aus einer Charge, Rash. Du weißt nicht, wie das ist.«

Sie dreht sich wieder zu mir um – mit versteinertem Gesicht. »Mein Vater will dich sprechen. Deshalb werde ich dich jetzt nicht töten. Ich habe Ihnen heute Ihr verdammtes Leben gerettet, Sir. Also erwarte ich, wenn wir uns das nächste Mal sehen, etwas mehr Dankbarkeit.« Sie öffnet die Tür und lässt mich in meiner Zelle zurück. Ich lege mich hin und starre an die Decke.

Dann tritt ihr Vater ein.

Bis vor Kurzem hatte ich den Mann nur in den Newsvideos gesehen. In natura wirkt er älter, und das Haar und der Bart sind eher weiß als schwarz. Er ist ein großer und starker Mann. Jeder Zoll ein Held. Aber er öffnet und schließt rhythmisch die Hand, die er um den Knauf seines Seelenschwerts gelegt hat. Wenn man so viel Zeit mit Kämpfen verbracht hat, bleibt so etwas wohl nicht aus.

Er setzt sich auf das Bett. Direkt neben mich. Dann legt er mir die Hand – die andere, die nicht den Schwertknauf umklammert – aufs Bein.

»Das hat ordentlich was abbekommen«, sagt er. Dann krempelt er den Ärmel hoch. Er trägt nur ein einfaches schwarzes Hemd – eine schlichte Garderobe für einen John Starfire, keine Garde-Uniform. Sein Arm besteht fast nur noch aus Narbengewebe mit einem Drahtgeflecht darunter. »Ich habe den Arm auf Daruthal verloren. Und fast das ganze Bein. Das Gesicht ist aber unversehrt geblieben. Zur Erleichterung von Aranella, meiner Frau.«

»Ich weiß.« Meine Güte, höre ich mich blöd an. Man sollte meinen, ich könnte für den Helden der Galaxis dieses Nuscheln unterdrücken. »Ich habe es gelesen.« Komm schon, Araskar, sprich wie ein Mann, bevor dieser Kerl dich mit seinem Seelenschwert entmannt.

»Was hast du denn sonst noch so über mich gelesen?« Er zwinkert mir zu wie ein gütiger Großvater. »Das interessiert mich wirklich.«

Ich überlege angestrengt. Das Denken fällt mir schwer, denn ich bin so erleichtert, dass er mir noch nicht befohlen hat, mich in mein Schwert zu stürzen. »In den News heißt es, Sie hätten den alten Imperator Turka in einem Schwertkampf Mann gegen Mann besiegt.«

»Ich wünschte, das wäre so gewesen. Ich hatte die Garde angewiesen, uns zusammen in einen Raum zu stecken, wie er es verlangt hatte. Dieser blaublütige Bastard ist dann aber vor mir geflohen. Schließlich habe ich es aufgegeben, ihn zum Kampf von Angesicht zu Angesicht zu stellen, und habe ihm mit dem Schwert den Rücken vom Nacken bis zum Arschloch aufgeschlitzt.«

Er lacht. Ich lache auch, denn ich glaube, er will mich damit beruhigen. Was aber noch beängstigender als die Alternative ist.

»Araskar, ich bin mir noch nicht sicher, ob ich dich wegen Insubordination bestrafen oder als Freier meiner Tochter ansehen soll.«

Was soll ein richtiger Mann darauf sagen? »Ich habe so oder so die Arschkarte gezogen, Sir.«

Sein Gesichtsausdruck wird ernst. »Hast du das Dritte Buch gelesen?«

Das ist die Schrift, die die Ankunft von John Starfire prophezeite. Wie ich schon sagte, ich habe die Arschkarte gezogen – also sage ich die Wahrheit: »Ich bin in den letzten Jahren kaum zum Lesen gekommen.« Obwohl ich immer gern gelesen habe. Hatte eine komplette Sammlung des »Scurf Silvershot« als echte Papierausgabe. Aber die Comichefte sind irgendwo jenseits der Umlaufbahn von Brathaag verbrannt, zusammen mit unseren gesamten Vorräten für den Larthe'ea-Feldzug. Meine Gitarre habe ich damals ebenfalls verloren.

»Glaubst du an die Prophezeiung?«

Schon wieder so eine Fangfrage. »Wir sind immerhin hier, Sir.«

Er seufzt. »Ja, wir sind hier. Wir sind hier, aber ich kann es immer noch nicht richtig glauben. Man sollte meinen, dass ich wüsste, ob ich der Mann in den Schriften bin oder nicht. Aber die Prophezeiungen haben sich zum großen Teil nicht bewahrheitet. Bin ich nun der Sohn der Sterne? Sind die Blaublüter die Kinder von Riesen?« Er zieht sein Seelenschwert – wurde auch Zeit, so, wie er es umklammert hatte. »Das zum Beispiel. Der

Legende nach ist ein Seelenschwert ein Wunderding. Es soll alles im Universum durchschneiden können. Es soll die Essenz des Sternfeuers in sich aufnehmen können, den Brennstoff, der selbst im reinen Raum nicht erlischt. Aber sie bestehen aus Metall mit eingebauten Psycho-Resonatoren. Sie werden in Fabriken hergestellt und anhand der Psycho-Signatur der Hybriden individualisiert, die aus den Zuchtbottichen ein Stockwerk tiefer kommen. Dennoch haben diese Schwerter und diese Hybriden aus den Zuchttanks die Galaxis zurückerobert.«

Ich verfluche mich, weil ich das frage, aber ich muss es einfach wissen: »Was ist mit Ihrem Schwert?«

»Mit meinem?«

»Kann es das tun, was man ihm nachsagt? In den Legenden? Kann es Seelen zurückbringen?«

»Nein. Wenn es jemals solche Seelenschwerter gegeben hat, sind sie vor langer Zeit verloren gegangen.«

Wenigstens weiß ich nun Bescheid.

Er sieht mich wieder mit diesen kristallklaren blauen Augen an. »Mein Volk glaubt, ich sei der Auserwählte. Also muss ich mich auch so verhalten und es vor allen Gefahren beschützen. Und du …«, er tippt auf mein rekonstruiertes Bein, »… bist ein Held, und ob du es glaubst oder nicht, du musst dich auch wie einer verhalten.«

»Aye, Sir.«

Er steht auf. »Der Krieg ist noch nicht vorbei, Araskar.

Noch lange nicht. Der blaublütige Makel – dieser Makel Mensch – ist überall.« Seine Hand liegt wieder auf dem Knauf des Seelenschwerts und führt dieses Wechselspiel aus Umklammern und Loslassen fort.

Makel Mensch? »Es kommen immer noch Zehntausende Hybriden aus funktionsfähigen Zuchtbottichen, und die Überreste des Imperiums kontrollieren die meisten davon. Wir haben neue Rekruten, junge Leute, die tapfere Kommandeure brauchen. Aber die Menschen haben auch neue Rekruten. Die Konsolidierung wird ein langes und hartes Stück Arbeit.«

Hatte ich es mir doch gedacht: Ein glorreicher Sieg – zurück an die Front.

»Ich möchte dich in die Garde holen.« Jetzt werde ich hellhörig. »In meinen engsten Kreis aufnehmen. Du wirst einer von fünf Secondblades unter Firstblade Terracor, der eine speziell ausgebildete Division kommandiert.«

»Sir … vielen Dank?« Das sollte eigentlich nicht wie eine Frage klingen, aber … »Ich? Wieso zum Teufel gerade ich?«

»Ein hoher Rang hat viele Vorteile, Lieutenant. In diesem Fall bedeutet es Überleben.«

Da haben wir's. Er will mir das Kommando über ein paar kleine, halb ausgebildete Anfänger übertragen, damit ich mich nicht selbst ins Aus schieße.

»Ich brauche Männer wie dich. Aber wenn ich dich noch einmal dabei erwische, wie du dich mit Kurguls anlegst, ist der einzige Secondblade, den du jemals sehen wirst, derjenige, der dir den Kopf abschlägt.«

Ich kann mir die Frage nicht verkneifen. »Rashiya?«

»Ich habe einen anderen Auftrag für sie.« Er hält inne. »Ich habe sie nicht protegiert, Araskar. Sie hat sich diesen Rang verdient. Ich wusste bis vor ein paar Tagen nicht einmal, ob sie überhaupt überlebt hat. Das verdient Respekt.«

»Stimmt.«

»Schlaf jetzt etwas.« Er nimmt die zittrige Hand vom Schwertknauf und legt sie mir auf den Arm. »Fester Schritt und blanke Klinge.« Und schon liegt die Hand wieder auf dem Knauf.

Ich erhebe mich und salutiere, als er sich zum Gehen wendet. Die Garde. Ein popliger Subalterner wie ich wird nicht einfach so zum Gardisten befördert. Meine einzige Leistung hat bisher darin bestanden, ein paar andere Hybriden zu töten. Nachdem man mir das Kommando übertragen hatte, versuchte ich, meine Leute zu schützen, aber wir haben trotzdem viele verloren. Auch ich hätte in der Umlaufbahn um Irithessa getötet werden können, bei der Landung auf dem Planeten, beim Sturm auf die Hauptstadt. Dass ich hier bin, habe ich nur dem Glück zu verdanken. Und was Rashiya betrifft – ja, ich respektiere sie. Sie hat jemand viel Besseres verdient als mich.

Ich setze mich wieder hin und krame in meiner Tasche. Dann hole ich eine Handvoll von den kleinen rosa Pillen heraus, die ich diesen Kurguls mit solcher Mühe entwendet habe.

Fünf kleine Punkte auf meiner Handfläche.

Die Kurguls nennen diese Pillen »Hirn-Booster«, aber bei meinen Leuten heißen sie einfach nur »Pinke«. Für die meisten Bewohner dieser Galaxis sind sie nur ganz banale Beruhigungsmittel. Nicht jedoch für einen jorischen Hybriden.

Jemanden wie mich katapultieren diese Tranquilizer direkt ins pulsierende Herz des Universums. Man weiß erst dann, wie Musik wirklich klingen kann, wenn man die Hintergrundmusik der Sterne hört. Nur ein paar Hybriden können sie überhaupt hören. Ich bin einer dieser wenigen Glücklichen, wenn ich diese Pillen nehme.

Der Wind pfeift leise durch die großen Bäume. Über den Wipfeln fallen die Noten wie kühle Regentropfen auf mich herab. Und in diesem Zustand ist mir alles egal: meine Soldaten, Rashiya und alle meine Freunde, die auf diesem Schiff gestorben sind, die Garde und die verdammte Mission.

Einen Krieg zu gewinnen ist nicht das beste Gefühl im Leben. Es steht zwar ziemlich weit oben – aber es ist nicht damit zu vergleichen, den Krieg komplett vergessen zu können.

3

Jaqi

Es ist verblüffend, wie schnell so ein Haufen Penner eine Kampfarena räumen kann. Eine Ökosphäre mit einem Durchmesser von ein paar Kilometern bietet nicht viele Versteckmöglichkeiten, und deshalb ist der Schweinestall immer ziemlich belebt. Aber nachdem das Publikum sich wie der Blitz zerstreut hat, bin ich ganz allein hier.

Erst jetzt werde ich mir so richtig bewusst, dass diese Kampfarena sich tief in dem Bereich befindet, der einmal die Parklandschaft des Stalls darstellte. War damals wahrscheinlich eine schöne Anlage, doch seit dem Ausfall der Umweltkontrollsysteme ist es nur noch ein dichter, stinkender Dschungel. Es gibt hier schlammige Pfade, die sich zwischen Wurzeln und allen möglichen exotischen Pflanzen hinziehen. Sie führen vielleicht zu anderen Kampfarenen und vielleicht auch zu einem anderen Widerling, der mich wieder in einen Käfig mit Tausendfüßlern steckt – igitt! Die Pfade sind mit Fußspuren übersät, aber ich begegne niemandem, während ich über Stock und Stein und durch Schlamm wandere.

Ich versuche, die Schmerzen im Gesicht und in der Schulter zu ignorieren, die davon herrühren, dass dieses Necro-Vieh mich unsanft zu Boden geschleudert hat.

Ich wate durch den Schlamm und habe dabei ein Auge auf die klebrigen Blüten um mich herum. Vielleicht sind auch ein paar fleischfressende Kreuzungen dabei, die illegal hier eingeschleppt wurden. Die großen, mit Zähnen bewehrten Gewächse wuchern in dichten Gruppen in aufgegebenen Kampfarenen. Yep, so sieht eine Ökosphäre am Rand des Wilden Raums aus. Schön, nicht?

Der Pfad windet sich um einen kleinen Hügel – oder um einen riesigen Mooshaufen, je nach Perspektive. Von der Flanke dieser Anhöhe habe ich einen Blick auf den Hafen. Betongebäude schmiegen sich an das frei schwebende Wabenbündel schwarzer Tunnel, die aus der Ökosphäre hinausführen. Als ich vorhin von den Rorgs verschleppt worden war, hatte ich diese architektonischen Details gar nicht bemerkt.

Plötzlich erkenne ich vor mir auf dem Pfad ein bekanntes Gesicht. Ein großer melonenartiger Kopf, mit Knubbeln übersät und nur einem Auge. »Ai! Palthaz? Palthaz Perron!«

Er bleibt stehen und starrt in meine Richtung – die Zu-Path sind nicht unbedingt für ihre Intelligenz bekannt –, doch dann verlässt er den Pfad und rennt zu diesem kleinen Hügel.

»Warte, Palthaz! Ich bin es, Jaqi! Von Bills Basis!« Ich

habe dieses Ekelpaket schon tausendmal dort ein- und ausgehen sehen. Und weil er jetzt noch fetter ist als früher, kann ich ihn einholen.

»Palthaz!«

Er läuft weiter. »Nicht jetzt, Jaqi.«

»Du weißt also noch, wer ich bin! Hör zu, Palthaz, ich stecke in der Klemme. Ich hänge gerade in der Luft, zwischen zwei Jobs, und ich möchte doch nur etwas zu essen …«

»Hau ab!«

Ich haue aber nicht ab, sondern bleibe an ihm dran. Er sinkt tiefer in den Schlamm ein als ich. Nun zahlt es sich aus, dass ich so gut wie nie was esse.

»Ich gebe dir das da dafür.« Ich hebe Cades Waffe hoch. »Ein schönes Stück. Ein hochwertiger Zarronen-A-5. Besser als dieses Keil-Schrottteil, das du da hast.«

Er beäugt es. Niemand in der Galaxis ist so gierig wie ein Schmuggler. »Ich … nein! Verschwinde, Jaqi!«

»Nein!« Ich lege das Gewehr auf ihn an. Er bleibt wie angewurzelt stehen. »Gib mir verdammt noch mal was zu essen!« Ich habe Schmerzen und bin am Verhungern und habe keine Lust auf diese Spielchen.

Er seufzt nur und sieht in die Mündung der Waffe. »Du bist ein Hybrid«, sagt er. »Du kannst jetzt überall etwas zu essen kriegen. Hast du es denn noch nicht gehört? Ihr beherrscht die Galaxis.«

»Das hilft mir im Schweinestall aber auch nicht weiter.«

»Ich kann dir etwas Fleisch besorgen, aber du versprichst mir, dass du dann verschwindest. Ich will keinen Ärger mit einem Hybriden bekommen.«

»Was für Fleisch?«

»Spielt das eine Rolle?«

»Eigentlich nicht.« Ich nehme die Waffe herunter. »Solange es einmal geatmet hat und jetzt gesalzen ist.«

Er schlurft davon.

Es gehört zum Handwerk eines Schmugglers, dass man sich immer betont desinteressiert zeigen muss. Irgendetwas muss Palthaz so große Angst eingejagt haben, dass er sich überhaupt nicht wie ein typischer Schmuggler verhält.

Also folge ich ihm.

Warum ich das mache? Dieser Kerl hat offensichtlich ein paar Pfeile im Köcher. Die Crickets sind zwar interessante Auftraggeber. Aber wenn ich die Möglichkeit habe, ins Zentrum der Galaxis fliegen zu können, ohne befürchten zu müssen, eingezogen zu werden, ist Palthaz die bessere Option. Er hat imperiale Waren für den Widerstand geschmuggelt. Was jetzt wohl legal ist. So, wie Hybriden jetzt anscheinend als respektabel gelten. Ich kann es immer noch nicht ganz glauben, dass ich ins Zentrum der Galaxis reisen kann, wenn ich das möchte. Den weiten Weg nach Irithessa? Wieso nicht. Dann würde ich einmal die Hauptstadt des Imperiums sehen. Ob wir es jetzt noch als Imperium bezeichnen? Ich könnte die Museen durchstreifen, in denen Überreste aus der alten Galaxis ausgestellt sind. Ich könnte in Schauspielhäuser gehen und einen auf Dame machen. Ich könnte so viel trinken, wie ich wollte, und ein paar schöne Stunden mit netten Jungs und Mädels verbringen.

Palthaz betritt einen kleinen Tunnel, der unter dem grünen Mooshügel verläuft. Auf den zweiten Blick erkenne ich, dass es gar kein Hügel ist. Eher ein Geflecht aus den Wurzeln eines Baumes, der schon vor langer Zeit gefällt wurde. Ich bin nicht so blöd, ihm in den Tunnel zu folgen, doch wenn ich richtig sehe, ist da oben eine Lücke.

Ich krieche hinein – schramme mit dem Rücken an Hindernissen vorbei, robbe über eine dicke Humusschicht, quetsche mich zwischen zwei großen Wurzeln hindurch, winde mich an einer weiteren vorbei, dann an noch einer, bis ich schließlich Licht unter mir sehe. Die Wurzeln laufen hier zusammen und bilden gewissermaßen die Dachsparren einer Höhle. Auf den ersten Blick ein ideales Versteck für einen Schmuggler, aber ein paar Details sind nicht ganz stimmig: Dieser Ort ist feucht, braunes Wasser tropft von oben herab (und durchnässt mich, als ob ich nicht schon schweißgebadet genug wäre), und es stinkt wie unter der Achselhöhle dieses Necro-Dings. Ein Schmuggler, der sein Handwerk versteht, hätte diese Höhle zunächst einmal trockengelegt und gesäubert. Diese hier gleicht eher dem Bau eines Tieres. Und so tief unter der Oberfläche hätte

Palthaz auch für mehr Beleuchtung sorgen können. Aber es gibt nur ein paar trübe Funzeln.

»Ich brauche etwas von den Vorräten«, sagt Palthaz. »Machen wir ein Geschäft.«

Eine andere Stimme – dem Klang nach die eines jungen Mannes – antwortet ausgesucht höflich: »Es tut mir leid, aber wir brauchen unsere Vorräte selbst.«

»Proteinpäckchen tun es auch. Du musst wohl noch lernen, wo dein Platz ist, Junge – du bist kein verdammter Blaublüter mehr.« Der Anflug von Panik in Palthaz' Stimme ist in Zorn umgeschlagen.

Eine weitere Stimme ertönt. Die eines jungen Mädchens. Ich verrenke mich, um die Sprecherin zu erkennen. Da stehen drei Menschen vor Palthaz: ein großer Mann, wahrscheinlich um die sechzehn, nach imperialen Maßstäben. Das Mädchen ist jünger, vielleicht zehn, und dann ist da noch ein kleiner Junge, vielleicht fünf. Sie sind sogar noch schmutziger als ich und ausgezehrt, aber die Kleidung, die sie tragen, besteht bestimmt aus echter Baumwolle. Bevor sie in dieses Loch gekrochen sind, waren diese Kleider sündhaft teuer. Blaublüter auf der Flucht.

»Ich habe einen Hybriden im Schlepptau, Quinn!« Er speit die Worte förmlich aus.

»Was?« Der Teenager weicht einen Schritt zurück.

»Wenn ich deinem Papa nicht meine Freiheit zu verdanken hätte … das sind diese verdammten Hybriden nicht wert!«

Hat Palthaz sich irgendwie mit dem Widerstand überworfen? Er murmelt etwas vor sich hin, das ich nicht verstehe. Soweit ich weiß, konnte der Widerstand es sich jedenfalls nicht leisten, sich die Schmuggler zum Feind zu machen.

»Wir sind aber doch sicher, oder? Die Maschine tarnt uns noch immer?«, fragt das Mädchen.

»Solange sie funktioniert.«

In diesem Moment entscheidet sich meine Glückssträhne, heute ein weiteres Mal zu reißen. Ich drehe mich in den Wurzeln, um besser zu sehen, aber das Problem bei diesen Wurzeln auf weichem Untergrund ist, dass sie leicht nachgeben. Genau das machen sie jetzt und drücken mich förmlich in Palthaz' Geheimkammer.

Palthaz schießt. Zum Glück wirkt das Überraschungsmoment, sodass er mich sogar auf diese kurze Distanz verfehlt. Ich springe auf und halte ihm Cades Waffe ins Gesicht. »Keine Bewegung, oder ich stanze dir eine zweite Augenöffnung!«

Plötzlich spüre ich selbst den Lauf einer Waffe zwischen den Rippen. »Keine Bewegung, Hybrid«, zischt der Teenager-Junge, »oder ich knall dich ab, wie du es verdient hast.«

4

Araskar

Die Monde von Keil sind qualmende Schmelzöfen mit einer künstlichen Atmosphäre. Sie ist gerade so dicht, um eine Waffenfabrik zu betreiben, im Vergleich zu der die Dunkle Zone geradezu einladend wirkt. Die Luft besteht aus wiederaufbereitetem Sauerstoff, der nach Metall schmeckt; der feine Nebel aus Schlamm und Blut im Qualm veredelt sie förmlich.

Vor unserer schlammigen Grube ragt die riesige Munitionsfabrik mit ihren unzähligen Stockwerken und Türmen in den Himmel. Und darüber ein Gasentsorgungsschiff, das einen Treffer erhalten hat. Feurige Lohen brechen aus dem Wrack. Es scheint, als ob der Himmel selbst brennen würde. Das ist genau die Situation, von der ich hoffte, dass ich sie nie mehr erleben müsste. Aber von wegen – ich stecke wieder mittendrin. Nur dass es diesmal nicht zum Ruhm des Widerstandes ist, sondern zum Ruhm der Konsolidierung.

Klingt nicht ganz so toll, oder?

»Sir!« Helthizor, mein neuer stellvertretender Kommandeur, rennt im Zickzack den Hügel herunter und hat sein Gewehr zwischen den Körper und seinen lädierten Arm geklemmt. »Muss eine ganze Kompanie von Marines dort oben sein. Sie tragen zwar keine Abzeichen, aber es sind definitiv Hybriden mit Marine-Qualitäten.«

»Eine ganze Kompanie.« Ich lasse den Blick über meine Jungs und Mädels schweifen. Die ursprünglich aus fünfzig Leuten bestehende Abteilung ist auf zehn zusammengeschrumpft. Nach einer harten Landung, einer zweitägigen beschwerlichen Wanderung durch toxische Schlackefelder, die niemand außer einem synthetischen Hybriden überlebt hätte, sind wir nun in dieser Hölle angelangt. »Wir haben den Vorteil der mentalen Stärke.« Ein imperialer Marine-Hybrid ist das dümmste – aber auch das zäheste – Produkt eines Zuchtbottichs. Ich aktiviere mein Funkgerät. »Lass sie anhalten, Helthizor. Sie haben uns noch nicht gesehen.«

Helthizor lässt sich neben mir in den Schlamm fallen. »Ich wüsste nicht, wie wir diese Mission erfolgreich durchführen sollen.«

»Halt den Mund geschlossen, wenn das alles ist, was rauskommt«, knurre ich. Ich lasse den Blick über meine Gruppe schweifen, meine kleinen Anfänger, die meinem Leben überhaupt noch einen Sinn geben. Joskiya fängt meinen Blick auf. Erst vor einer Woche hat sie ihren Übersetzertest bestanden. Sie war für eine – völlig verdiente – Beförderung und Verwendung im Nachrichtendienst vorgesehen, doch hat sie darauf verzichtet, um mit uns durch diese Hölle zu gehen. Ich sehe ungefähr dreißig Kinder, die woanders ein schönes Leben hätten haben können und die sich dann doch entschieden haben, in der Garde zu dienen. Und dann schaue ich mich um und sehe noch zehn weitere, die schon zu viel erlebt haben, um hier zu sterben.

Alles im Namen der Konsolidierung.

Ich hebe das Funkgerät und nehme Kontakt mit Terracor auf, dem allmächtigen Firstblade, Anführer der Garde und größter Scheißkerl des Universums. Weil die Gefahr besteht, dass der Funkspruch abgefangen wird, lasse ich das Signal von ein paar unserer Relaisstationen reflektieren, sodass der Verbindungsaufbau eine ganze Minute dauert. »Blindside, hier ist Darkside. Hören Sie mich?«

Nach einer Minute: »Sprechen Sie deutlicher, Darkside.«

Ich versuche, die künstliche Zunge zu kontrollieren. »Wir stehen einer ganzen Einheit Marines bei den suborbitalen Geschützen gegenüber. Ich brauche Unterstützung, und ich brauche sie sofort.«

»Sie müssen erst eine Bergungszone einrichten.« Ich sehe förmlich, wie Terracor den Kopf schüttelt. Und es ist nur der Funkverzögerung zu verdanken, dass er mich nicht wie üblich unterbricht. »Sie verfügen über Richt-EMP, Flammenwerfer und Nuklearmörser und können alles so lange einsetzen, wie diese Fabrik arbeitet.«

Darauf gibt es nur eine Antwort. »Verstanden. Dann sollten wir die Fabrik wohl besser schließen.«

»Es wird Ihnen niemand einen Vorwurf machen, wenn Sie den Rückzug antreten. Ich habe einen Planetenknacker angefordert.«

»Es gibt verdammt viele unschuldige Leute auf diesem Mond. Ich werde ihn nicht zerstören.«

»Hauptsächlich Menschen«, entgegnet Terracor. »Wir *brauchen* den Mond nicht.«

Ich unterbreche die Funkverbindung. Bei Terracor setzt der Verstand aus, sobald es um das Thema »Menschen« geht. Das scheint überhaupt für alle meine Vorgesetzten zu gelten. Ich weiß immerhin, dass alle Blaublüter Menschen waren, dass aber nicht alle Menschen Blaublüter sind.

Ich sehe wieder Helthizor an. »Hast du zufällig gesehen, welche Waffen genau sie benutzen?«

Zehn Minuten später gebe ich die Befehle durch. Der Ausdruck in den Gesichtern meiner Anfänger sagt mir, dass sie sich bewusst werden, dass es das wohl gewesen ist – dass dies ihr letzter Einsatz ist.

Die Ironie wird ihrem legendären Ruf als kaltschnäuzige Schlampe wieder einmal gerecht. Meine Neuen, die gerade ihre Grundausbildung absolviert haben, sehen fast genauso aus wie meine toten Freunde, weil wir alle nach denselben Schablonen gezüchtet wurden. Helthizor hat zum Beispiel die gleiche Schläfenpartie wie mein Chargen-Kamerad Barathuin, die gleichen breiten

Schultern und das jugendliche Gesicht. Und obwohl er nicht einmal ansatzweise so ein guter Schwertkämpfer wie Barathuin ist, hält er sogar sein Schwert wie er. Barathuin war dabei, als wir unsere *Namen* aussuchten. Wir haben in derselben Nacht unsere Jungfräulichkeit verloren. Doch nun ist er tot, und vor mir steht sein Ersatz, der auch bald tot sein wird. Joskiya sieht genauso aus wie Karalla, die ihren Scherbenblaster jahrelang mit sich herumtrug und nie eine Gelegenheit bekam, ihn einzusetzen.

Man könnte fast glauben, das Imperium hatte recht damit gehabt, seinen Hybriden keine Namen zu geben.

Meine Hände zittern. Ich schließe die Augen und denke an die kleinen rosa Pillen. *Halte nur diese Soldaten am Leben, und dann kannst du wieder die Musik hören.*

»Helthizor, du wartest auf das Signal, und dann stürmst du den Hügel. Das ist auch nicht schwerer, als den Bastard hinaufzukraxeln«, sage ich. Ich meine damit unseren Übungshügel auf Irithessa. »Jetzt zahlt es sich aus, dass ich euch zu diesen zusätzlichen Übungen vergattert habe. Fester Schritt und blanke Klinge!«

Sie wiederholen es im Chor: »Fester Schritt und blanke Klinge!«

Ich glaube nicht, dass das funktionieren wird.

Wir bewegen uns im Zickzack den schlammigen Hügel hinauf, bis ich direkt über uns die Stellung sehe. Drei großkalibrige Geschütze – Schiffsknacker – für massive suborbitale Feuerschläge. Wie Helthizor schon sagte, sind es Keil-Standardmodelle. Ach ja, und da gibt es noch alle anderen Arten von Waffen, die man sich nur vorstellen kann: Gatlings, Sturmgewehre, Raketenwerfer und die guten alten Blaster. Außerdem trägt jeder Marine noch ein schartiges Seelenschwert. Der Schlamm schimmert rot – er reflektiert den Schein der Scherben in den Waffen, die gerade aufgeheizt werden.

Ich funke Salleka an. Sie liegt im Schlamm, mit dem sie sich zur Tarnung eingerieben hat, und robbt langsam über den rot angestrahlten Boden auf das erste der großen Geschütze zu. Wie durch ein Wunder entdecken die Marines sie nicht. Also muss sie sich nur zwischen ein paar Drähten hindurchzwängen – weil diese EMPs das Anlegen von Scherbenminenfeldern verhindern, müssen die Marines ihre Stellung mit altmodischen Alarmdrähten sichern.

Ich sitze nur da und halte den Atem an. Ich wäre auch mitgegangen, wenn das dem Secondblade nicht durch die Dienstvorschrift untersagt wäre. Es fühlt sich falsch an, diesen Kindern das ganze Risiko aufzubürden.

Jetzt kommt es auf Joskiya an. Sie ist noch verdreckter als Salleka, und sie windet sich wie ein Wurm durch den Schlamm. Aber ein Marine entdeckt sie und eröffnet das Feuer. Er trifft sie direkt in den Kopf. Die Scherben reißen ein Loch in den Boden und verspritzen ihr Gehirn in alle Richtungen.

Sie hätte sich doch für die Beförderung entscheiden sollen.

Jetzt halten die Marines nach uns Ausschau. Ich funke Salleka an – sie ist nun allein da draußen – und zische: »Feuer!« Von unten, von Helthizors Position, wandert ein Feuerschweif bogenförmig durch den Himmel. Aus der Perspektive der Marines könnte es sich um eine Stichflamme aus dem Gasentsorgungsschiff handeln, aber auch um einen Angriff. Sie eröffnen das Feuer, aber ihre Schüsse gehen über unsere Leute hinweg. Salleka kriecht unter das schwere Geschütz und bricht mit flinken Fingern die Abdeckung an der Unterseite auf.

Keil-Geschütze, auch die großen Schiffsknacker, sind billig gemacht. Man muss nur ein paar Kabel kurzschließen, um sie explodieren zu lassen.

Die Dritte im Bunde, Iniyor, kriecht an Joskiyas Leiche vorbei durch den Schlamm auf das zweite Geschütz zu. Doch ein anderer Marine ist ebenfalls auf dem Posten. Er entdeckt sie und trifft sie. Sie bleibt verwundet und stöhnend im Schlamm liegen; ich weiß nicht, ob sie tödlich getroffen wurde. Wenn wir die Stellung nicht erobern, werden die Med-Bots so oder so keine Diagnose mehr stellen können.

Sie ändern die Feuerrichtung. Die Einschläge liegen jetzt so nahe, dass mir der Schlamm ins Gesicht spritzt. Aber Salleka ist schon mit dem ersten Geschütz fertig. Sie lässt sich wieder in den Schlamm fallen, überwindet die Barriere und kriecht auf das zweite zu. Beim Rückzug verheddert sie sich jedoch im Draht – sie ist zu langsam.

Die großen Geschütze müssen ausgeschaltet werden,

oder dieser Mond wird vernichtet und wir mit ihm. Also verlasse ich meine Deckung.

Sie nehmen mich unter Beschuss, und ich renne los. Ich habe nur mein verdammtes Seelenschwert, um die Scherben abzuwehren. Doch meine Anfänger verlassen nun auch ihre Deckung und geben mir Feuerschutz, wobei sie etliche Marines ausschalten. Ich habe mich gerade unter dem zweiten Suborbital-Geschütz verkrochen, als das erste explodiert.

Salleka hat ganze Arbeit geleistet. Sämtliche Scherbengranaten des ersten Geschützes explodieren und reißen alle Marines in der Nähe in Stücke. Ich habe das zweite gerade präpariert, als eine Scherbe mir ein ziemlich großes Stück Synthohaut aus meinem schlimmen Bein reißt. Ich stehe auf und befinde mich sofort im Nahkampf. Ich kreuze mein Seelenschwert mit einem Marine, der wohl Todessehnsucht verspürt. Wir gehen auf Tuchfühlung, bis unsere Schwertknäufe sich berühren; und dann reiße ich ihn herum und benutze ihn als Schutzschild gegen das in diesem Moment explodierende Geschütz.

Die Scherbengranaten treffen den Marine. Sie zerfetzen seine Panzerung und seinen Körper. Aber er erfüllt seine Funktion als Schutzschild. Ich fliege mit dem zu einem Fleischklumpen verstümmelten Körper durch die Luft und lande inmitten der zerstörten Geschützstellung. Meine Ohren klingeln, und die Haut brennt. Das dritte Geschütz ist umgekippt. Ich schlage mit dem

Seelenschwert um mich und halte den Blaster in der anderen Hand. Ich kann nicht viel sehen und auch kaum etwas hören. Ich kämpfe gegen die Schemen in der Nähe an, bis einer meiner Leute hinter mir auftaucht und mich auf den Hügel hinunterzieht.

»Unten bleiben, Sir«, ertönt die undeutliche Stimme eines meiner Soldaten.

»Nein, zum Teufel!« Bei meiner verschwommenen Sicht sieht dieser Soldat aus wie Rashiya. Nein, das kann nicht sein. Rashiya hatte ein einmaliges Gesicht – sie kam nicht aus dem Tank.

»Sir?«

»Noch bin ich nicht tot!« Ich stehe auf und setze mich mühsam wieder in Bewegung.

Ab jetzt kommt es nur noch auf Kampfgeist und Durchhaltevermögen an. Es sind noch immer genug Marines übrig, die wir vom Waffendepot abschneiden müssen, und es entwickelt sich ein heftiger Nahkampf mit Schwertern und Scherbenblastern. Aber meine Anfänger sind noch härter als diese zähen Bastarde.

Ein Marine zieht sich den Hügel hinauf zu ihrem Bunker zurück. Ich verfolge ihn – was dadurch erschwert wird, dass meine Sicht noch immer verschwommen ist und die Metallknochen meines Beins freiliegen. Doch ich scheuche ihn in den dunklen Bunker. Das war dumm von mir. Ich bin kaum drin, als er eine thermische Granate abzieht. Ihr roter Blitz erhellt sein Gesicht.

Er ist schon etwas älter und von Narben und Falten

gezeichnet. Das ist das erste Mal, dass ich einen imperialen Hybriden sehe, der mehr als ein paar Monate überlebt hat.

Aber er wirft die Granate nicht. »Warum?«, fragt er.

Ich hebe meine Pistole.

Er spricht weiter. »Dein Anführer hat uns an den Teufel verkauft, mein Junge. Und das nur, um ein paar Menschen loszuwerden.«

Ich halte die Pistole auf ihn gerichtet. Wenn er diese Thermogranate wirft, sind wir beide tot. Doch wenn ich ihn erschieße, komme ich vielleicht noch rechtzeitig hier raus. Aber … »Falls du mehr darüber weißt, nur raus damit.«

Er lacht und schüttelt den Kopf. »Ich bin in der Dunklen Zone gewesen. Ich habe dem Teufel ins Gesicht gesehen. Euer John Starfire ist keinen Deut besser. Sei vorsichtig, Junge. Es wird nicht mit den Blaublütern enden, nicht einmal mit den Menschen. Es ist erst zu Ende, wenn in der ganzen Galaxis das Licht ausgegangen ist.«

Dann drückt er den Zündschalter und wirft die Granate.

Ich fange sie auf und werfe sie zurück.

Dann renne ich gerade noch rechtzeitig aus dem Bunker hinaus, bevor er explodiert, rolle den Hügel hinunter und werde von ein paar spitzen Steinen unsanft gestoppt.

Ich lebe immer noch.

Nach einem Tag haben wir den Ort so weit wieder in Ordnung gebracht, dass er fast schon vorzeigbar ist. Wir haben auch »Haustiere« – einheimische Aasfresser mit schwarzen Federn und einem dünnen schuppigen Schwanz, die sich über die Fleischreste hermachen, die nach der Bestattung der Gefallenen noch übrig geblieben sind. Das ist die passende Lebensform für einen Waffenfabrik-Mond. Wir haben in einiger Entfernung vom Depot ein provisorisches Lager errichtet. Wir wissen natürlich, dass wir immer noch auf einem Berg voller Scherben sitzen, und die Latrinen stinken auch zum Himmel. Man sollte glauben, dass inzwischen irgendjemand in den Brutanlagen auf die Idee gekommen sein sollte, Hybriden zu synthetisieren, die nicht scheißen müssen. Dieses Camp kommt für mich einem Zuhause noch am nächsten.

Und dann stattet der Firstblade, der allmächtige Terracor, mir einen Besuch ab. Sein Gesicht hat den üblichen mürrischen Ausdruck über dem schwarzen Bart. Er setzt sich mir gegenüber und nimmt nicht einmal den EPA-Riegel an, den ich ihm anbiete. Zum Glück komme ich gerade von einer gut fünfstündigen Musik-Session. Sonst könnte ich dieses Arschgesicht nicht aushalten.

»Ich habe ein Waffenlager für Sie ausgehoben. Da sollte ein ›Danke‹ doch wohl drin sein.«

»Ich werde mich bei Ihnen doch nicht dafür bedanken, dass Sie dieses Risiko eingegangen sind.«

»Die Garde ist immer an vorderster Front.« Darauf gründet sich auch ihr legendärer Ruf. Terracor will mich aber aus der Schusslinie nehmen, und ich soll den Einsatz vom Schiff aus leiten. Allerdings habe ich nicht vor, das zu tun – ich müsste die Drogendosis verdoppeln, um mit mir leben zu können.

Terracor setzt sich neben mich. »Ich mache mir Sorgen wegen des Menschen«, sagt er. »Der Besitzer dieser Waffenfabrik.«

»Jemand, den ich kennen sollte?«

»Formoz von Keil. Leiter von Keil Quality Vats.«

»Der Name sagt mir was. Das ist doch der Typ, der meine ganze Gruppe an den Widerstand abgestellt hat. Hat eine große Zahl der Hybriden aus seinen Zuchtbottichen in die Freiheit entlassen. Ich würde ihm gern mal die Hand schütteln.« Es dauert eine Minute, bis es bei mir »Klick« macht. »Wollen Sie mir sagen, dass das – das alles hier – im Besitz eines *Sympathisanten* war?«

»Er ist tot. Sie können ihm die Hand nicht mehr schütteln.«

»Moment mal – wieso zum Teufel haben wir eine Anlage angegriffen, die im Besitz eines Sympathisanten war? Warum wurde sie von imperialen Marines geschützt?« Er antwortet nicht. »Hey, ich habe Ihnen eine wichtige Frage gestellt, Sir. Ich habe ein Recht …«

»Ich bin mir nicht sicher, ob ich Ihnen vertrauen kann, Araskar.«

Das ist schon lustig: Terracor entstammt der gleichen Schablone wie ich. Die einzigen Unterscheidungsmerkmale sind sein dichter Bart und eine Narbe auf der Stirn. Aber meine Soldaten haben uns trotzdem noch nie verwechselt. Denn ich könnte nie ein eiskalter Bastard sein, der einen Planetenknacker für ein Waffendepot anfordert.

»Ich könnte mir vorstellen, Sir …«, so rede ich ihn nur an, wenn ich ihn provozieren will, »… dass Sie Order haben, mich über diese Mission aufzuklären.« Und wenn er keine solche Order hat, soll der Widerstand zum Teufel gehen. Dann werde ich meine Anfänger nehmen und nach Hause gehen.

Er starrt mich an. Eines seiner Augen ist synthetisch und mit künstlichen Nerven ausgestattet. Aber das sieht man ihm nicht an. »Formoz von Keil, der Besitzer dieser Anlage, verfügte über wichtige nachrichtendienstliche Erkenntnisse. Mein Befehl lautete, den Mond mit der Garde zu sichern – mit allen erforderlichen Mitteln.« Er seufzt. »Anscheinend ist Formoz jedoch mit einem Rettungsboot abgehauen, als das Gefecht begann, und er wurde dann von irgendeinem Schützen abgeschossen. Er hatte also irgendwelche Informationen, die von jemandem, der an noch höherer Stelle steht als ich, durchgesickert waren. Aber wir wissen nicht, worum es sich handelt.«

Das ergibt alles keinen Sinn für mich. »Terracor, dieser Formoz war doch ein Unterstützer des Widerstandes.

Und Sie wollen mir nun erzählen, dass wir seine eigene Fabrik angegriffen und die Anlage gestürmt hätten, und – die Dunkelheit möge mich verschlingen – hat er wirklich imperiale Marines angeheuert, um sich vor dem Widerstand zu *schützen*?«

»Sie müssen damit aufhören, so viele Fragen zu stellen, Secondblade.«

Aber ich bin zu wütend, um den Mund zu halten. »Entweder nennen Sie mir jetzt einen guten Grund für die heutige Aktion, oder ich bin weg.«

»Sympathisant hin oder her, der Inhaber war einer von denen.«

»Blaublüter?«

»Menschen.«

Dazu fällt mir nichts mehr ein. Wen interessiert es denn, ob ein Ziel menschlich ist?

»Die nächste Mission wird beinahe ein Spaziergang für Sie, Araskar. Fünfzig Mann von Ihrer Division, Sie und ich werden die Verfolgung von Formoz' Kindern aufnehmen. Drei Kinder auf der Flucht. Angeblich wissen sie, was er weiß. Sollte ein Leichtes sein, sie zu schnappen.«

Ich stehe auf. »Was wollen Sie denn von Kindern? Wer sollte wohl geheime Informationen an Kinder weitergeben? Die ganze Sache stinkt doch – sie stinkt schlimmer als ich im Moment.«

Terracor steht auch auf und sieht mich an. Wegen der Beinprothese bin ich nun ein Stück kürzer als mein

Schablonenbruder hier, sodass ich zu ihm aufschauen muss. »Sie werden keine weiteren Fragen zu dieser Mission stellen, Secondblade.« Er dreht sich um und geht zur Tür; doch dann hält er noch einmal inne und dreht sich zu mir um. Im rauchigen Licht leuchtet sein synthetisches Auge weiß. »Araskar.«

»Ja.«

»Haben Sie schon einmal das Sprichwort gehört: ›Wer sich mit Hunden ins Bett legt, wacht mit Flöhen auf‹?«

»Nein.«

Er stößt ein leises Lachen aus und verlässt den Raum.

Sind meine Anfänger heute wegen nachrichtendienstlicher Erkenntnisse gestorben, oder hat man sie nur auf einen sinnlosen Kreuzzug gegen Menschen geschickt? Nein, das kann nicht sein. Es kann doch nicht sein, dass der Widerstand uns nach all dieser Zeit und nach allem, wofür wir gekämpft haben, verrät. Nicht, nachdem ich einen Krieg für den Widerstand gewonnen habe. Nicht, nachdem meine Freunde und meine kleinen Anfänger gestorben sind.

Das kann nicht wahr sein!

Fast wie in Trance hole ich eine Handvoll Pillen heraus und stecke sie mir in den Mund. Ich weiß, dass ich eben erst runtergekommen bin, aber manchmal gibt es einfach nur diesen einen Zufluchtsort für mich.

5

Jaqi

Waffen im Genick. Necro-Viecher. Keine Tomaten. Das ist vielleicht ein Scheißtag! »Alles klar«, sage ich. »Ich werde mich jetzt ganz langsam umdrehen.«

»Nicht bewegen!«

Palthaz schnaubt. »Quinn, verschwende keine Scherben an die. Jaqi, was bei der Dunkelheit willst du hier?«

»Ich dachte, du hütest hier einen großen Schatz.« Ist wohl besser, mit der Wahrheit rauszurücken. Palthaz stößt ein lang gezogenes Grummeln aus, das vielleicht die Entsprechung eines verzweifelten Stöhnens bei seiner Spezies ist. Oder er hat Blähungen. Ich spüre, wie der Druck des Laufs zwischen den Rippen nachlässt, und drehe mich um. Ich nehme diesen Quinn in Augenschein. Ein hübscher Junge, obwohl er auch Anzeichen von Schlaffheit zeigt – er hat ziemlich dunkle Tränensäcke für einen Sechzehnjährigen. Er ist lehmverkrustet und hat wohl schon länger keine Dusche mehr gesehen als ich (was lange, aiya, schon viel zu lange her ist, falls das jemanden interessiert). Er zittert und ist nervös. Das

Leben voller Unterernährung und Schlafmangel setzt ihm offensichtlich zu.

Das Mädchen und der kleine Junge hinter ihm haben sich aneinandergeschmiegt. Allem Anschein nach leiden auch sie an Schlafmangel. Ich bin daran gewöhnt. Allerdings ist das ein Funktionsmerkmal von uns Hybriden: Wir sind für hohe Belastungen ausgelegt. Normale Menschen halten einen Schlafentzug von mehr als ein paar Tagen nicht aus.

Ich beäuge die Waffe, die er noch immer auf mich gerichtet hat. Seine Finger, die um den Griff und am Abzug liegen, zittern. Auch so eine Keil-Billigware; hat ihn wahrscheinlich höchstens einen Zwanziger gekostet. »Hier.« Ich hebe Cades Gewehr am Lauf hoch. »Ich gebe dir das hier für etwas zu essen. Und Kaffee.« Keine Regung. »Komm schon, diese Waffe ist robuster und hat eine größere Magazinkapazität. Sie ist nicht aus so einem minderwertigen Syntho-Stahl zusammengedengelt.« Dann zeige ich ihm noch die Spezial-Scherbenmunition, die ich aus Cades Leiche geplündert habe. »Dieses Baby ist ein echtes Liebhaberstück. Analog-Mechanik vom Feinsten. Für ein Stück Speck?«

Er sagt kein Wort, weder zu mir noch zu Palthaz; er hält nur weiter seine Schrottknarre umklammert. Ich glaube allmählich, dass dieser Junge wirklich schießen wird. Nachdem er gemerkt hat, dass er seine Waffe erst entsichern muss.

»Das ist ein Super-Deal.«

»Du bist ein Hybrid. Wir glauben dir kein einziges Wort.«

»Quinn«, mischt sich Palthaz ein. »Die da ist doch gar nicht clever genug, um beim Widerstand mitzumachen.«

»Spring aus der Luftschleuse, Palthaz!«

»Ist doch wahr! Die Tatsachen der Galaxis liegen offen wie ein Buch vor uns. Hat doch keinen Zweck, sie zu ignorieren. Du willst einen Deal machen, Jaqi? Dann bleib hier, und halte dein Baby schussbereit. Ich brauche jemanden, der damit umgehen kann. Ich war gerade auf der Suche nach meinem verdammten Kontaktmann, als du hier reingestolpert bist.« Er richtet den Blick auf Quinn. »Sie ist harmlos. Hat keine Ahnung von Widerstand. Und sie würde alles tun für ein paar Münzen oder etwas zu essen.«

»Danke für das Kompliment.«

»Wenn du ein falsches Wort sagst, deinen Posten verlässt oder Nahrungsmittel stiehlst, fliegst du sofort aus der Luftschleuse des Schweinestalls.« Palthaz tippt sich an die Augenklappe und verschwindet.

Quinn starrt ihm hinterher, als ob sein Lieblingshaustier weggelaufen wäre.

»Seid ihr Blaublüter?«, frage ich ihn. »Hey, Quinn! Du kannst die Waffe runternehmen.«

Er richtet den Blick auf seine Waffe und dann wieder auf mich. »Du bist ein Hybrid.«

»Ja. Freut mich, dass du das zur Kenntnis nimmst. Hast du sie denn überhaupt schon mal abgefeuert?«

»Nein«, sagt das kleine Mädchen hinter ihm.

»Kalia!«

»Stimmt doch! Das ist nicht gelogen. Ich glaube, sie ist in Ordnung, Quinn. Wenn Palthaz ihr vertraut, sollten wir das auch.«

Es wäre freilich geschmeichelt, die Gefühle, die Palthaz mir entgegenbringt, als *Vertrauen* zu bezeichnen. Ich lächele das Kind an. »Dann heißt du also Kalia?«

»Ja. Das ist Toq.« Sie deutet auf den Fünfjährigen, der sich in ihre Arme gekuschelt hat und mich nicht aus den Augen lässt. »Wir sind von Keil. Unserem Dad gehört Keil Quality Vats.«

»Wir sind keine Blaublüter«, ergänzt Quinn. »Wir helfen dem Widerstand.«

»Aber mein Dad sagte, dass die Garde käme, und wir sollten den Planeten besser verlassen«, fährt sie fort. »Aber ich weiß nicht, wieso. Er hat der Garde doch geholfen. Er hat ihr letztes Jahr all diese Hybriden geschickt. Sie waren von der rebellischen Sorte. Aberrationen.« Dieses Wort muss sie lange geübt haben.

»Es ist schon etwas komplizierter, Kalia.«

»Ich weiß«, sagt sie mit Nachdruck, »aber weil du mir ja *nie* etwas sagst, sage ich eben das, was ich weiß.« Ihre Blicke spicken ihn förmlich mit Scherben.

»Also«, mische ich mich ein, »euer Vater war auf der richtigen Seite des Widerstandes, und jetzt, wo sie die Galaxis an den Eiern haben, soll er plötzlich auf der falschen Seite stehen?«

Quinn sieht seinen Bruder und seine Schwester an. »Wir hatten eine Vereinbarung mit dem Widerstand. Sie haben diese Vereinbarung gebrochen, und dann sagte Dad, dass wir verschwinden müssten.«

»Aus dem Zentrum der Galaxis? Seid ihr deshalb hier am Rande der Wildnis?«

»Wir müssen aus der bekannten Galaxis verschwinden. Er sagte, dass es hier keine Hoffnung mehr für uns gäbe. In der ganzen Galaxis nicht.«

Ich stoße einen Pfiff aus. »Auf den Wilden Welten werdet ihr aber auch nicht viel Glück haben. Es sei denn, ihr wollt in die Dunkle Zone gehen.«

»Nein!«, ruft der kleine Junge.

»Er fürchtet sich vor der Dunklen Zone«, erklärt das Mädchen. »Wir hatten eine Nanny, die uns immer Geschichten davon erzählt hat.«

»Man tut auch gut daran, sich vor dem Teufel zu fürchten.«

»Dad hat sie dann gefeuert«, meint Quinn, ohne mich zu beachten. Er lacht – dieses bittere Lachen, wenn man wieder eines der Rätsel des Universums gelöst hat. »Aber das spielt sowieso keine Rolle. Es ist schließlich nicht die Dunkle Zone, von der uns Gefahr droht, sondern der Widerstand.«

»Sagtest du nicht, du hättest Hunger, Jaqi?«, fragt Kalia. »Wir haben Brot und Würstchen. Ich kann dir ein Sandwich machen.«

Das ist der erste Lichtblick an diesem Tag. »Du bist

ein Engel. Ich kann mich nicht mehr erinnern, wann mir jemand zuletzt ein Sandwich gemacht hat.«

»Nein, Kalia«, widerspricht Quinn. »Wir müssen sparsam mit dem Essen sein. Wir haben fast schon die Hälfte verbraucht.«

»Toq hat auch Hunger. Dann können wir gleich Sandwiches für alle machen.« Kalia deutet auf mich. »Sie sieht so aus, als ob sie seit einer Woche nichts mehr gegessen hätte.« Das dürfte in etwa hinkommen. »Woher kommst du überhaupt, Jaqi?«

Mit Nettigkeit handelt man sich auf den Wilden Welten nur Ärger ein, aber nicht da, wo sie herkommt. Ein sicheres Zeichen für Geld – ich wette, sie hatten ein richtiges Luxusleben.

»Von überallher.« Ich kann mich angesichts der Umstände nicht entscheiden, ob ich wie immer vorsichtig sein oder die Wahrheit sagen soll. »Ich stamme nicht aus einem Zuchttank. Meine Familie schon. Sie sind dann geflohen und Farmarbeiter geworden.«

»Oh«, macht Kalia. »Du warst eine Pflückerin?«

»Genau. Waren manchmal gute Sachen dabei wie Tomaten und Erdbeeren. Oft verpackten wir aber auch nur alle möglichen Sorten von Getreide und Saatgut. Das Zeug, das in den großen Fabriken zu Proteinpäckchen verarbeitet wird.«

»Ich weiß. Dad hatte auch einmal eine Proteinfabrik gehört. Er hat uns dorthin mitgenommen.« Sie scheint zu überlegen, was sie noch zum Thema Proteinfabrik beizutragen hat, und entscheidet sich für »Es hat komisch gerochen«.

»Ich will ein Sandwich«, quengelt Toq. »Und du sollst mir eine Geschichte vorlesen.«

»Wo ist Palthaz?«, fragt Quinn. »Wie groß ist diese Ökosphäre? Es kann doch nicht so schwer sein, hier jemanden zu finden!« Er versucht anscheinend, den Drang zu kompensieren, mich finster anzusehen. »Ich habe den Datenbankeintrag zu diesem Ort gelesen. Es ist nur eine kleine Ökosphäre. Ich dachte, da würden sich alle kennen.«

»In der ganzen Galaxis herrscht Chaos. Kannst du mir mehr über das Ende des Krieges erzählen?«

»Du hast die Nachrichten nicht gelesen?«, fragt Kalia.

»Ich war draußen in der Wildnis. Ich bin nicht auf dem aktuellen Stand.« Das ist mir jetzt peinlich. Wieso kann jeder Penner in der Galaxis lesen, nur ich nicht?

»Der Widerstand hat vor einem Monat Irithessa eingenommen«, sagt Quinn.

»Und das Imperium hat ihnen nicht die Hölle heißgemacht?«

»Sie haben die Kontrolle über die imperialen Knoten erlangt.«

Ich nicke zustimmend. Überlichtschnelle Reisen sind ohne funktionsfähige Knoten nicht möglich. Sie wurden von den alten Joriern eingerichtet: Sie wussten, wie man Türen im reinen Raum öffnet und sie mit Knoten-

Maschinen verbindet, sodass Schiffe durch den Raum springen können.

Es heißt, die imperialen Knoten sind die einzige Möglichkeit, durch die Galaxis zu reisen. Natürlich wurden sie in der langen Geschichte des Imperiums immer wieder neu angeordnet und versetzt, und es gibt auch viele Türen, die eigentlich geschlossen sein müssen. Aber sie wurden von den Typen, die an Orten wie dem Schweinestall rumhängen, gehackt und gewartet. Im tiefen All ist ein Piraten-Knoten ein Garant für Geschäfte und Privatsphäre. Und man kann entweder einen Suit, einen der mechanischen Männer, beauftragen, einen Knoten zu hacken und den Öffnungscode herauszugeben – oder man sucht sich einen Hybriden, der sie ohne Hilfe aufspürt und einen so durch den reinen Raum befördert.

Jemanden wie mich.

»Was hat der Widerstand getan, nachdem er das Netzwerk unter seine Kontrolle gebracht hatte?«

»John Starfire hat die militärischen Knoten deaktiviert und die Navy in der Dunklen Zone eingesperrt. Nur ein paar Schiffe sind entkommen. Hundert Millionen Marines blieben dort zurück.« Quinn räuspert sich. »Ohne Nachschub werden sie die Shir in der Dunklen Zone bei lebendigem Leib auffressen.«

»Psst«, zische ich, bevor er ausreden kann. »Meine Pechsträhne ist schon lang genug, Quinn. Dann musst du nicht auch noch den Teufel beschwören.«

Er dreht sich um und mustert mich mit einem Blick,

in dem irgendetwas zwischen Zorn und einer Art Hoffnung liegt. »Du bist eine Kriminelle, nicht wahr?«

Ich hebe die Hände. »Ich muss schließlich von irgendetwas leben.«

»Ich kann mir aber nicht vorstellen, dass du etwas Böses tust«, sagt Kalia.

Es war jedenfalls eine hochprofitable Angelegenheit. »Waffenschmuggel. Ich habe einem Piraten Hehlerware abgenommen und sie über Kurgul-Nester weiterverkauft. Der Widerstand war ein Großabnehmer.«

Dazu fällt ihnen nichts mehr ein.

Kalia gibt mir ein Sandwich. Die Kinder beklagen sich, dass das Brot labbrig sei und das Fleisch – so ein schleimiges Zeug – komisch schmecken würde. Ich habe keine Ahnung, wovon sie reden. Ich schlinge das Sandwich herunter und komme in den Genuss der größten Köstlichkeit der ganzen Galaxis. Für dieses Sandwich hätte ich mich dem Widerstand angeschlossen, hätte den Imperator höchstpersönlich für dieses belegte Brot erstochen, das aus echtem Getreide, das in echter Erde angebaut worden war, und aus echten Tieren, die echtes Gras gefressen hatten, bestand.

Als ich das Sandwich aufgegessen habe – was leider viel zu schnell ging –, muss ich gestehen, dass ich mir langsam auch Sorgen wegen Palthaz mache. Nach dem, was Cade sagte, gehen hier unten im Schweinestall jede Menge krummer Geschäfte über die Bühne, und durch den Fall des Imperiums wird es immer schlimmer.

»Palthaz wird zurückkommen«, sagt Quinn, als ob er meine Gedanken gelesen hätte. »Wir haben eine Vereinbarung.«

Ach, du ahnungsloser Junge. »Ich sage dir das nur sehr ungern, aber Palthaz' Geschäft besteht darin, Leute über den Tisch zu ziehen.«

»Er wird die Vereinbarung einhalten«, beharrt Quinn. Es klingt fast so, als ob er das sich selbst gegenüber bestätigen wollte. »Er muss einfach.«

Aus der Verzögerung schließe ich, dass Palthaz' Kontakt nicht erschienen ist und wohl auch nicht mehr erscheinen wird. Das Beste wäre nun, die Kinder zu seinem Schiff zurückzubringen und sie dort zu verstecken, bis er eine neue Route klargemacht hat.

Aber ich glaube nicht, dass Palthaz das Beste tun wird.

Außerdem steht zu erwarten, dass wer auch immer Cade den Kopf weggeschossen hat, noch in der Gegend ist und nach diesen Kindern sucht. Das hier ist zwar ein gutes Versteck, aber nicht auf Dauer. Beim nächsten planmäßigen Regen werden sie hier drin ertrinken.

»Vielleicht hält er sein Versprechen«, sage ich. »Aber es hat trotzdem keinen Sinn, in diesem Loch zu verfaulen und auf ein Wunder zu hoffen. Ihr solltet lieber auf seinem Schiff warten.« Ich krieche durch den Haupttunnel und lasse den Blick über den Pfad schweifen. Es ist nicht viel zu sehen außer der Vegetation, die sich bis zum leeren Platz hinunter erstreckt.

»Kommt raus. Ich werde euch zu Palthaz' Schiff bringen. Ihr könnt dort auf ihn warten. Ich glaube nicht, dass die Hafenbehörde an einem Tag wie heute besonders aufmerksam ist.«

Sie gehorchen mir widerspruchslos. Kurz blitzt der Gedanke auf, dass sie den ganzen Ärger vielleicht nicht wert sind, aber ich mag diese kleinen Menschen. Jemanden, der mir so etwas Leckeres zu essen gibt, muss ich einfach mögen. Dann werde ich eben ein letztes großes Risiko eingehen, bevor ich mich in ein normales Leben aufmache.

Kalia trägt einen komischen schwarzen Kasten ohne sichtbare Elektronik und Tasten. »Ist das dein Verzerrer?«, frage ich.

»Solange ich ihn dabeihabe, wird kein Jorier uns aufspüren können.«

»Nicht aus der Ferne. Wenn du aber nah genug an einen Hybriden herankommst, sind diese Dinger einen Scheiß im Vakuum wert.« Das war vielleicht etwas zu grob für diese zarten Seelen. »Ich meine …«

Kalia kichert. »Das habe ich ja noch nie gehört. Ein Scheiß im Vakuum!«

Quinn wird jedoch bleich. »Sie können einen auch in einem Verzerrerfeld aufspüren?«

»Ich habe noch von keinem Verzerrer gehört, der Schutz vor einem Hybriden bieten würde.« Trotzdem sind die Kinder sicher, solange wir keinem über den Weg laufen …

Also schleichen wir den Pfad entlang. Ich studiere die Rucksäcke, die sie tragen. Ob da noch mehr richtiges Essen drin ist? Die Ausbuchtungen lassen eher auf die sattsam bekannten rechteckigen Proteinpäckchen schließen. Irgendwann werde ich ihrem Erfinder ordentlich die Meinung geigen.

Wir schleichen uns am Rand des Marktes entlang, vorbei an den mit Moos und Efeu bewachsenen steinernen Gebäuden, in denen Vorräte gelagert werden. Es gibt nicht viel zu sehen, aber ich könnte schwören, dass ich irgendwelche Typen reden höre.

»Palthaz' Schiff liegt am Pier Q-36«, sagt Quinn.

»Es dauert ein Weilchen, durch die Hafentunnels zum Schiff zu gehen.« Ich betrachte die schwarzen Tunnelwaben am künstlichen Himmel, aus dem die Wände des Schweinestalls bestehen. Sollte kein Problem sein, von hier zu verschwinden, sage ich mir.

»Jaqi, schau …«, fängt Quinn an.

Ich drehe mich um – und wen sehe ich da? Zaragathora den Fleischfresser, zwei Meter groß und am ganzen Leib tätowiert. »Wo ist das Geld?« Er streckt die Hand aus und packt mich im Genick. »Wie viel hast du?«

6

Jaqi

Man kann sich leicht vorstellen, dass einem das Sprechen schwerfällt, wenn ein großer Zarra einem den Hals zudrückt und einen daran in die Luft hebt. Ich wünschte, er hätte darüber nachgedacht, denn Z schreit immer wieder »Geld! Geld!«, als ob er eine Antwort von mir erwarten würde.

Quinn drückt Z seine Waffe in den Rücken. Doch der Zarra lässt sich davon nicht beirren. »Geld!«

»Sie hat doch gar kein Geld!«, ruft Kalia. »Bitte!«

Er dreht den Kopf. Ich nutze die Gelegenheit und versetze ihm einen kräftigen Tritt unter die Rippen. Er lässt mich zwar nicht los, aber es gelingt mir immerhin, den Griff um den Hals etwas zu lockern. »Ich hab kein Geld«, krächze ich.

Mit einem Knurren wirft er mich weg. Ein guter Wurf. Ich fliege über den halben Platz und lande dann so heftig auf dem Steißbein, dass mir fast die Zähne zersplittern. Ich schlittere über den Boden und werde schließlich von einem spitzen Stein aufgehalten, der sich mir in die Rippen bohrt.

Ich schaue auf und sehe, dass eine Frau mich beobachtet. Von ihrem Gesicht ist nicht viel zu sehen, denn sie hat die Mundpartie mit einem grauen Tuch vermummt. Ein paar rote Haarsträhnen lugen unter ihrer Kapuze hervor. Ihre grünen Augen fixieren mich. Sie schiebt die Hand unter den Mantel und greift nach irgendeiner Waffe. Und das verursacht mir stärkere Kopfschmerzen als Zs Weitwurf.

Ein jorischer Hybrid.

Um auch die letzten Zweifel zu zerstreuen, zieht sie nun ein Seelenschwert. Sie ritzt sich in den Arm. Die schwarze Klinge saugt das Licht ein, und dann führt sie eine Handbewegung durch, als ob sie Brot schneiden wollte. Das Blut fährt in die Klinge und entfacht eine weiß glühende Flamme. Sie muss diejenige sein, die Cade getötet hat.

Ich stehe auf und falle gleich wieder hin. »Aiya, ein schönes Schwert, und jetzt verschwinde …«

Quinn, der in Gedanken wohl schon im Raum ist, rennt auf den Platz – um mich zu beschützen? Um seine Geschwister zu beschützen? Keine Ahnung. Aber er ruft laut: »Lass sie in Ruhe! Du bist nicht hinter ihr her!«

Bei den Dunklen Sternen! »Nein«, flüstere ich. Meine Stimme klingt wie durch Watte gedämpft. »Natürlich bist du hinter mir her, äh, beachte ihn gar nicht …« Ich stehe wieder auf. Und falle wieder hin, weil meine Beine sofort nachgeben.

Diese grau gewandete Jorierin wirbelt zu Quinn herum. Er steht nur da und starrt sie an.

Er legt seine beschissene Keil-Pistole auf sie an und feuert. Sie wehrt die Streumunition mit dem Seelenschwert ab, wobei die Scherben förmlich zerhäckselt werden und wie eine Federwolke durch die Luft driften. Er will wieder feuern, doch die Waffe hat plötzlich Ladehemmung.

Die ganze Situation erscheint mir total unwirklich: ein Teenager, ein reicher Junge ohne Lebenserfahrung aus behütetem Hause, der noch nie einer solchen Gefahr ausgesetzt war, im Angesicht des Todes. Er wird sich der Todesgefahr bewusst und erkennt auch, dass er nichts tun kann. Er wird kreidebleich, Schweiß strömt ihm von der Stirn, und ein paar verdammte Tränen rollen über sein Gesicht. Er öffnet den Mund, als ob er etwas sagen wollte.

Ich springe auf – endlich tragen die Beine mich wieder – und renne los. »Lauf, Quinn!« Ich weiß nicht, was ich mir davon verspreche. Ich weiß, dass ich nicht gegen eine trainierte Jorierin mit aktiviertem Seelenschwert ankommen kann, aber vielleicht kann ich Quinn wenigstens aus der Gefahrenzone holen.

Ich habe noch keine fünf Schritte gemacht, als sie Quinn ersticht.

Ich stoße einen Schrei aus. Vielleicht einen Fluch, vielleicht auch einen Schmerzensschrei. Ich springe diesen Hybriden an, während sie ihre Klinge noch in

Quinn stecken hat und ihm seine Erinnerungen aussaugt. Ich reiße sie zu Boden, kratze und beiße und wende jeden schmutzigen Trick an, den ich bei Schlägereien in schmierigen Raumhafenspelunken gelernt habe. Zumindest erreiche ich damit, dass sie das Seelenschwert aus Quinn herauszieht.

Ich komme wieder auf die Beine. Sie hebt schon das Schwert, aber ich verpasse ihr mit der Faust einen solchen Schlag in die Fresse, dass sie sich auf den Arsch setzt.

Ich packe Quinn und ziehe mich zurück; und zum ersten Mal an diesem Tag ist mir das Glück gewogen. Ein Dutzend Stimmen ertönt in der Sprache der Kurgul, und dann ist die Luft auf einmal voller Scherben – dichter als ein Schwarm Moskitos. Die Graue muss in Deckung gehen.

Quinns Bewusstsein ist erst zur Hälfte geleert. Das Seelenschwert hat noch nicht lange genug in ihm gesteckt, um ihm alle Erinnerungen zu rauben. Aber es hat dennoch großen Schaden angerichtet. Blut quillt aus seiner Kehle. Er versucht zu sprechen, während ich ihn wegschleife. Er ist in einem wirklich schlimmen Zustand, und er flüstert einen Namen – den seiner Schwester. Er sieht mich an, und ich begreife, dass er mich etwas fragen will. Und dann ist er tot.

Verdammtes Kind! Und ich verfluche mich auch, weil ich sie aus diesem Loch geholt habe.

Die Luft ist mit Scherben förmlich geschwängert. An

einem Ort wie dem Schweinestall, wo praktisch alle schmutzigen Geschäften nachgehen, juckt jedem sofort der Abzugsfinger, wenn es einen Toten gibt. Ich tue es äußerst ungern, aber ich muss Quinns Leiche zurücklassen.

Die Kinder und ich fliehen vor dem Feuergefecht. Ich bin noch nie im Leben so gerannt; ich versuche, jeden Schritt ein wenig länger zu machen als den davor. Z rennt neben mir her und überwindet mit weiten Sprüngen den schlammigen Untergrund. Und dann hat er mich überholt und dreht sich zu mir um. »Lauf!«, brüllt er, »lauf, du weicher Fleischsack!«

Toq stolpert und fällt, und seine Schwester, die ihn an der Hand hält, geht auch zu Boden. Das Kind musste gerade mit ansehen, wie sein Bruder starb. Und seine Seele vermochte nicht einmal den Körper zu verlassen, sondern wurde zur Hälfte in das Schwert eines verrückten Hybriden eingesaugt. Kalia weint. Und wir sind noch immer weit vom Schiff entfernt. Und ich habe nur noch ein paar Patronen in Cades Waffe.

Und die graue Kutte verfolgt uns.

Ich packe die Kinder und ziehe sie wieder auf die Beine. Z wirft sich Toq wie einen Sack über die Schultern, und wir rennen weiter.

Im Schweinestall führen tausend Wege zum Hafen und von ihm weg – wegen der vielen zwielichtigen Geschäfte. Die Leute haben so viele private Tunnel, Nebentunnel und versteckte Falltüren angelegt, dass die

Zollbeamten längst den Überblick verloren haben. Sie werden nur dann noch tätig – dann aber richtig –, wenn man ihnen zu wenig Bestechungsgeld zahlt. Sonst lassen sie einen ungehindert zum Hafen durch. Wir nähern uns dem riesigen Wabenbündel aus Tunnel. Das ist gut, andererseits aber auch schlecht.

»Kalia, ich möchte, dass du jetzt gut nachdenkst. Denke nach. Aus welchem Tunnel seid ihr gekommen …?«

»Du dummer Fleischsack!« Z reißt mir die Waffe aus der Hand. »Keine Zeit!« Er feuert ein Dutzend Scherbengeschosse auf den Hybriden ab.

Graukutte hebt ihr Seelenschwert, und die Scherben zerbröseln, fliegen davon und lösen sich in stiebende Funken auf. Verdammt. Das ist ein verdammt zäher Hybrid.

»Gib mir das.« Ich entreiße Z die Waffe wieder. »Kalia, Toq, lauft in die Tunnel!«

»Bist du …« Z verstummt. »Wenn du Zauberkräfte hast, nur zu.«

Haha.

Ich schieße wieder.

Und wieder wehrt sie die Scherben ab, als ob es gar nichts wäre. Verdammt, verdammt, dreimal verdammt.

Ich bin auch ein Hybrid. Theoretisch verfüge ich über die gleichen Kräfte wie sie. Stimmt doch, oder?

Aber ich habe nur eine Möglichkeit: Ich greife aus, wie ich nach Knoten ausgreife – wie ich ausgreife, wenn ich in den Überlichtraum wechsle. Ich taste nach einem Knoten, nur dass ich diesmal …

Ich fühle es. Als ob sie in meinem Kopf schreien würde.

Ich drücke gegen sie, wie ich drücke, wenn ich einen Knoten öffne – und verdammt, ich weiß nicht, ob es überhaupt etwas bewirkt, aber ich drücke diesen Abzug.

Die Graue hebt die Hand, aber diesmal zerbröseln die Scherben nicht. Sie schleudern sie zurück und zerfetzen ihr das Gesicht und die Brust. Sie blutet nicht, aber sie wird durch die Wucht des Treffers gegen die nächste Wand geworfen.

Das Sternenfeuer sei mir gnädig! Ich habe etwas … Jorisches getan.

Z stößt wieder dieses beeindruckende lang gezogene Brüllen aus und rennt auf ihren niedergestreckten Körper zu. Ich packe ihn am Arm – was sich in etwa so anfühlt, als ob ich einen Klumpen geschmolzenen Stahls anfassen würde – und ziehe. »Komm schon! Komm schon!« Ich könnte diesen Koloss gut gebrauchen.

»Ich will das hier erst zu Ende bringen.«

»Sie werden dich töten! Komm schon, denk an das Geld! Diese Kinder sind viel Geld wert!«

Er schubst mich in einen Tunnel. Die Gravitation erfasst mich, wirbelt mich herum, und dann geht es abwärts.

Der Tunnel spuckt uns in einen schwebenden Hafenzugang aus: einen der Metallarme, die strahlenförmig von der Ökosphäre ausgehen. Auf ganzer Länge des Tunnels sind in regelmäßigen Abständen Schleusen, die einen Blick auf die Andockausleger für Raumschiffe ermöglichen. Die meisten Liegeplätze sind jedoch leer; die Schiffe sind längst abgeflogen. Hinter den Abschirmfeldern ist nichts als leerer Raum.

Jeder Penner, der aus dem Schweinestall fliehen will, scheint hier zu sein. Alle taumeln in der Schwerelosigkeit. Die Lichter in der Decke flackern. Ich höre ein lautes Brüllen und dumpfes Ploppen, als Schiffe sich losreißen. Sie nehmen sich kaum die Zeit, ordnungsgemäß abzulegen, und reißen Kunststoffstücke aus den Andockarmen, die dann als Abfall im Raum treiben. Kurguls und Rorgs, Zu-Path und Crickets hasten in der Schwerelosigkeit durch den Gestank, wobei sie sich von Wand zu Wand abstoßen.

Und inmitten dieser Horrorshow treiben Kalia und Toq. Sie haben sich aneinandergeklammert und weinen.

Kalia sieht zu mir auf. »Jaqi … es tut mir leid … das Schiff ist nicht da. Es ist nicht hier.«

Z kommt hinter mir aus dem Tunnel geflogen und stößt so heftig mit mir zusammen, dass ich gegen die Wand geschleudert werde, von der ich abpralle und wieder mit ihm zusammenstoße. Als ob er heute nicht schon genug Anschläge auf mein Leben versucht hätte! »Q-36, hat dein Bruder gesagt. Wir …« Ich werfe einen

Blick auf die Orientierungshinweise an der Wand. »Drei Ebenen höher.«

Z packt den Fensterrahmen und drückt sein Gesicht gegen die Scheibe. »Wonach suchen wir?«

»Palthaz' Schiff ist ein … ein Zerrek T-15, wenn ich mich recht erinnere?«

»Da ist eins. Aber drei Ebenen tiefer.« Er sieht mich an – diese Tattoos sind nun völlig verzerrt. Das bedeutet, dass er im Moment tatsächlich etwas ängstlich dreinblickt. Doch dann ist er schon wieder der alte knurrige Typ. »Wenn keine Garde da ist, könnt ihr reinkommen.«

Kalia schwebt zu uns herüber – tapferes Mädchen – und sieht aus dem Fenster. »An einer Luke ist der Riegel defekt. Wir können ihn aufbrechen und so ins Schiff gelangen. Aber du bräuchtest einen Anzug und müsstest ein Stück weit außen …«

»Später. Gehen wir erst mal los.«

Es ist dann doch nicht so schwierig wie befürchtet, diese drei Ebenen nach unten zu gelangen. Falls die Graue sich noch einmal aufrappelt, müsste sie sich erst durch die Menge hacken, ehe sie uns einholt. Z hingegen schafft das locker. Er schubst die Leute einfach weg, als ob er ein Bergmann wäre, der einen Asteroiden ausräumt – niemand wagt es, sich ihm in den Weg zu stellen, und schon gar nicht in der Schwerelosigkeit.

Und da ist das Schiff auch schon, Palthaz' Baby. Es sieht sogar aus wie ein Baby. Der Zerrek T-15 hat die

Form eines kugelrunden Babykopfs mit Pausbacken, einer vorgewölbten Stirn und … einem abgerissenen Andockarm. Muss in dem ganzen Chaos von einem anderen Schiff gerammt worden sein.

Palthaz' Schiff driftet langsam davon. Wo unser Zugangstunnel hätte sein sollen, ist nur noch ein Abschirmfeld, das die Atmosphäre drinnen hält. Und gleich dahinter erstreckt sich der Raum.

»O nein«, stöhnt Kalia.

Nun ja, wenn es mir gerade gelungen ist, einen Hybriden anzuschießen, kann ich das Glück vielleicht noch einmal herausfordern.

»Das ist die defekte Luke, stimmt's?«, sage ich und deute auf einen Bereich unter einem schwarzen Handlauf, wo unregelmäßige Lauflichter blinken. Der Abstand ist noch nicht allzu groß – ungefähr der Durchmesser des Hauptplatzes des Schweinestalls. Ein Katzensprung, nur ein paar Meter durch das kalte, tote Vakuum.

»Ja. Ich glaube schon. Ich erinnere mich nicht.« Kalias Stimme zittert. »Wir erreichen das Schiff nicht ohne einen Anz…«

»Wirf mich raus, Z.«

Er zögert keinen Augenblick.

Hybride werden so gezüchtet, dass sie ziemlich hart im Nehmen sind. Wir können den Atem etwa zehn Minuten lang anhalten. Im Vakuum können wir zwar nicht überleben, aber wir sterben zumindest nicht sofort. Und wir können auch durch eines der billigen betäubenden Abschirmfelder fliegen, mit denen der Schweinestall das Vakuum draußen hält.

Natürlich vergesse ich, noch einmal tief Luft zu holen, als Z mich mit voller Wucht gegen das Feld schleudert. Das ist im ersten Moment ein Schock. Doch beim Durchstoßen des Feldes verspüre ich nur ein starkes Kribbeln. Und dann schwebe ich in Shorts und mit einem Tanktop wie ein Gesteinsbrocken durch den Raum.

Kälte durchdringt meinen Körper. Ansonsten ist es tiefschwarz und totenstill. Schiffe fliegen über mich hinweg, feurige Triebwerksstrahlen durchbohren das Vakuum, und Funken stieben in der Dunkelheit, doch es fehlt die passende Geräuschkulisse zu diesem spektakulären Anblick.

Die Sicht verschwimmt, als die Tränenflüssigkeit in meinen Augen gefriert. Mein Oberkörper ist wie eine riesige leere Höhle. Ich spüre, wie die Lunge ohne Luft kollabiert.

Ich schwebe über dem Schiff. Mein erster Versuch, den Handlauf zu ergreifen, misslingt; die gefrorenen Finger packen nicht schnell genug zu. Ich drehe mich, umfangen von der Schwärze und dem Schein der Lichter des Schweinestall-Hafens. Ich fliege weiter in die tiefe Dunkelheit und rudere mit Armen und Beinen – und kriege schließlich den nächsten Handlauf zu fassen. Dann hangele ich mich auf dem kalten schwarzen Kunststoff zu dieser defekten Luke zurück, bevor meine

Innereien kollabieren. Ich zittere am ganzen Leib, jeder Muskel ist verkrampft, um mich nur Dunkelheit, unendlicher Raum und gespenstische Stille. Ich zerre an der Luke in der Hoffnung, dass sie einfach defekt und nicht provisorisch verriegelt ist.

Aber ich habe das Glück auf meiner Seite. Die Luke öffnet sich. Ein warmer Sauerstoffschwall entweicht und gefriert sofort im Raum, bevor das automatische Sperrfeld aktiviert wird und die Atmosphäre im Schiff hält. Ich durchstoße das Feld, und dann taumele ich in der Schwerelosigkeit durch Palthaz' Baby. Es ist warm hier drin, dem Sternenfeuer sei Dank, und voller Sauerstoff. Selbst die untergegangene Erde hätte keine köstlichere Luft haben können.

Ich brauche eine Minute, um das Cockpit zu finden und die Systeme zu aktivieren. Eine lange Minute. Eine Minute, in der ich sehe, wie der ein paar Meilen vom Schweinestall entfernte Knoten aufleuchtet; und ich will verdammt sein, ein echtes Garde-Schiff kommt durch.

Es ist groß und schwarz und trägt das Symbol des Widerstands, dieses Flammen-Ding. Und dann schießt es starkes Scherben-Sperrfeuer. Vorerst noch Warnschüsse.

Diese Hybridin – die Quinn und wohl auch Cade getötet hat – gehört also zur Garde. Habe ich mich jetzt mit dem Widerstand angelegt?

Schwärme kleiner Jäger werden aus dem Bauch des Garde-Schiffs ausgestoßen. Sie sehen aus wie Insekten und rasen als gleißend helle mannsgroße Scherben durch die Schwärze des Raums auf den Stau zu, der sich zwischen Schweinestall und Knoten gebildet hat. Plötzlich versperrt dieses Schiff allen den Fluchtweg. Chaos bricht aus. Die Schiffe zerstreuen sich, wirbeln umeinander, schrammen aneinander vorbei und stoßen zusammen.

Außer dem offiziellen gibt es hier draußen noch zwei Piraten-Knoten, illegal natürlich. Nicht alle werden es dorthin schaffen.

Ich schon.

Ich wende das Schiff und fliege zum Anleger zurück. Ich sehe Kalia, Toq und Z, die noch immer am Abschirmungsfeld warten. Ich habe noch nie eine Vollbremsung durchgeführt und an einem Ausleger angedockt, und ich muss mich auch erst noch an das Schiff gewöhnen.

Hallo, Glück? Bist du noch da?

Ich bringe das Schiff rein, nehme die Geschwindigkeit weg und versuche, mit feuernden Front-Schubdüsen eine Vollbremsung hinzulegen.

Der Ausleger der Anlegestelle greift in den Andockpunkt des Schiffs. Es ruckt vorwärts, und der Ausleger biegt sich durch. Ich höre ein metallisches Kreischen, und für eine imperiale Minute glaube ich schon, ich würde das ganze Dock zerlegen und diese Kinder in den Raum schleudern.

Und dann ruckt das Schiff zurück und kommt zur Ruhe.

Hallo, Glück, da bist du ja.

Die Verbindung ist hergestellt. Z und die Kinder rennen durch den verbogenen Arm der Anlegestelle auf Palthaz' Schiff.

Als sie drin sind, trenne ich die Verbindung und führe einen Alarmstart durch. Palthaz hat mit diesem »Baby« eine gute Wahl getroffen. Es ist wendig und lässt sich gut zwischen den größeren Schiffen hindurchmanövrieren. Er war auch schlau genug, die Gravitations- und Umweltkontrolle auf manuell zu stellen; die größeren Schiffe werden durch ihre automatisierten Systeme verlangsamt. Ich muss nur den Schub erhöhen und mache den Abflug wie eine Fliege, die vor einer Klatsche flieht.

Der Raum um uns herum wird von Scherbenfeuer erleuchtet. Unser Andockarm wird getroffen und in Stücke gerissen. Ich werde gegen die Wand geschleudert und sehe heute schon zum x-ten Mal Sterne; meine Sicht ist so verschwommen, dass ich kaum zwischen Sternenfeld und Scherbenfeuer unterscheiden kann. Wenigstens muss ich mir keine Gedanken mehr darum machen, einen verbogenen Andockarm einzuziehen.

»Wach auf!« Toq schüttelt mich. Er ist noch immer total verweint. »Bitte, Gott! Kalia sagt, dass sie fliegen kann, wenn du nur aufwachst …«

»Ich bin wach.« Und es gibt da eine Sache, die ich besser kann als jeder verfluchte Penner in dieser verdammten Galaxis.

Ich greife aus und finde den Knoten – eine Verbindung zum pulsierenden reinen Raum. Während alle anderen Schiffe versuchen, mit brüllenden Knoten-Aggregaten den richtigen Einstieg zu finden, und Codes laufen lassen, um eine Verbindung herzustellen, bringe ich den reinen Raum direkt zu uns.

Zu den Pfaden durch die Schwärze, schneller als Licht und Zeit, weg von Feuer und Tod.

»Haltet euch fest.«

Araskar

Es wird nicht mit den Blaublütern enden, nicht einmal mit den Menschen. Es ist erst zu Ende, wenn in der ganzen Galaxis das Licht ausgegangen ist.

Ich weiß, das ist dumm. Ich weiß, ich sollte das nicht tun – doch hier bin ich nun, sitze in meinem Quartier, denke nach und lasse das Gefecht Revue passieren.

Ich hätte Joskiya nicht losschicken müssen. Ich hätte sie zurückholen können, selbst gehen oder einen günstigeren Zeitpunkt wählen können. Ich habe sie vor Augen, wie sie durch den Schlamm kriecht und diese Scherben ihren Kopf zerfetzen. Ich hätte selbst gehen können.

Und dann der Vorstoß selbst! Wir sind viel zu nah am Ziel runtergekommen, weil ich wusste, dass Terracor eher einen Planetenknacker einsetzen würde, als eine gegnerische Stellung anzugreifen. Ich musste schnell rein, oder er hätte den Planeten vernichtet.

Und damit komme ich zum eigentlichen Problem: Ich traue meinem Vorgesetzten nicht.

Es wird nicht mit den Blaublütern enden, nicht einmal mit den Menschen. Es ist erst zu Ende, wenn in der ganzen Galaxis das Licht ausgegangen ist. Was hat er damit gemeint? Was veranlasst einen Imperialen Marine-Hybriden zu einer solchen Aussage?

Wenn man allein in seiner Kabine sitzt und sich den Kopf über solche Fragen zerbricht, greift man irgendwann einfach zu den Pinken und nimmt die ganze Packung.

Meine Gedanken hören auf, sich im Kreis zu drehen. Ich höre förmlich das Vakuum außerhalb des Schiffs; eine unendliche Leere, in der einzelne Moleküle und Atome umherdriften und eine Melodie aus singulären flirrenden Tönen vor dem Hintergrund eines tiefen Summens erzeugen. Ich höre die Sterne, den tiefen Bass ihrer nuklearen Herzen und die tiefen Töne, die in der Dunkelheit widerhallen.

»Secondblade?« Das Wort wabert aus dem blauen Dunst.

Ich versuche, die Lippen zu bewegen, doch will mir das nicht so recht gelingen. »Mm.«

»Secondblade, sind Sie da drin? Wir haben den Treffpunkt erreicht, und es ist … das müssen Sie sehen.«

»Mm.« Die Zunge, die schon unter günstigsten Umständen nicht richtig funktioniert, versagt vollends. Ich versuche aufzustehen – klappt auch nicht. Schließlich gelingt es mir doch noch, ein halbwegs verständliches Wort zu formulieren. »Minute.«

»Ja, Sir.« Nach einem Moment meldet er sich noch einmal: »Sieht so aus, als ob wir in der Klemme stecken, Secondblade.«

Terracor wird mir meine synthetische Zunge rausreißen, wenn er mich so sieht. Ich muss aufstehen. Spielt keine Rolle, ob mein blödes Bein funktioniert.

Blöde Beine. Keins von beiden bewegt sich. Aber ich muss aufstehen …

Ich weiß nicht, wie viel später es ist, als jemand heftig an die Tür klopft. »Brauche Hilfe …«, bringe ich mit Mühe hervor.

Es ist Helthizor. Der Junge hat seit der Landung auf Irithessa mindestens halb so viel durchgemacht wie ich. Das ist wohl auch der Grund dafür, weshalb er kein Wort verliert, als er meine Kabine betritt und mich zugedröhnt und auf dem besten Weg zur Dunklen Zone sieht. Er legt den Arm um mich. »Kommen Sie, Secondblade. Hoch mit Ihnen.«

So habe ich noch nie runterkommen müssen. Wir wanken durch die Gänge des Schiffs. »Versuchen Sie, wenigstens so auszusehen, als würden Sie laufen, Sir«, murmelt er, während ich meine Beine mit purer Willenskraft zwingen will, sich zu bewegen – aber sie tun es nicht. Wenn jemand neugierig gafft, wird das von Helthizor mit einem finsteren Blick und der Frage quittiert, ob die betreffende Person denn nichts zu tun hätte.

Schließlich stehen wir vor der Brücke. »Sie müssen jetzt selbst gehen, Sir«, flüstert er.

»Ich versuch's.« Meine Hände zittern. Na prima. Ich hebe den Arm etwas an, und er fällt gleich wieder schlaff herunter. »Ich versuch's.«

Helthizor seufzt und öffnet die Tür zur Brücke.

Terracor sieht sofort, dass etwas nicht stimmt. »Was ist mit ihm los?«

»Das neue Bein ist noch nicht richtig angewachsen«, erklärt Helthizor. Ich nicke in der Hoffnung, dass ich eher wie jemand wirke, der an einer Prothesenunverträglichkeit leidet und nicht wie ein desolater Junkie. »Was gibt es?«

Ich habe eine gute Aussicht auf die Ökosphäre, während wir andocken. Es herrscht Chaos. Schiffe rotieren im Raum, schießen aufeinander und liefern sich ein Rennen zum Knoten. Unsere Kanoniere eröffnen ebenfalls das Feuer – das sollen wohl Warnschüsse sein. Es werden allerdings auch ein paar Schiffe getroffen.

»Nur das übliche Gesindel, das sich in solchen Stationen herumtreibt«, meint Terracor. »Unsere Mission ist aufgeflogen. In aller Öffentlichkeit. An einem solchen Ort besteht immer die Gefahr, dass sich so was schnell ausbreitet. Wer hätte auch wissen sollen, dass es hier ein Kurgul-Nest gibt, das Waffenschiebereien direkt hinter unseren Soldaten veranstaltet?« Terracor mustert mich. »Fester Schritt, Soldat.«

Ich versuche, die Hand zum Gruß an die Stirn zu

führen. Die Finger bewegen sich. Das ist immerhin ein Fortschritt, aiya?

Als wir in Reihe antreten, um von Bord zu gehen, nicke ich Helthizor zu. Er erwidert das Nicken. Er ist ein guter Junge, und ich habe ihm auch schon ein paarmal das Leben gerettet. Deshalb kann ich wohl davon ausgehen, dass er die Sache diskret behandeln wird. Ihm habe ich es auch zu verdanken, dass meine Meldung auf der Brücke bei Terracor nicht allzu lange dauerte.

Ich habe wieder Gefühl in fast allen Körperteilen. Gut. Die Arme jucken, und die Beine scheinen stabil zu sein. Ich spüre die Haarwurzeln meiner Augenbrauen in der Haut. Das ist schon komisch. Wann waren Sie sich zuletzt Ihrer Augenbrauen bewusst? Genau aus diesem Grund sollte jeder einmal im Leben gute Drogen probieren. Niemand weiß seine Augenbrauen ausreichend zu würdigen.

Der Hauptplatz dieser versifften, schwülen Ökosphäre gleicht einem Schlachtfeld. Ein paar Kurguls liegen tot inmitten des Platzes. Die Fassaden der Betongebäude sind mit Einschusslöchern übersät und die Trümmer auf dem Platz mit Scherben gespickt.

Und inmitten dieses ganzen Chaos hat Rashiya sich über eine Leiche gebeugt.

Ich strauchele auf den noch tauben Füßen und halte mich an Helthizors Schulter fest. Meine Soldaten bleiben hinter mir stehen.

»Wussten Sie, dass sie hier ist?«, fragt er.

Meine Zunge ist noch immer so träge wie mein Gehirn. Ich suche nach Worten. »Mir hat niemand was gesagt«, nuschele ich schließlich.

Rashiya betrachtet die Leiche mit gerunzelter Stirn. Es ist ein Mensch, ein Junge, und sein bleiches Gesicht sieht fast so aus, als hätte man ihn mit einem Seelenschwert niedergestreckt. Aber nur fast, denn da ist zu viel Blut, als dass es ein Seelenschwert gewesen sein könnte.

»Secondblade.« Rashiya fixiert mein Kinn. Sie vermeidet geflissentlich Augenkontakt.

»Lieutenant.«

»Ich bin kein Lieutenant mehr«, sagt sie und richtet den Blick wieder auf die Leiche.

»Befördert worden?«

»Eigentlich nicht.«

Also Spezialeinsatzkräfte. Sie hat irgendeinen schmutzigen Auftrag für Daddy übernommen. »Ausschwärmen und den Platz durchkämmen, Helthizor.«

Ich nicke ihm zu. Nicht dass er sich ihren Befehl noch von mir bestätigen lassen müsste. »Was ist passiert?«

»Das war die Zielperson«, sagt sie und stößt den Jungen mit dem Fuß an. »Er hat mich in aller Öffentlichkeit angegriffen. Ich wünschte, ich hätte ihm die Konsequenzen dieses Fehlers noch klarmachen können.«

Die Leiche des Jungen sieht so aus, als ob Rashiya ihn

zwar mit dem Schwert niedergestochen hat, es aber nicht ganz zu Ende bringen konnte. Er war wohl nicht älter als sechzehn. Seine Augen sind offen und von Tränen gerötet.

Ich hasse es, wenn sie weinend sterben.

Helthizor positioniert unsere Einheit. Ich nutze die Gelegenheit und fasse Rashiya am Arm. »Ich glaube, wir schulden uns ein privates Gespräch.«

Sie deutet auf eins der Lagerhäuser aus Beton, die den Platz säumen. Es ist leer, und der Eingang weist schwere Schäden durch Scherbenfeuer auf. »Gemütlich«, sage ich. Wir gehen hinüber – und dann bleibe ich wie angewurzelt stehen, und Klänge ertönen in anschwellender Lautstärke: eine schier überwältigende Kakophonie von Noten, die wie ein Schall-Tsunami gegen meine Ohren brandet – *wenn in der ganzen Galaxis das Licht ausgegangen ist …*

»Sind Sie noch bei uns, Secondblade?«, fragt Rashiya.

Ich lecke mir über die Lippen. »Ja.« Mit meiner lädierten Zunge gerät das aber nur zu einem genuschelten Grunzen. Ich friere in dieser stinkenden Hitze. Und dann blicke ich auf und sehe ihr in die Augen – zum ersten Mal. Sie ist wirklich besorgt. Ich versuche zu lächeln, obwohl ich weiß, dass ich die Mundwinkel noch immer nicht richtig hochziehen kann. »Fester Schritt und blanke Klinge.«

Zum Teufel, genau deshalb nehme ich Drogen – um Albträume wie diesen zu vermeiden.

»Na schön«, sagt sie. »Solange du ehrlich bist«, fügt sie dann noch hinzu.

»Ich bin so ehrlich zu dir wie du zu mir.«

7

Jaqi

Wir schießen aus dem reinen Raum und wirbeln durch die Schwärze.

»Wo sind wir?«, fragt Z. Er löst die Gurte und schwebt in der Schwerelosigkeit vom Sitz weg.

Dann fährt er mit den Fingern, von denen jeder etwa so dick wie mein Handgelenk ist, über die leuchtenden Knöpfe. Er kennt sich in einem Cockpit aus. Er könnte dieses Ding vielleicht sogar fliegen, wenn nicht navigieren. Seine Körpersprache sagt mir, dass er sich in der Schwerelosigkeit wohlfühlt. Das bedeutet, dass er schon einige Zeit im tiefen Raum verbracht hat, wo Gravitation ein Luxus ist, den man sich nur mit vollen Brennstoffzellen leisten kann.

Schau sich einer diesen Zaragathora an, Fleischfresser und Pilot – wer hätte gedacht, dass er so was draufhat?

»Sind wir weit weg von der Ökosphäre?«, fragt Kalia.

»Wir sind nirgendwo.« Aber so was von nirgendwo: Hier gibt es rein gar nichts außer Geistern. Die Sterne sind nur noch stecknadelkopfgroß, egal, in welche Richtung man schaut – oben, unten, links und rechts, bis auf den großen schwarzen Fleck der Dunklen Zone. »Deswegen seid ihr bei mir gut aufgehoben, Kinder. Es gibt hier in der Nähe keine festen Knoten und keine Hinweise auf unseren Aufenthaltsort. Ich habe euch direkt am großen Arsch der Galaxis abgesetzt. Der ideale Platz, um Ärger aus dem Weg zu gehen.«

Kalia und Toq sagen nichts. Die armen Kinder. Sie stehen noch immer unter Schock.

»Wieso hier?«, fragt Z. »Wir verschwenden Brennstoff.«

»So wie ich Palthaz kenne, ist es schon eine Weile her, seit er eine Basisdiagnose durchgeführt hat.« Und er hat wahrscheinlich nie gelernt, Treibstoff zu recyceln, indem man ihn durch mit Med-Bakterien getränkte Fasern filtert. »Wir müssen ein wenig verschnaufen, bevor es … weitergeht.«

Doch wohin soll es weitergehen, Jaqi?

Ich brauche eine kleine Weile, um mir darüber klar zu werden. Und nach dieser kleinen Weile noch einmal eine Minute.

Ich muss sie zu Bills Basis bringen. Er kennt den Wilden Raum wie seine Westentasche. Er hatte wahrscheinlich auch von dem Mordauftrag der Gardistin Wind bekommen. Wenn es einen Ort auf den Wilden Welten gibt, den nicht einmal die Garde finden kann, dann ist es Bills Basis.

Sie werden dort in Sicherheit sein, und ich kann diesen Schlamassel hinter mir lassen und endlich ein vernünftiges Leben führen.

Ich öffne eine Klappe in der Decke, hinter der sich die Gravitationsregelung verbirgt. »Wer hat Lust auf ein wenig Schwerkraft?« Ich vermute, dass diese Kinder noch nie lange im tiefen Raum waren; sie sind auf einem Planeten aufgewachsen und müssen täglich ein paar Stunden in der Schwerkraft verbringen, um keine gesundheitlichen Schäden zu erleiden.

»Ich habe mir in die Hose gemacht«, sagt Toq. »Ich konnte es vor lauter Angst nicht mehr halten.«

»Schon in Ordnung. Ich hätte mir auch fast in die Hose gemacht.«

»Wieso? Hattest du auch Angst?«

»So viel, dass mir fast das Herz zersprungen wäre. Aber wir Hybriden werden so gemacht, dass wir uns unter Stress nicht einnässen. Wir sollen perfekte Soldaten sein.«

»Ich habe mich auch nass gemacht«, gesteht Kalia.

»Palthaz muss hier irgendwo noch Reservekleidung haben.« Die beiden scheinen schon wieder in Tränen ausbrechen zu wollen. Verdammt. Mach einen Scherz, Jaqi! Du musst sie irgendwie aufmuntern. »Was ist mit dir?«, frage ich Z. »Konntest du es noch halten? Oder bist du Zaragathora, der Hosenscheißer?«

Die Kinder lachen glucksend. Z runzelt die Stirn und knurrt. Bisher hat er so viel Sinn für Humor gezeigt wie ein imperialer Offizier mit Verstopfung.

»Ich suche die Kleider«, knurrt er. »Stellst du die Schwerkraft jetzt an oder nicht?«

»Versuch, es noch zu halten, Z.« Die Kinder kichern wieder. Na so was. Sie weinen doch nicht. Ich aktiviere die Gravitation, und Z wird unsanft in seinen Sitz gedrückt. Sie lachen wieder.

Palthaz' Gravitation ist eine ziemliche Enttäuschung. Ich habe das Gefühl, als ob sich eine Katze an meinem Kopf festklammern würde. Wahrscheinlich hat er einen alten Schockfeldgenerator umfunktioniert. Ich habe gehört – nicht dass ich jemals auf einem Planeten gewesen wäre, seit ich mich erinnern kann –, dass die Schwerkraft auf einem Planeten sich schön und natürlich anfühlt und nicht wie dieses krätzige Gefühl. Und nicht einmal wie in den Ökosphären. Der Gesichtsausdruck von Kali und Toq bestätigt diese Vermutung.

»Das gefällt mir nicht. Ich finde, wir sollten lieber schweben. Palthaz hat uns auf dem Weg hierher schweben lassen.«

Ein höflicher Junge. Ich löse ihre Gurte. »Ihr braucht aber etwas Schwerkraft, oder ihr werdet in die Knie gehen, wenn ihr wieder auf einen Planeten kommt.«

»Was heißt das?«

»Wir sollten einfach tun, was sie sagt, Toq«, meint Kalia. »Sie kennt sich mit Raumschiffen aus.«

Z kommt mit Kleidern zurück. Es sieht so aus, als ob Palthaz ein paar Extrasachen für die Kinder eingepackt hatte. Toq zieht sich die nasse Hose aus. Er sieht mich und Z für einen Moment an, als überlege er, ob er sich vor uns ganz ausziehen soll. Dann zieht Kalia Toq in den Raum direkt hinter dem Cockpit – vermutlich Palthaz' Kabine. »Entschuldigung! Wir werden uns hier umziehen.«

Ich sehe Z an. »Blaublüter, was? Sie können es sich wohl leisten, etwas etepetete zu sein.«

»Für den toten Jungen gibt es auch Kleidung. Wenn du dich umziehen willst – sie wird dir passen.«

Es dauert einen Moment, bis ich begreife, was er da sagt. Der verdammte Junge, der gestorben ist, weil er glaubte, mir helfen zu müssen. Ich kannte ihn gerade einmal zwei Stunden, aber ich weiß, dass er die wohl tapferste Seele der Galaxis war.

»Es wird ihnen nicht gefallen, wenn sie mich in den Klamotten ihres toten Bruders sehen.«

»Ihr Bruder ist wie ein Held gestorben. Du würdest ihm eine Ehre erweisen, wenn du seine Kleidung trägst.«

»Du bist wirklich ein schräger Typ. Hat dir das schon einmal jemand gesagt?«

Er kommt etwas näher, und der heiße, stinkende Atem, der zwischen seinen spitzen Zähnen hervorwabert, ist fast so übel wie der Juckreiz durch Palthaz' billige Gravitation. »Du hast Bezahlung versprochen.«

»Du wirst noch früh genug bezahlt. Jetzt mach dich erst mal nützlich.«

»Du wirst mich zahlen, wenn wir dort ankommen, wohin wir gehen.«

»Natürlich, schon klar, aber atme jetzt einfach in die andere verdammte Richtung.« Ich schiebe ihn sachte weg und hoffe, dass er mich deswegen nicht gleich wieder in die Mangel nimmt. »Wieso brauchst du überhaupt so dringend Geld? Sag nicht, du hättest bei den Arenakämpfen mitgemacht, um deine arme kranke Mutter zu unterstützen.«

Er sagt nichts – so lange, dass ich ihm tatsächlich direkt in seine großen roten Augen sehe, die von weißen Hautfalten und schwarzen verschnörkelten Tattoos eingerahmt sind. Er wirft einen Blick durch das Bullauge auf die sternenlose Schwärze der Dunklen Zone.

»Es ist für meine Leute. Wir kämpfen unseren eigenen Krieg gegen die korrupten Herrscher, die unser Land gestohlen haben.«

»Ach so. Schön, dass wir bei diesem Ausflug jemanden haben, der für eine gute Sache kämpft.«

Araskar

»Du zuerst«, sagt sie.

Ich sage mir, der Klügere gibt nach, und verzichte deshalb darauf, sie mit ihrer Heuchelei zu konfrontieren: Du sagst mir alles, und ich sag dir nichts. »Du verdienst die Wahrheit, Rash.«

»Wenn du mir nur sagen willst, dass du völlig den Verstand verloren hattest, spar es dir.«

»Ich hatte nicht den Verstand verloren«, widerspreche

ich und mache es mir auf einem Betonbrocken bequem. Man sollte meinen, dass dieser Ort unbewohnt wäre, wo nur Leichen und Gardisten den Platz bevölkern. Außer dem leisen Summen der Maschinen und den Lauten irgendwelcher Tiere im Wald ist es still. Ich frage mich, welche spaßigen Sachen wir da draußen wohl finden werden. Hier gibt es bestimmt genug Schmuggelware, um sie gegen neue Pinke einzutauschen.

Aber für solche Fantasien habe ich jetzt keine Zeit. Ich konzentriere mich auf Rashiya. Sie scheint gealtert zu sein. Seltsam, denn es ist gerade einen Monat her, seit wir das letzte Mal …

»Ich habe es noch niemandem erzählt, aber ich hatte so eine kleine … Angewohnheit.«

Sie sagt nichts. Ich betrachte das als gutes Zeichen. Ich habe ihre Aufmerksamkeit.

»Auf Irithessa wollte ich keinen Selbstmord begehen.«

»Du hast diesen Kurguls doch gesagt, sie sollten dich töten.«

»Stimmt.« Das hatte ich ganz vergessen. »Ich hatte aber keine Todessehnsucht, Rash. Ich war nur auf der Suche nach Drogen.«

Sie nickt, hat ihr Gesicht aber immer noch abgewandt. »Ich hatte gehofft, du würdest es mir sagen.«

»Du weißt Bescheid?«

Sie nickt. »Helthizor.«

»Dieser kleine Scheißer.« Es ist wohl zu viel verlangt, wenn man die Leute um Diskretion bittet. »Erst jetzt?«

»Er wusste es schon eine Weile, Araskar. Er sagte, er hätte nicht gewusst, wem er es sonst hätte sagen sollen, und er hatte Angst davor, was Terracor dir antun würde. Sie brauchen dich.«

»Es war trotzdem nicht richtig von ihm, dir das zu erzählen.«

»Du hast kein Recht, dein Leben so aufs Spiel zu setzen.«

»Hirn-Booster haben noch niemanden getötet«, knurre ich schroff.

»Nein, sie machen die Leute nur blöd im Kopf und verlangsamen ihre Reflexe, sodass sie im Einsatz getötet werden. Glaubst du vielleicht, ich hätte so etwas noch nie gesehen? Glaubst du vielleicht, du wärst der erste Soldat, der sich so verhält?«

Ich will jetzt wirklich nichts über andere traurige Fälle wie mich hören. »Du und der kleine Helthizor müsst euch überhaupt keine Sorgen machen. Ich habe schon vor einer Weile damit aufgehört, nachdem ich die letzten verbraucht hatte. Und ich bin auch ganz gut ohne sie zurechtgekommen.«

Nun wendet sie sich mir zu. Schon komisch, aber manchmal kann eine Kleinigkeit einen hart gesottenen Soldaten wieder in ein Kind verwandeln. Ihr Blick erinnert mich daran, dass sie einen Großteil der letzten Jahre in Sorge um ihren Vater verbracht hatte. Wenn man ständig damit rechnen muss, dass einem in den Nachrichten der abgeschlagene Kopf seines Paters präsentiert wird, sieht man das Leben wohl aus einer etwas anderen Perspektive. »Du musst mir schwören, dass das die Wahrheit ist.«

Das ist die Wahrheit und nichts als die Wahrheit. Ich hatte eigentlich nicht vor, aufzuhören, aber … wieso nicht? »Ich gebe dir mein Ehrenwort. Was auch immer das wert sein mag.«

»Für mich reicht es jedenfalls«, sagt sie leise aber bestimmt.

»Und nun bist du an der Reihe. Ich möchte die Wahrheit über diese Mission erfahren. Zum Teufel, über die ganze Konsolidierung.« Ich deute auf die Leiche. »Der tote Junge da. Fangen wir mit ihm an.«

»Es gibt ein Sicherheitsleck, das bis in den inneren Kreis meines Vaters hinaufreicht. Bis nach Irithessa zurück.«

»Ich habe schon davon gehört. Dieses Leck hat zwölf meiner besten Leute auf Keil das Leben gekostet. Terracor wäre bereit gewesen, einen Mond dafür zu zerstören. Und du sollst hier, in diesem beschissenen Fleckchen Raum, Kinder dafür töten? Was für ein Geheimnis wurde da denn bitte verraten?«

Sie setzt sich neben mich. »Danach habe ich nicht gefragt. Mein Vater sagt mir auch nicht alles. Auf jeden Fall war es eine streng geheime Information, und die Kinder haben sie, und wir sollen sie ihnen wieder abnehmen.«

»Aber er wird dir doch sicher mehr sagen als uns.«

»Du würdest dich wundern.« Ich habe keine Ahnung, ob sie lügt.

Diese Luft schmeckt scheußlich. Als ob ich sie erst kauen müsste. Ich würde am liebsten nach Irithessa zurückkehren, wo es eine vernünftige Atmosphäre gibt. Aber es ist wohl zu viel verlangt, hin und wieder gute Luft atmen zu wollen. »Sind wir jetzt gemeinsam auf dieser Mission?«

»Fürs Erste.« Sie reibt sich die Synthohaut an der reparierten Stelle ihres Kopfes. Sie hat dort vor Kurzem einen Treffer erhalten, und zwar einen ziemlich heftigen. Hinter ihrer neutralen grauen Kleidung verbirgt sich mit Sicherheit ein Schutzschild. Also muss es sie ziemlich schwer erwischt haben. Sie schält die halb geschmolzene Synthohaut von der Stirn ab, dreht sie zu einer Kugel und wirft sie auf den Boden. »Das ist schlampige Arbeit.«

»Dann solltest du erst mal dieses Bein sehen. Ich habe es auf dem Weg von Keil hierher wiederherstellen lassen, aber es ist kaum besser als ein Holzstumpf.«

»Dann fällst du ja noch leichter auf den Arsch.«

»Warte nur ab, eines Tages wird dir das auch passieren, junge Miss Starfire.« Ich berühre den Knauf meines Seelenschwerts. »Eines Tages wirst auch du deinen ersten Übungskampf verlieren.«

»Nenn mich nie wieder Miss Starfire.«

»Sag mir die Wahrheit. Die Konsolidierung. Was hat es wirklich damit auf sich?«

Sie sieht mich an, als ob ich schwer von Begriff wäre. »Es geht darum, eine dauerhafte Regierung zu etablieren.«

»Es geht also nicht darum, Menschen zu töten?«

Sie lacht. »Glaubst du ernsthaft, wir könnten jeden einzelnen Menschen in der Galaxis töten? Drei Billionen empfindungsfähige Wesen?«

»Wobei diese Zahl in letzter Zeit allerdings etwas reduziert wurde. Wenn man andere Leute – auch Terracor und die anderen Vorgesetzten – so reden hört, hat man nicht den Eindruck, als ob es wirklich um gestohlene Informationen ginge. Ich habe schon von vielen Leuten gehört …« ich verkneife es mir, ihren Pater zu erwähnen. *Der Schandfleck Mensch.*

»Natürlich. Man macht doch nicht im ganzen Raum publik, dass man ein Sicherheitsleck hat.«

»Nach dem, was die Leute so reden, scheint es aber doch um Menschen zu gehen. Nicht um Blaublüter. Um Menschen allgemein.«

Sie zuckt die Achseln. »Ich kann es niemandem verdenken, wenn er Menschen hasst – nicht nach dem, was wir durchgemacht haben.«

»Wir haben nicht mehr durchgemacht, als zu erwarten war.«

»Drei Billionen Menschen in der Galaxis. Seit der Gründung des Zweiten Imperiums haben mindestens sechsmal so viele Hybriden in der Dunklen Zone den Tod gefunden.«

»Also gut, dann geht es um …«

»Es geht um Geheimnisverrat. Ich glaube, es ist Zeit, dass wir uns wieder damit befassen.« Sie dreht sich zur Tür um.

»Nun denn«, sage ich und stehe auf. »Wir sehen uns im Ring?«

Sie antwortet nicht. Und ich stolpere in das gleißende gefilterte Sonnenlicht dieser Ökosphäre hinaus – am offiziell ersten Tag meines Drogenentzugs. Es stinkt alles zum Himmel.

8

Jaqi

»Wie waren deine Eltern denn so, Jaqi?«, fragt Kalia. Sie und Toq sitzen am Tisch auf Stühlen, die an der Wand des Gemeinschaftsbereichs verschraubt sind, der fast so aussieht, als wäre er für Menschen ausgelegt: Sitzgelegenheiten in einem dreieckigen Raum mit einer Breite von etwa fünf Schritt. Ein paar Spiele und Bücher in einem verschlossenen Schrank, den die Kinder aufgebrochen haben. Es liegen geöffnete Proteinpäckchen herum. Bei diesem Geruch knurrt mir der Magen, und mir wird gleichzeitig schlecht. Ich setze mich hin und beiße ein Stück ab.

Es schmeckt fast genauso eklig, wie ich rieche.

Z und ich haben die Diagnose vor einer Stunde beendet. Wir waren fast einen Tag lang im Bauch des Schiffs, haben alle Leitungen und die Brennstoffzellen überprüft, die Säurewannen entleert und neue Bakterienkulturen auf den Akkus angelegt. Es ist heiß und eng dort unten, und man muss sich mit einem Antioxidans einschmieren, das einem höllisch auf der Haut brennt. Nach der kompletten Diagnose wird ein Mädchen müde, aiya, und wünscht sich wenigstens ein Reinigungsfeld, wenn es schon kein Wasser für ein Bad gibt. Nachdem ich das Reinigungsfeld gefunden und das Ding angestellt hatte, kam aber nicht mehr raus als ein paar Funken. Hätte die Apparatur auch gleich einer Diagnose unterziehen sollen, wo ich schon dabei war.

Dann werde ich mich eben in Bills Basis säubern. Und bis dahin werde ich wohl so übel riechen wie das größte Stinktier der Galaxis. Mit Ausnahme von Z.

»Jaqi?«

»Ich habe dir von meinen Leuten doch schon im Schweinestall erzählt, nicht?«

Das Mädchen und ihr Bruder haben ein paar Bücher auf dem Tisch ausgebreitet. Der Junge betrachtet die Bilder, fährt mit den Fingern über die Wörter darunter und formt mit dem Mund die entsprechenden Laute.

Ich frage mich, ob ihm bei den vielen Buchstaben auch schwindlig wird. Wünschte, ich könnte ihn fragen.

»Ich meine … sind sie mit dir an den Strand gegangen? Oder sind sie gern geflogen, oder …«

Sie macht wohl Witze. Ich kann mir das nicht anders erklären. Fliegen? Nur so zum Spaß? In einem Raumschiff? Wer quetscht sich denn nur so zum Spaß in einen engen, kleinen Rosteimer mit recycelter Luft? Ich glaube, sie will damit nur die Erinnerung an ihren toten Bruder überspielen. Und an ihren toten Vater. Armes Kind.

»Sie haben hauptsächlich gearbeitet. Meine Mutter

hat gerne gesungen. Sie hat mich nachts in den Schlaf gesungen.«

»O ja, davon habe ich schon gehört. Einen Hybriden mit Fabrikationsfehler erkennt man daran, dass er Musik mag. In den Zuchtbottichen sollen nämlich Hybriden gezüchtet werden, die keine Kunst oder Musik oder sonst etwas mögen, das sie vom Kämpfen ablenkt. Hybriden, die singen oder Musik machen oder zeichnen, müssen wieder in die Tanks zurück.«

»Woher weißt du das denn? Von deinem Pater?«

»Nein«, sagt sie. »Ich habe es in einem Buch gelesen.«

Bücher. Ich versuche, meine Unwissenheit zu verbergen. »Es gibt, äh, ein Buch darüber?«

»Sogar viele. Ich musste es für die Schule lesen, aber es war nur Propaganda, dass die Hybriden unbedingt kämpfen wollen. Mein Dad hat mir dann ein Buch von einem Typen gegeben, der sich dem Widerstand angeschlossen hat. *Mein ganz privater Tank*. Hast du es schon mal gelesen?«

»Nein, ich glaube nicht.« Wenn wir noch länger über Bücher reden, werde ich wie der letzte Depp dastehen. »Hast du schon einmal …«

Sie fährt mit ihrem Vortrag fort. »Es geht um Aberrationen. Um Jorier, die entkommen und Kinder bekommen, darum, dass Hybriden auch vollwertige Lebewesen seien und dass sie alle in Furcht leben, und es heißt auch, das sei von Anfang an so gewesen. Ich glaube, das war nach dem Untergang, als die alten Jorier alle starben und die Elitefamilien dieses große Klonprojekt starteten, um die alten Jorier wieder zum Leben zu erwecken. Dafür waren die Zuchtbottiche vorgesehen. Doch die Sache ging schief. Man konnte die ursprünglichen Jorier nicht mehr replizieren und mischte deshalb ihre DNS mit menschlicher DNS, um Hybriden zu erschaffen. Der Typ, der das Buch geschrieben hat, weiß deshalb so viel darüber, weil er selbst ein Hybrid ist und mit Hybriden auf Reisen war.«

»Ja, klar.« Was bei fünf Sonnen ist der Untergang? Redet denn jeder so, der Bücher liest?

Die Verwirrung muss mir ins Gesicht geschrieben stehen, denn sie fährt mit ihren Erläuterungen fort: »Es gibt wohl fünf Abschnitte der Geschichte. Jedenfalls bei den Menschen, und du bist ja auch eine Art Mensch. Da gibt es die Erde. Und die Allianz, in der Menschen und Jorier sich zusammengeschlossen haben, um die Knoten zwischen der alten Galaxis und hier zu erschaffen. Und es gibt das Erste Imperium. Und den Untergang und das Chaos. Als die alte Galaxis starb und ihre Sterne überall verstreut wurden.«

»Du sprichst über die Kirche«, sagt Toq. »Kirche ist langweilig.«

»Sei still, Toq. Gott hört es, wenn du solche Dinge sagst, weißt du.« Sie beißt sich auf die Lippe. »Und dann ist da noch das Zweite Imperium. Und ich glaube … ich glaube, das Zweite Imperium ist nun auch untergegangen. Wir sind im sechsten Teil der Geschichte der Menschen.«

Ja, und Teil sechs wird wahrscheinlich den Titel *Der Teil, wo alle Menschen starben* tragen. »Dein Pater, er, äh, hat trotzdem Hybriden gezüchtet. Hast du ihm denn nicht gesagt, du hättest gelesen, dass das falsch sei und so?«

»Ja, natürlich. Dad hat mir das Buch doch gegeben. Er hat mir auch gesagt, dass er keine Aberrationen mehr zum Einschmelzen schicken würde. Er fand, der Widerstand würde die richtige Sache vertreten. Unsere Kirche organisierte auch geheime Treffen für Leute, die dem Widerstand helfen wollten. Er hat Quinn sogar erlaubt, daran teilzunehmen. Ich habe immer an der Tür gelauscht.« Sie lächelt. »Ich weiß auch, dass er seine Hybriden dann heimlich zum Widerstand schickte. Zumindest die Aberrationen. Er sagte, er müsste auch noch ein paar Hybriden an das Imperium verkaufen, damit sie ihm nicht auf die Schliche kommen würden, aber …« Sie blättert nervös die Seiten eines ihrer Bücher um. »Jetzt ist der Widerstand hinter ihm her.«

Z kommt herein. Er hat die Suche nach Kleidung in seiner Größe aufgegeben und sich stattdessen ein Handtuch um die Hüfte gewickelt. Ich finde, das ist ein recht guter Behelf, wenn man bedenkt, dass er vorher nur eine Hose aus synthetischen Schuppen getragen hat.

»Schalte diese verdammte Schwerkraft ab«, sagt er – wobei, es ist eher ein Knurren.

»Und ich hatte mich fast schon daran gewöhnt.« Ich

bin an krätzige Gravitationsfelder in billigen Schiffen tatsächlich gewöhnt.

»Ich will auch lieber schweben«, meint Toq. »Können wir es abschalten?«

»Ja, die Schwerkraft nervt mich auch.« Kalia klingt noch immer etwas hochnäsig. Alles, was noch fehlt, ist, dass sie die Nase rümpft und *Es muss etwas passieren* murmelt, wie eine dieser alten Damen in den Dramen. Sie ist trotzdem ein nettes Mädchen; ganz egal, wie reich ihr Pater war. Und sie ist in einer Kirche! Ich bin noch nie jemandem begegnet, der in eine echte Kirche gegangen ist und so über Gott und die Welt gesprochen hat.

»Worüber sprecht ihr?«, fragt Z. »Dieses Buch über Zuchtbottiche?«

»*Mein ganz privater Tank*«, sagt Kalia. »Hast du das gelesen?«

»Ja. Der Autor hat noch eins geschrieben. Über eingeborene Völker und Imperiale Herrschaft. *Unser Blut, unser Land, unsere Hölle*. Jedes empfindungsfähige Wesen sollte es gelesen haben.«

Er auch? Bin ich etwa von einem Haufen Bücherwürmer umgeben?

Kalia sieht mich an, als ob sie meine Haut auf Zecken untersuchen würde. Ich will sie schon fragen, ob etwas nicht stimmt, als sie sagt: »Ich kann dir das Lesen beibringen, Jaqi. Toq habe ich es auch beigebracht.«

»Ich …« Bei allen Teufeln der Hölle! »Woher weißt du das?«

Das verrät sie mir nicht. »Ich möchte es dir beibringen«, sagt sie nur zuckersüß. »Es wäre mir ein Vergnügen. Unsere Nanny war keine gute Lehrerin für Toq, und Quinn hatte nicht sehr viel Geduld mit ihm …« Ihre Stimme stockt, nachdem sie den Namen ihres Bruders ausgesprochen hat. »Also habe ich es ihm beigebracht«, fährt sie schließlich fort.

Trotzdem ist dies das netteste Angebot, das man mir in letzter Zeit gemacht hat. »So, wie er es macht? Du zeigst auf das Wort und sprichst es dann aus?«

»Ja«, sagt Toq. »Schau mal! Das hier heißt ›Elefant‹.«

Er zeigt mir die Symbole auf seiner Seite, damit ich es auch verstehe. Aber für mich könnten diese Zeichen genauso gut ein Rezept für Schokoladenkuchen sein – verdammt, schmecken diese Proteinpäckchen ekelhaft! Aber ich lächle nur und frage: »Wirklich?«

»Lesen macht Spaß. Toq gefällt es auch, obwohl er es gerade erst lernt. Konnten deine Eltern denn lesen?«

»Vielleicht.« Ich zucke die Achseln. Wo mein Geheimnis nun gelüftet wurde, muss ich auch sonst nicht mehr hinter dem Berg halten. »Sie waren vielleicht darauf vorprogrammiert, aber wir hatten sowieso nicht viel Zeit zum Lesen. Wenn wir ins Zentrum der Galaxis gegangen wären, hätte man uns wahrscheinlich zwangsweise eingezogen.«

Verdammt, sie fängt schon wieder an zu weinen. »Das tut mir so leid.«

»Es muss dir nicht leidtun. Jeder hat sein Päckchen

zu tragen.« Ich berühre ihr Gesicht. Ich weiß, dass sie jetzt an ihren Bruder denkt. »Hey. Wir bringen euch in Sicherheit, wo euch nichts passieren kann.«

»Ich will Antworten von den Kindern«, mischt Z sich schroff ein. Aiya, ist der vielleicht ein Stimmungskiller! »Was will die Garde eigentlich von euch?«

»Ich weiß es nicht«, antwortet Kalia.

»Quinn sagte, ihr wolltet den bekannten Raum verlassen«, taste ich mich vor. »Ich weiß aber nicht, wie ihr das bewerkstelligen wollt.«

»Damit.« Sie tippt auf etwas. Ich erkenne den Gegenstand wieder. Sie muss ihn die ganze Zeit bei sich gehabt haben. Es ist diese schwarze Box, die sie schon im Schweinestall dabeihatte. »Wir können uns damit nicht nur verstecken. Da ist auch eine Sternenkarte drin, aber sie ist verschlüsselt ...« Ihr treten schon wieder Tränen in die Augen. Ich lege den Arm um sie. »Quinn kannte den Verschlüsselungscode.«

Ich drücke sie an mich. Verdammt, wir können nur hoffen, dass diese Garde-Schlampe in Grau mit ihrem Schwert nichts aus Quinns Kopf rausgeholt hatte.

Z greift nach der schwarzen Box. »Darf ich mir das mal ansehen?« Er nimmt sie an sich, ohne die Erlaubnis der Kinder abzuwarten, und mustert sie gründlich. Das Ding ist komplexer, als es zunächst den Anschein hatte. Die Seiten sind mit kleinen Schnörkeln und Kringeln bedeckt; vielleicht eine Art Schrift für diejenigen, die sich mit so etwas auskennen.

Er stößt langsam die Luft aus. Seine Ausdünstungen sind noch übler als der Gestank meiner versifften Kleidung. »Das ist alt«, sagt er. »Jorische Schriftzeichen, Zweite Ära. Ich habe so etwas schon in einem Museum gesehen. Woher habt ihr das?«

»Das hat Dad gehört.«

»Du bist schon in einem Museum gewesen?«, frage ich. Z lässt nun mich allmählich wie eine Barbarin aussehen.

»Suits können das entschlüsseln.«

»Aiya. Das heißt aber, dass wir uns mit Suits herumschlagen müssen.«

»Was sind Suits?«, fragt Kalia.

Z runzelt die Stirn. Ein markantes Stirnrunzeln, aber kein grimmiger Blick. »Wohin fliegen wir?«

»Zu einem dunklen Knoten, und ja, es gibt dort auch Suits.«

»Und warum genau wurde dieser Knoten verdunkelt?«

»Dort ist Bills Basis«, antworte ich. »Dort ist es sicher.«

»Nichts ist sicher.«

Warum muss er einem auch immer die Stimmung vermiesen?

9

Jaqi

Wir fallen rotierend aus dem reinen Raum, direkt über Bills Basis.

Ich habe Kopfschmerzen; ich bin nun schon seit gut sechsunddreißig Stunden auf den Beinen und habe in dieser Zeit nur ein paar Happen Protein gegessen. Irgendwann bat ich Z, das Steuer zu übernehmen. Aber er sagte, er hätte noch nie eins von diesen Dingern geflogen und wollte das Risiko nicht eingehen, beim Fall aus dem reinen Raum in einen Gasplaneten zu stürzen oder irgendeine Welt zu rammen. Das sollte wohl eine Anspielung auf meine Fähigkeiten als Navigator sein. Ich sage euch, dieser Kerl kann einen bis zur Weißglut bringen. Wenn er nicht so ein Riese wäre, hätte ich ihn grün und blau geschlagen.

Bills Asteroid schält sich vor uns aus der Dunkelheit.

»Ach du liebes Lieschen!«, ruft Kalia.

»Was ist denn ein liebes Lieschen?«, frage ich.

Sie antwortet nicht. Ihr Blick ist starr nach vorn gerichtet. Ich muss gestehen, dass das schon ein beeindruckender Anblick ist.

Bills Basis war anfangs nicht mehr als ein paar Schlupflöcher in diesem Asteroiden. Dieser Felsbrocken bildet noch immer den Mittelpunkt, doch seit Bill ihn übernommen hat, hat er zwei konzentrische Ringe hinzugefügt, die mit dem Asteroiden verbunden sind und stroboskopartig von Triebwerksflammen erleuchtet werden. Diese Triebwerke versetzen das ganze Ensemble in Rotation. Die Ringe sind offensichtlich aus Schrott und Abfall gebaut worden: Schaltkreise, Kabel, Metallschrott und Ausleger wurden mit Sprühkunststoff zu Klumpen von der Größe unseres Schiffs verklebt. Bill hat die Anlage im Lauf der Zeit ausgebaut und mit weiteren Asteroiden eine spinnennetzartige Struktur aus Trägern und Kunststoffelementen geschaffen. Normalerweise nutzt er die kleineren Gesteinsbrocken als Gästequartiere und Lagerräume, doch jetzt ist alles dunkel, selbst die meisten Positionslichter sind erloschen. Ich vermute, dass nur noch die Zentralbereiche eine Atmosphäre haben.

Bills Basis bietet einen beeindruckenden Anblick; vor allem die Art und Weise, wie die Elemente zusammengeschustert wurden. Doch das ist es nicht, was Kalia so fasziniert.

Die Positionslichter der Basis sind das *einzige* Licht am Himmel.

Hinter uns breitet sich das Sternenfeld aus, durchzogen vom Fahnenband der Galaxis. Hinter dem Asteroiden hingegen erstreckt sich reine Dunkelheit – so weit das Auge reicht. Keine Sterne, nichts.

»Du hast doch nicht etwa … das ist die Dunkle Zone!«

»Aber nur sie bietet ein gutes Versteck. Niemand versucht, alte Knoten am Rand der Dunklen Zone aufzuspüren.«

»Aber die Navy patrouilliert doch sicher auch hier«, meint Z.

»Nein. Die Navy hat Knoten in der Dunklen Zone, von denen aus sie Angriffe startet. Oder vielmehr, sie hatte welche.« Ich erinnere mich daran, was Quinn gesagt hatte. »Nun sitzen sie für immer dort fest.« Die Kinder machen ein Gesicht, als ob die Dunkle Zone jeden Moment zum Leben erwachen und sie auffressen würde. »Keine Sorge. Es wird euch nichts passieren. Mit Schiffstriebwerken würde man noch immer Jahrzehnte brauchen, nur um den Rand zu erreichen.« Beim Gedanken an die Dunkle Zone ist es mir immer kalt den Rücken runtergelaufen, zumal diese Region sich mit den Jahren sogar noch ausgedehnt hat. Doch irgendwann habe ich mich daran gewöhnt. Das war schließlich meine Heimat.

Meine Eltern hatten mich auf Bills Basis zurückgelassen, als sie fortgingen. Es wäre zu gefährlich gewesen, mich mitzunehmen, als sie mit irgendeinem Seelenverkäufer abflogen, um illegal Schrott zu sammeln, den sie an Recyclingbetriebe verkaufen wollten. Das hatte Bill mir jedenfalls gesagt. Sie sind nie mehr zurückgekommen.

Dieses Thema ist mir unangenehm. Anfangs hatte ich mir eingeredet, sie seien einen ehrenhaften Tod gestorben oder vielleicht noch immer irgendwo da draußen. Wahrscheinlicher ist, dass die Imperialen diesen Seelenverkäufer an ihrem Schrott-Tender hängen sahen und ihn kurzerhand abgeschossen haben. Sie haben alle Seelen darin getötet, einschließlich meiner Eltern. Heroisch, nicht wahr? Ich muss mich wohl damit abfinden, dass meine Leute gestorben sind, als sie im Müll wühlten.

Als ich in diesem ausgehöhlten Asteroiden aufgewachsen bin, hatte Bill noch diese Gravitationsanlage, die mehr schlecht als recht funktionierte. Heute drehen die Ringe sich schnell genug, um echte Schwerkraft zu erzeugen – so wie in den Ökosphären. Schick.

»Ach du liebes Lieschen!« Kalia kommt schon wieder mit diesem Lieschen. Was hat es damit auf sich? Ist das vielleicht der Name des Gottes der Blaublüter? »Was *ist* das?«

Toq schreit auf und packt mich am Arm.

Die Kinder sehen zum ersten Mal einen Suit.

Dieser hier hat fünf Arme, die von einer Haut aus Stahl ummantelt sind. Fünf menschliche Arme – als ob er sie irgendwo aufgesammelt hätte und jetzt mit sich herumtragen würde.

Die Arme wachsen aus einer Plattform mit Lichtern und Kabeln. Aus dieser Plattform ragt wiederum ein Metallträger, in den Kabelstränge, Leiterplatten und Kolbenstangen münden, die vom behelmten Kopf ausgehen. Und auf der anderen Seite befindet sich noch ein Ausleger, der in noch mehr Armen aus echtem Fleisch ausläuft. Stellen Sie sich vor, Sie würden jeden Ihrer Finger mit einem kleinen Arm ersetzen – so in etwa sieht der Suit aus. Das Gesicht ist unter dem dunklen Helm nicht zu erkennen, und ich bin auch heilfroh darüber. Wer die Suits nicht unheimlich findet, muss selbst ein unheimlicher Typ sein. Trotzdem können wir nicht auf sie verzichten.

Das alte Imperium kartierte die gesamte Galaxis und platzierte überall Knoten, um den Handel in Schwung zu halten, ohne dass die Jorier ständig navigieren mussten. In den Jahrtausenden, die seitdem vergangen sind, fielen jedoch viele Knoten aus, die Codes gingen verloren, und die Reinraum-Wurmlöcher blieben ungenutzt. Die Suits spüren die alten Knoten auf. Dafür werden sie gebraucht, hier draußen in der Wildnis. Sie sind die Einzigen in der Galaxis, die die Knoten reparieren können, indem sie jeden Code laufen lassen, den sie in jedem Stück Technikschrott auf jedem Schrottplatz zwischen den Sternen finden. Suits unterscheiden bei »Technik« allerdings nicht zwischen organischem Material und Metall. Sie sind organischen Ursprungs und verstümmeln sich dann selbst, ersetzen Organe und Gliedmaßen durch Technik, bis sie sich schließlich in monströse Hybriden verwandelt haben. Sie verbinden Gehirne mit ihren Datenbanken und ziehen alles heraus – und seien es noch so bruchstückhafte Erinnerungen –, was Aufschluss über die Technik gibt, nach der sie suchen.

Der Suit springt vom Ring vor uns ab und schwebt an der dünnen Speiche des Metallrings entlang. »Er sagt Bill, dass wir kommen.«

»Das ist krass«, meint Kalia. »Das ist wirklich krass.«

Toq stößt ein leises Wimmern aus und umklammert meinen Arm noch fester.

»Da kann ich dir nicht widersprechen.«

»Wer wohnt in dem Asteroiden? Noch mehr von … von dem da?«

»Ich hoffe nicht. Nein, nur ein bärbeißiger Kauz, der eine Hand auf einem Pistolengriff hat und mit der anderen in der Nase bohrt.« Toq findet das nicht lustig. Dabei hatte ich gehofft, ihn damit aufzuheitern.

Z betrachtet den näher kommenden Asteroiden. »Sieht aber nicht so aus wie die Zentrale eines profitablen Unternehmens.«

»Bill hat seine Finger in jedem Geschäft, das auf den Wilden Welten gemacht wird. Also krieg dich wieder ein.«

Araskar

Entzug ist wirklich die Hölle.

Das Zittern und die Schweißausbrüche dauerten nicht allzu lange. Arme und Beine sind noch taub, aber damit komme ich schon klar. Das eigentliche Problem ist, dass meine Gedanken ständig um die Droge kreisen. Ein paar von diesen Hirn-Boostern, und ich könnte wieder in die Musik eintauchen. Zwei rosa Pillen, und ich würde die lieblichen Streicherklänge eines Sternennebels hören. Ich könnte den rollenden, donnernden Beat im Herzen eines Sterns fühlen. Ich würde von diesen Melodien berührt, in ihnen versinken und diese Mission vergessen.

Stattdessen muss ich mir die Geräuschkulisse des Schweinestalls anhören. Tiere, wahrscheinlich illegale Hybrid-Züchtungen, schreien im Dschungel. Käfer. Tropfendes Wasser. Das Summen von Moskitos in den Ohren. Und Helthizor, der murmelt: »Wir sind schon hinter dem Zeitplan.«

»Aber wir sind auf dem richtigen Weg. Entspann dich. Niemand schießt auf uns.«

»Ich wünschte, Sie würden mir sagen, was in Ihrem Kopf vorgeht. Ich soll schließlich als Ihr Berater fungieren.«

»Imperator Turka wünschte sich, er hätte scheißen können, ohne sich mit einer Winde das Arschloch dehnen zu müssen. Und nun sieh dir an, was aus ihm geworden ist.«

Helthizor wirft einen Blick über die Schulter auf die Leute hinter uns. Dann dreht er sich wieder um und flüstert: »Geht es Ihnen wieder besser, Secondblade?«

Er ist etwa so diskret wie eine Supernova. »Ich habe damit aufgehört.«

»Gut.«

»Achte auf deinen Ton, Helthizor.« Mein Bein versteift sich und wird wieder taub. Und mein Arm fühlt sich auch zu schwer an mit der Waffe im Ellenbogen. Meine Hand zittert heftig. Mein Kopf dröhnt. Er will lieber von Musik erfüllt sein als von der verschissenen Atmosphäre dieser Ökosphäre. »Du sprichst nur mit mir darüber, nicht mit Rashiya. Hast du das verstanden?«

Ich hätte jetzt eine respektvolle Bestätigung erwartet oder vielleicht auch eine freche Bemerkung, aber er sagt nur: »Ich habe mir Sorgen gemacht.«

Mein Ziel ist die Hügelkuppe des Schweinestalls. Es ist die einzige schwarze Stelle in diesem weitläufigen Dschungel mit seinem Grün in allen Nuancen. Filigrane, in sich gedrehte Türmchen und Kuppeln, einst von den Joriern aus Kristall erbaut, der in der Sonne funkelte. Jetzt sind sie schwarz gestrichen, und am Tor hängt ein großer schwarzer Schädel.

»Ein Necro-Tempel?«, fragt Helthizor, als er ihn erblickt. »Ich glaube nicht, dass sie uns sonderlich gewogen sind.«

»Und genau deshalb, Helth, ist die Kompanie anderweitig im Einsatz. Wenn sie hier einmarschieren würde, wären die Nekros aufgeschreckt. Ich werde das selbst erledigen.« Weil er nichts darauf erwidert, fahre ich fort: »Ich gehe allein rein und bringe die Sache schnell über die Bühne.«

»Gehen wir damit nicht ein unnötiges Risiko ein?«

»Gehört das denn nicht zu unserem Handwerk?« Ich setze ein breites Grinsen auf. »Viel Spaß im Wald. Fange mir einen Affen als Haustier. Ich wollte schon immer einen haben.«

Ich warte seine Antwort nicht erst ab. Mir gehen im Augenblick zu viele andere Dinge durch den Kopf. Ich begebe mich zum Eingang des einladenden Necro-Tempels und frage mich, wo sie in diesem Teil der Wilden Welten die vielen dekorativen Schädel herhaben.

»Tod!«, sage ich mit allem Enthusiasmus, den ich aufzubringen vermag, zum Schädel. »Tod!«

Es fällt mir dann doch nicht so schwer. Ich fühle mich nämlich irgendwie tot.

Das Tor öffnet sich.

Der Necro-Tempel ist wahrscheinlich das größte und imposanteste Gebäude in diesem Scheißloch. Das will aber nicht viel heißen. Ich habe schon Bilder vom Tempel auf Irithessa gesehen – in zwei, drei und vier Dimensionen. Er wurde auf einer Privatinsel errichtet, und die Türme ragen eine halbe Meile hoch in den Himmel. Necron-Jünger aus der ganzen Galaxis versammeln sich dort, um sich in den Vorzügen des Nicht-Lebens unterweisen zu lassen. Dann schwärmen sie wieder in der Galaxis aus, kreischen »Tod!« auf Sportveranstaltungen und belästigen die Leute in Raumhäfen mit ihren Flugblättern.

Zumindest vermitteln sie diesen Eindruck in der

Öffentlichkeit. Aber sie betreiben auch den profitabelsten Schwarzmarkt in dieser Ecke der Galaxis. Es gibt eine erstaunliche Anzahl von Kurguls, rangniedere Drohnen aus den großen Nestern, die sich für ein Leben im Dienste des Necro-Lords entscheiden. Die Befreiung von der Kirchensteuer ist nur einer der vielen Vorteile.

Der Tempelhof ist mit Überresten von Kadavern angefüllt. Überall liegen Tierknochen herum. Hautstreifen, noch blutig, trocknen auf Stöcken im Hof. Ich wäre mit meinem invaliden Bein fast darüber gestolpert. Und jetzt wird mein gutes Bein auch noch taub. Das ist einfach nicht fair.

Plötzlich fliegt mir eine Insektenwolke ins Gesicht. Fliegen, so groß wie mein Daumen, zielen auf die Augen. Ich hebe die Hand und schlage eine aus der Luft.

»Tu das nicht.«

Der Necro-Priester hat sein Gesicht verändern lassen. Der untersetzten Statur mit einer Körpergröße von höchstens einem Meter vierzig nach zu urteilen war er vielleicht mal ein Kurgul, der sich die Gesichtstentakel abgeschnitten hat. Vielleicht war er auch mal ein Mensch – zumindest nach dem Bild, das ich von einem Menschen habe –, der sich die Nase hat abtrennen lassen. Seine Augen, die mir seine Herkunft möglicherweise verraten hätten, kann ich nicht sehen. Sein Gesicht gleicht einem mit Haut bespannten Totenschädel, mit der Dreieckskontur des Nasenansatzes und kleinen schwarzen Augen, die tief in den Höhlen liegen. Seine gewölbte Stirn ist mit Tattoos übersät. Er ist ganz in Schwarz gekleidet. Man könnte glauben, er hätte dem Sensenmann seine Kutte abgehandelt. Er hebt die Hand, und die Fliegen landen auf seinem Arm wie Falken, die zu ihrem Herrn zurückkehren.

»Saltues. Ich bin Araskar.«

»Ich weiß, Gardist. Du hast schon eine Menge Ärger gemacht.« Eine dünne rote Zunge schlängelt sich aus dem Mund und leckt über die Zähne. »Viel Tod. Und du trägst eine Waffe für deinen eigenen Tod. Anmaßend.«

Er richtet den Blick auf meine Hüfte, wo mein kurzes Seelenschwert – eigentlich nur ein Dolch – hängt und darauf wartet, dass ich mich selbst entehre und es benutze. »Ich kenne euren Lord inzwischen gut genug, glaube ich.«

»Anmaßend.« Er dreht sich um und geht hinein.

Im Gebäude ist der Gestank sogar noch etwas intensiver als draußen in der Luft. Wenn man ständig Tiere opfert und sie häutet, riecht es wohl etwas streng – selbst für ein solches Scheißloch. Im Tempel ist es düster. Er wird nur von Phosphorkerzen erhellt, deren flackernder Schein überall reflektiert wird. Der Rauch vernebelt meinen Blick und treibt mir die Tränen in die Augen; aber, hey, was macht das schon, wenn mein ganzer kaputter Körper mit jeder Faser nach Drogen schreit?

Ein mit einer Kutte bekleideter Adept, ein Zu-Path, schleicht mit gesenktem Kopf durch die Räumlichkeit.

Auf dem Tisch liegt ein sehr großes totes Ding. Ein bizarrer Hybrid, der fast schon wie ein Kunstwerk anmutet: ein Mischmasch aus humanoiden und insektoiden Komponenten. Vier Mandibeln wachsen aus den Schläfen. Zwei stämmige Beine, die in schwarzen Stiefeln stecken, entspringen der Hüfte, und ein robuster Stachel, an dem noch Spuren von Gift glitzert, ragt aus der Brust. Eine wirklich groteske Konfiguration.

»Das war unser NecroWasp«, sagt der Priester.

»Ich bedauere euren Verlust.«

»Wir werden es reparieren. Denn es ist tot und war immer schon tot und wird wieder für den Tod kämpfen.«

Ich hebe die Hand und zeige ihm die Metallkarte des Akkreditivs. Das Kerzenlicht wird als tanzende Lichtpunkte auf der Oberfläche reflektiert. »Ich benötige Informationen.«

Er stößt ein tiefes, lautes Lachen aus. »Das ist nichts wert, solange in der Galaxis nicht wieder Ordnung eingekehrt ist. Seit dem Fall von Irithessa sind nur Sachwerte interessant. Oder Codes für dunkle Knoten, die man bei den Suits eintauschen kann. Hast du so etwas?«

»Leider nein.« Ich hatte sowieso nicht damit gerechnet, dass das funktionieren würde. Ich trete vor. »Ich habe deinem Boss ein gutes Angebot gemacht. Und ich wäre gern bereit, es zu erneuern.«

Diese Zunge leckt wieder über die Zähne. Sie erinnert mich an einen Wurm, der sich über Steine windet. »Ich würde unseren Lord gerne in einen glorreichen Tod begleiten.«

»Ach, stürze dich doch aus der Luftschleuse.« Religionsfritzen. »Ich möchte nur ein paar Antworten.«

Der Adept nähert sich und mischt in einem Eimer eine stinkende Brühe zusammen. Ein schwarzes, übel riechendes und wahrscheinlich organisches Zeug, mit dem er den Körper des NecroWasp bestreicht. Und dann merke ich, dass er mich beobachtet.

Er ist eigentlich schon zu alt für einen Necro-Adepten. Ein Zu-Path mit einem pausbäckigen Gesicht, diesen warzenartigen Auswüchsen und einem Augenfeld.

»Vielleicht werden wir dein Geld akzeptieren«, sagt der Priester plötzlich. »Komm mit mir. Ich will versuchen, deine Fragen zu beantworten.«

»Moment mal.« Ich packe den Adepten am Arm. Er reißt sich los und greift unter seine Kutte nach einer Waffe. Doch der Priester zieht seine Waffe fast genauso schnell wie ich mein Seelenschwert.

Er richtet seine Waffe auf mich. »Es wäre mir überaus unangenehm, dich ohne die zeremoniellen Vorbereitungen unserem Lord vorzustellen. Bitte geh.«

»Du stinkst ja noch schlimmer als der Rest von diesem Loch«, sage ich dem Zu-Path. »Bist du etwa auf der Flucht?«

Die Scherben in der Waffe des Priesters beginnen zu

summen. Der Zu-Path beäugt mein Schwert. Der Priester stößt etwas Unverständliches zwischen den Zähnen hervor.

»Komm schon, du willst doch sicher nicht deine edle Seele verlieren«, dränge ich.

»Ich weiß nichts. Ich versuche nur, mich von solchen … Typen wie dir fernzuhalten.«

Das nehme ich ihm nicht ab. Er ist schließlich hierhergekommen, anstatt sich zu verstecken, und er mustert mein Akkreditiv mit gierigem Blick. Man muss schon ein Hybrid mit Premium-Eiern sein, um sich jemandem zu stellen, dem es gleichgültig ist, ob er ihn tot oder lebendig abliefert.

»Er ist ein Adept des Todes«, sagt der Priester, »und mehr musst du auch nicht wissen.«

Trotzdem stelle ich dem Zu-Path eine Frage: »Formoz von Keil. Kennst du ihn?«

»Das kann man wohl sagen.« Das eine Auge des Zu-Path blickt abwechselnd auf mich und die Waffe des Priesters.

»Er hat ein paar Milliarden dafür geboten, seine Kinder von Keil zu den Wilden Welten zu bringen. Ich hörte über … über einen Bekannten davon. Es war ein ganzes Netzwerk von uns daran beteiligt. Ich sollte die Kinder hier durchschleusen. Habe verdammt lang auf meinen Kontakt gewartet, noch einige Tage nach Ablauf der Frist. Und dann hörte ich, dass du darin verwickelt bist – die Garde. Ich machte einen Spaziergang, und als ich zurückkam, waren mein Schiff und meine Beute verschwunden!«

»Adept!« Der Priester schaut nun zornig, sofern man bei diesem Totenkopfgesicht überhaupt eine Mimik erkennen kann. »Du sollst diese Dinge doch vergessen. Du stehst nun im Dienste des Todes!«

»Beachte ihn gar nicht«, sage ich. »Wie ging es dann weiter?«

»Ich habe sie bei einem Hybriden zurückgelassen. So einem blöden Mädchen. Klein und dunkelhäutig. Nur ein Navigator. Ich wollte zurückkommen und sie abholen – wollte ich wirklich –, doch dann seid ihr gekommen, und dann ging alles drunter und drüber. Und nun haben sie mein Schiff gestohlen, und für mich ist außer Spesen nichts gewesen.«

Der Priester murmelt wieder etwas, diesmal lauter. Klingt nach einem Gebet, dem singsangartigen, sich ständig wiederholenden Tonfall nach zu urteilen.

»Dieses Mädchen – wohin hat sie sie gebracht?«

»Ich weiß es nicht.«

»Wenn ich dich ein wenig mit meinem Seelenschwert pikse, wäre die Antwort dann dieselbe?«

Er reißt das einzelne Auge so weit auf, dass es auch für zwei Augen durchgehen könnte. »Sie kommt von Bills Basis. Hat sie wahrscheinlich auch dorthin gebracht. Es ist ein dunkler Knoten auf dieser Seite von Sektor 118-R, direkt am Rand der Dunklen Zone …«

Der Priester eröffnet das Feuer. Splitter fliegen rechts

an meiner Hand vorbei, reißen dem einäugigen Zu-Path den Kopf ab und zerfetzen den größten Teil des Torsos.

Ich habe nur noch einen dicken, kurzen Arm in der Hand, dem der Körper abhandengekommen ist.

Der Priester stößt die Luft aus. »Ich hätte das schon früher gemacht, aber ich musste erst noch ein Gebet sprechen, um das Opfer vorzubereiten. Wie dem auch sei, unser Nekrotischer Lord ist nicht erfreut über dich, Gardist.« Er verneigt sich vor mir. »Du hast deine Informationen. Nun wirst du einen Preis dafür zahlen.«

»Ach ja?« Ich mache eine weit ausholende Geste. »Ich habe aber nicht den Eindruck, dass du mir bei meiner Informationsgewinnung sonderlich behilflich gewesen wärst.«

»Unser Nekrotischer Lord hätte mir höchstwahrscheinlich auch vergeben, wenn ich den Adepten sofort erschossen hätte.« Er lächelt. Dieses Lächeln ist so gruselig wie meines damals, als mein Gesicht zerschmolzen ist. »Zum Glück für dich bin ich ein ergebener Diener, und ich habe mir die Zeit für ein Gebet genommen, während ihr zwei miteinander geplaudert habt.«

»Das stimmt wohl.« Dieser Priester ist doch schlauer, als man zunächst glauben könnte. »Also willst du das Akkreditiv doch haben?«

»Nein. Ich möchte, dass du ein Opfer darbringst. Ein großzügiges und nobles Angebot an den Tod.« Er deutet auf den großen stinkenden NecroWasp. »Denn es ist tot und war immer schon tot und wird wieder für den Tod kämpfen.«

Als ich mir schließlich bewusst werde, was er damit meint, entringt sich mir ein Stöhnen. Das habe ich nun davon, dass ich mir ein Haustier gewünscht habe.

10

Jaqi

Keine zehn Minuten nachdem wir gelandet sind, uns zur Begrüßung umarmt und die Kinder an einen Ort gebracht haben, wo sie ein Bad nehmen können – und Z auch –, dreht Bill sich zu mir um und schreit mich an: »Was bei allen Teufeln der Hölle stimmt denn nicht mit dir?«

Bill ist sichtlich gealtert. Er hat nun auch die letzten Haare verloren, und sein Kopf glänzt im fahlen Schein der flackernden Deckenlampen. Oder vielleicht flackern sie auch gar nicht. Vielleicht liegt es nur daran, dass er so hektisch mit dem Kopf wackelt. Und er wirkt auch aggressiver als früher.

»Diese Kinder werden gesucht! Hast du denn nicht davon gehört?«

»Ich war zu beschäftigt damit, um mein Leben zu laufen. Ist übrigens eine wirklich nette Begrüßung, Bill«, füge ich noch hinzu.

»Ich bin jetzt nicht in der Stimmung für Knuddelei und Küsschen, Jaqi! Ich bin kein Hybrid. Die Galaxis ist nun dein Spielplatz, nicht meiner.« Er reckt sein massives Kinn mit den markanten Brandnarben vor, die schon dort sind, seit ich mich erinnern kann. »Ich habe dir doch beigebracht, wie man sich durchschlägt, damit du nicht jedes Mal hierher zurückkommen musst, wenn du etwas brauchst.« Ich stehe da wie ein begossener Pudel. Ich weiß doch nicht, wo ich sonst hinsoll außer zu Bill.

»Mein Gott, ich brauche ein Bier«, stöhnt Bill schließlich. »Aber der Biernachschub ist unterbrochen, seit wir vor einem Monat alles abgeschaltet haben. Und jetzt bist du gekommen, und wer weiß, wer oder was dir gefolgt ist!«

»Ich habe vielleicht Bier auf dem Schiff. Ich habe noch keine vollständige Bestandsaufnahme gemacht.« Ich lächele gezwungen.

»Ich weiß sehr wohl, dass du es schon gründlich durchsucht hast, kleines Fräulein Vielfraß.«

Er kennt mich eben.

Die ständig flackernde Deckenbeleuchtung wirft graue Schatten, in denen die Gesichter verschwimmen. Die Decke ist ziemlich niedrig – so niedrig, dass Z sich ducken muss. Der Hauptbereich besteht aus ein paar alten, müffelnden Stühlen, einem langen Holztisch, einem Regal mit ein paar Spielen und Bills wertvollstem Besitz, seiner Gitarre. In einem anderen Raum werden ein paar mickrige Pflanzen mit künstlichem Sonnenlicht bestrahlt. Das ist Bills Zuhause. Groß, kalt, mit schlechter Beleuchtung. Mein Zuhause.

»Bill, es geht hier doch nicht um mich, sondern um die Kinder! Deine Basis hier ist so sicher wie eh und je. So sicher, dass nicht mal ein Furz entweichen kann, ai?« Ich lächele wieder gezwungen.

»Ich sollte dich aus der Luftschleuse werfen.«

»Das wäre es vielleicht wert, wenn ich dann nur nicht mehr deine Fürze riechen müsste.«

Seine Maske verrutscht für einen Moment. »Ich war bei einem Arzt. Bei einem echten, mit Lizenz und allem Drum und Dran. Er sagt, mit meinem Magen und Darm sei alles in Ordnung.« Und dann wird er wieder grantig, als ob er sich daran erinnern würde, dass er sich kein Lächeln leisten könnte. »Jaqi, die Menschen sind zum Abschuss freigegeben worden.«

»Ich habe es gehört. Das gilt für Blaublüter und wohl auch für Kaufleute.«

»Für alle Menschen. Sogar für Schweine wie mich.«

»Oh. Die Hybriden – die Garde – wollen wirklich jeden einzelnen verdammten Menschen in der ganzen verdammten Galaxis töten?«

»Angeblich, ja. Der Pöbel der Galaxis bezeichnet das als den Roten Frieden.« Er hebt eine Hand. »Rot wie Blut, wie menschliches Blut.«

»Verstehe.«

»Vor allem diese Kinder sind in aller Munde. Da muss wirklich ein Vermögen für dich drin sein, wenn du ein solches Risiko eingehst.«

»Nein. Ich schlage kein Kapital daraus. Das sind nur

kleine Kinder in Gefahr.« Ich sage ihm nicht, dass ihr Bruder sein Leben für mich gegeben hat.

»Was soll ich mit ihnen machen?«

»Du kennst die Wilden Welten doch viel besser als ich, Bill. Komm schon.« Er sagt nichts darauf. »Du kannst sie nicht bei mir lassen … wenn ich mich wieder einmal betrinke, lasse ich sie vielleicht noch in einer Bar zurück. Oder es passiert irgendetwas anderes.« Die Stille, die nun eintritt, wird nur vom Summen der Luftwiederaufbereitungsanlage und dem leisen Weinen der Kinder durchbrochen.

»Bill?«

Er schüttelt den Kopf.

Irgendwie bin ich die ganze Zeit davon ausgegangen, dass Bill ab hier übernehmen würde. Das sage ich ihm auch: »Bill, du musst sowieso von hier verschwinden, wenn die Garde Jagd auf alle Menschen macht. Nimm die Kinder mit. Mache einen Handel mit ein paar Kurguls. Such dir ein Versteck auf einer Wilden Welt, so weit draußen, dass die Garde euch nicht findet.«

»Jaqi, die Garde sucht schon das ganze Imperium ab und bald auch die Wilden Welten. Sie zerhacken die Leute mit diesen Seelenschwertern und saugen jedes Erinnerungsfitzelchen aus ihnen heraus. Sie werden uns finden. Du warst nicht die Einzige im Schweinestall, die meinen Aufenthaltsort kannte. Ich wüsste auch gar nicht, wo ich mich verstecken sollte. Niemand auf den

Wilden Welten wird sich mit mir einlassen, wenn ich diese Kinder im Schlepptau habe.«

Er lässt sich in seinen Sessel fallen. Das Möbelstück quietscht, und eine kleine Staubwolke wallt von der Polsterung auf.

Ich kenne den Stuhl, auf dem Bill sitzt. Ich hatte ihm damals geholfen, den Rahmen aus Metallschrott zusammenzuschweißen, die gepolsterte Sitzfläche zu verkleben und die Nähte des Sitzbezugs zu vernähen. Es ist ein guter Stuhl. Wenn man schon mit einem Haufen Typen an einem Tisch sitzt, die einen vielleicht im nächsten Moment erschießen werden, sollte man wenigstens bequem sitzen.

An diesem Tisch hatte ich zum ersten Mal Eiscreme gegessen. Sie war im Vakuum zwar hart und trocken geworden, aber ich kam mir trotzdem wie eine Prinzessin vor, als ich sie verspeiste. Und ich hatte auch immer mit Bill gekocht, wenn wir richtige Lebensmittel organisieren konnten – obwohl er mir vom Käse nie etwas abgegeben hat (was wohl auch die Hauptursache für die Furzerei ist. Alles in Ordnung mit Magen und Darm, ja nee, is' klar). Und einmal hat er mir sogar eine Puppe geschenkt. Er hatte sie einem Händler abgekauft, der ein Auswandererschiff überfallen hatte. Ich habe die Puppe überall mit mir herumgeschleppt, und als sie nicht mehr zu retten war, hielten wir eine kleine Trauerzeremonie ab und schossen sie in den Raum.

»Und was willst du jetzt machen? Willst du mit uns

kommen? Ich könnte einen Hybriden gebrauchen, auch wenn du kein Muskelpaket bist.«

»Ich …«

Er wartet auf meine Antwort. »Komm schon, Jaqi.«

Verdammter Mist.

Ich habe mir noch keine Gedanken darüber gemacht, wie es nun weitergehen soll. Ich wollte den Kleinen das Problem erklären und Bill dann alles Weitere überlassen. Wenn ich aber nun mit Bill und den Kindern zu den Wilden Welten fliege, bedeutet das … das bedeutet, dass ich mir Irithessa und Theaterbesuche, interessante Liebschaften und exotische Restaurants abschminken kann.

Ich will einfach nur leben.

»Zum Teufel, Bill, ich …«

»Ich verstehe.« Er schüttelt den Kopf. »Ich mache dir keinen Vorwurf, Jaqi.«

Nach einem Moment steht er auf. Er legt nicht den Arm um mich und verzichtet auch auf andere intime Gesten, aber er klingt, als hätte er einen Kloß im Hals. »Ich hatte mich wirklich für dich gefreut. Ich hörte, dass der Widerstand gewonnen hätte und dass nun ein Hybrid, Mister John Starfire, auf dem Thron von Irithessa sitzt. Ich sagte mir, eines Tages, so in zehn, zwanzig Jahren, wird sie wiederkommen, aufgegangen wie ein Hefeteig und mir mit einem Lächeln einen Stall Kinder präsentieren. Dass ich nie wieder ein dummes Wort aus deinem Mund hören würde. Ich habe mir vorgestellt, du würdest ein Buch über deine kriminelle Karriere schreiben. Es gibt viele Leute, die so etwas gerne lesen würden.«

Ich und ein Buch schreiben? Da muss ich doch lachen. »Und wovon träumst du sonst noch, Bill?«

»Du bist klüger, als du glaubst. Verdammt, Jaqi, ich kann nirgendwohin.«

»Die Kinder haben da so ein komisches jorisches Ding. Eine Art Sternenkarte. Sie sagen, sie würde ihnen einen Weg aus dem bekannten Raum weisen.«

»Aus der Galaxis hinaus? Glaubst du etwa noch an Märchen?«

»Das Mädchen hat mir gesagt, dass die alten Jorier damals zwischen den Galaxien gereist sind. Wir werden das herausfinden, sobald wir einen Suit finden, der dieses Ding hacken kann. Es enthält Informationen, Bill.«

»Das ist Wahnsinn.«

»Komm mit und sieh es dir mal an.« Ich spekuliere darauf, dass Bill, unter dessen rauer Schale sich eigentlich ein weicher Kern befindet, die Kinder genauso lieb gewinnt wie ich und es sich vielleicht noch anders überlegt. »Fürs Erste sind wir hier noch sicher.«

Araskar

Ein dunkler Knoten auf dieser Seite von Sektor 118-R, wo die Dunkle Zone beginnt. Bills Basis.

Ich sehe zu, wie der Priester klebriges grünes Synthetikblut in seinen NecroWasp pumpt. Jeder sollte das einmal im Leben gesehen haben; und wenn nur zu dem Zweck, um sich gründlich den Appetit zu verderben. Er hat einen großen Tank mit dem Zeug hereingerollt und den Wasp über mehrere Schläuche mit einer Pumpe verbunden. Während die pumpt, betet er, und schließlich beginnt das Ding sich zu regen. Statt eines »Amen« entfährt ihm aus tiefer Brust ein »Tod!«.

»Also keine Barzahlung erforderlich?«

»Ehre unseren Nekrotischen Lord.« Der Priester reibt die Schulter des NecroWasp. »Führe ihn in die Schlacht. Möge er deinem Roten Frieden seinen Tribut zollen.«

»Wie loyal ist dieses Ding?«

»Loyal bis in den Tod.«

Der NecroWasp blinzelt mit seinen Facettenaugen.

»Ach, ich hätte da noch eine Frage an dich«, beginne ich leichthin und bereue es schon im selben Moment, als die Worte aus meinem Mund kommen. »Es gibt noch etwas, wonach ich suche. Schmuggelware.«

Wenn er so etwas wie ein menschliches Gesicht gehabt hätte, würde ich sagen, dass dieser Priester nun eine Augenbraue hochzieht. Aber es verschiebt sich nur die pergamentartige weiße Haut über dem tief in der Höhle liegenden schwarzen Auge. »Nun gut, Kriegsheld. Wie könnten wir deiner edlen Person einen Wunsch abschlagen?«

Ich lege die Hand auf mein Seelenschwert. »Beschaff mir ein paar Pinke, du schäbiger Zombie, oder du wirst niemals sterben.«

Der Priester hustet überrascht, dreht sich um und verschwindet im hinteren Bereich des Tempels. Die Necros sind eigentlich durch ihren religiösen Status vor dem Tod durch ein Seelenschwert geschützt. Das ist ein gutes Druckmittel, um sie einzuschüchtern.

Nur ein paar Pinke, dann kann ich wieder durchstarten. Wahrscheinlich würde mir schon eine genügen. Ich kann sie mir einteilen. Eine pro Woche. Das würde mir ein schönes normales Leben ermöglichen.

Er kommt mit einer Plastiktüte von der Größe meines Kopfes zurück.

Ich starre sie an wie eine Hybrid-Jungfrau, die zum ersten Mal das Gemächt ihres ersten Liebhabers erblickt. Bei allen Teufeln der Hölle! Ich hätte schon für ein Viertel dieser Menge auf Irithessa den Tod in Kauf genommen. Damit komme ich für ein ganzes Jahr aus, wenn ich sparsam bin. Und es kommt genau zur rechten Zeit: Meine Arme und Beine brennen, als ob sie ein Eigenleben entwickelt hätten.

Es ist fast wie damals, als ich John Starfire wegen dieser blöden Geschichte ausfragte, in der die alten Jorier ein Seelenschwert in eine Leiche stechen und sie dadurch wieder zum Leben erwecken konnten. Nur dass meine Lebensgeister durch den Anblick dieser Drogen wieder geweckt werden.

Er drückt mir den Beutel in die Hand. »Auf den Tod.« Ich atme mit einem Seufzen aus – mir war überhaupt nicht bewusst, dass ich den Atem angehalten hatte – und verstecke eine zitternde Hand hinter dem Rücken, damit er sie nicht sieht. »Ich werde dein Akkreditiv als Gegenleistung annehmen. Vielleicht gelingt es mir, es irgendeinem ahnungslosen Narren unterzujubeln.«

»Okay«, sage ich undeutlich. Meine Zunge ist noch unbeweglicher als sonst. So viele Pinke. So viel Musik genau hier in meiner Hand.

»Steh auf!«, befiehlt der Priester. Der NecroWasp erhebt sich vom Tisch und schlurft grunzend neben mir her. Wir gehen zur Tür hinaus, über den Hof und den schlammigen Pfad entlang zurück zur Anlegestelle, wo Rashiya auf mich wartet. Sie muss sich inzwischen wohl fragen, ob ich überhaupt zurückkomme.

Ich richte den Blick nach oben auf das wunderschön hässliche Antlitz des NecroWasp. »Loyal.«

»Solange du loyal gegenüber dem Tod bist.«

Das wäre eine Verhandlungsbasis mit Terracor, falls es so weit kommen sollte. Kein Seelenschwert kann etwas töten, das schon tot ist. Ich werde das für mich behalten. Und falls es zum Bruch mit meinem vorgesetzten Offizier kommt, dem ich ohnehin nicht vertraue, habe ich eine Lebensversicherung.

Das klingt wirklich gut. Fast wie ein Plan.

Und dann berühre ich die Pinken im Beutel. Ich verspüre auf einmal ein Gefühl der Leichtigkeit im Kopf und ein Kribbeln am ganzen Körper: Ja, so bin ich, bereit, für den Widerstand zu kämpfen, diese Kinder zu retten und dieses Arschloch Terracor in Schach zu halten. So bin ich, halte es keinen Tag ohne eine Dröhnung aus.

11

Jaqi

Ich stelle Bills Dusche an. Er hat mich eindringlich darauf hingewiesen, dass ich genau eine Minute hätte. Er hatte Glück gehabt und einen Eiskometen einfangen können, bevor er sich hier isolierte. Sonst müsste ich mich nun mit einem Reinigungsfeld begnügen, das mir leichte Verbrennungen am ganzen Körper bescheren würde. Doch ich komme in den Genuss von richtigem Wasser, ein Cocktail aus Wasserstoff und Sauerstoff, der aus echtem Eis gewonnen wurde. Mit einem Schuss recycelter Pisse, aber wer wird sich beschweren wollen?

Das Wasser ist fast genauso kalt wie der Raum. Ich führe den kleinen Waschtanz auf, den ich über die Jahre einstudiert habe. Gesicht, Achselhöhlen, Hüften, Hintern, Schritt, erst ein Bein rauf und dann das andere Bein. Das nasse Haar klatscht auf den Rücken, und ich fahre mit den eingeseiften Händen darüber, um es wenigstens ein bisschen sauber zu bekommen.

Das Wasser wird gerade warm, und ich zittere auch nicht mehr so, als es plötzlich versiegt.

Das war ein kurzer Spaß, aber verdammt noch mal trotzdem das größte Vergnügen in der ganzen Galaxis. Es geht nichts über eine Dusche nach einem monatelangen Aufenthalt auf einem Schiff. Okay, ein Vollbad vielleicht, aber wir dachten uns, dass die Kinder das dringender brauchen als ich. Ich greife nach einem Handtuch – eins von den wenigen, die Bill nicht als Wischlappen für verschüttetes Öl oder für Reparaturen benutzt – und trockne mich ab.

Ich wische die letzten Reste des Schweinestall-Drecks weg. Die letzten Rückstände des Schmieröls und der Antioxidantien von Palthaz' Schiff. Den letzten Rest des Schweißes und Gestanks des Cricket-Schiffs.

Dann trete ich aus der Dusche und seufze.

»Fertig?«

Z steht da – auch pudelnackt. Und er ist wirklich überall tätowiert. Schwarze Muster, die zum Teil wie Buchstaben aussehen, ziehen sich über jeden Zoll seiner schneeweißen Haut bis hinauf zu den zwei gebogenen Hörnern, die ihm aus der Stirn wachsen.

Trotzdem nicht schlecht. Der Kerl hat Muskeln wie aus gegossenem Stahl. Und ein Relief aus Narben an Armen, Oberkörper, Nacken und Beinen, das die Tattoos kreuzt. Ich habe ein gewisses Faible für markante Narben. Ein Liebhaber darf nicht zu schön sein.

»Bedien dich.«

Er duckt sich und betritt die Duschkabine. Er hält diese Syntho-Schuppenpanzerhose in der Hand. Er wird sie wohl unter der Dusche säubern wollen; es gibt sonst nicht viele Möglichkeiten, Wäsche zu waschen.

»Zu Hause schrubben wir uns mit Sand ab«, sagt er aus der Kabine. »Ich verstehe nicht, weshalb so viel Wasser dafür verbraucht wird.«

»Das ist nicht angenehm nach einem Tag im All.«

»Es ist trotzdem eine Verschwendung.«

Wenn er nicht so eine Spaßbremse wäre, könnte ich glatt auf die Idee kommen, ihn zu fragen, ob ich zu ihm unter die Dusche kommen soll. Für eine Runde Spaß zu zweit. Es ist schon verdammt lang her – so lang, dass ich mir es nicht leisten kann, allzu wählerisch zu sein. Und so, wie er aussieht, würde schon alles passen, wenn Sie wissen, was ich meine …

Bei meiner Pechsträhne eigentlich kein Wunder, dass ich einen so schönen großen Kerl als Reisegefährten habe, bei dem alles stimmt – außer im Kopf.

Seine Stimme übertönt das rauschende Wasser. »Glaubst du an den Gott der Blaublüter?«

»Das ist aber eine seltsame Frage für jemanden, der gerade nackt unter der Dusche steht.«

»Ich bin eben neugierig. Du hast die Schuld für ihren toten Bruder schon ein paarmal beglichen, und trotzdem willst du sie nicht im Stich lassen. Ich frage mich, ob das eine Glaubensangelegenheit ist.«

»Ist es nicht«, antworte ich nach einer Weile. »Ich weiß nicht, was ich glauben soll, Kumpel. Ich tue das, weil ich es für richtig halte.«

»Das ist auch eine Art von Glauben.«

Das ist gar nichts, sage ich mir. Aber ich habe jetzt keine Lust zum Streiten, wo ich mir gerade meine schönsten Körperstellen abtrockne. »Was ist mit dir? Glaubst du an diesen Gott – oder dieses liebe Lieschen oder wie auch immer das heißt – und das Sternenfeuer und was nicht alles?«

»Es kommt nicht darauf an, ob man an das Sternenfeuer glaubt oder nicht. Es ist einfach da.« Er klingt verärgert. Ist aber auch kein sehr großer Unterschied zu seiner normalen Befindlichkeit.

»Bitte, Mister Prediger?«

»Das Sternenfeuer ist der Brennstoff, der im reinen Raum verbrennt. Die alten Jorier konnten ihn berühren und große Wunder damit vollbringen. Sie machten die Knoten, sodass die anderen Spezies sich zwischen den Sternen ausbreiten konnten. Die Menschen übertrugen dann ihre Vorstellung von einem Gott auf das Sternenfeuer, aber es ist eine ältere und stärkere Macht.«

»Das unterscheidet sich aber nicht sehr von diesem Gott.«

»Kein empfindungsfähiges Wesen hat Gott jemals gesehen oder berührt. Doch man berührt das Sternenfeuer jedes Mal, wenn man mit einem Schiff in den reinen Raum eintaucht.«

»Mach mal halblang, Kumpel. Ich habe jedenfalls keine religiöse Vision, wenn ich einen Knoten finde.«

»Das glaubst du vielleicht«, sagt Z. Er hat fertig

geduscht, verlässt die Kabine und trocknet jeden Zoll dieser Tattoos ab. »Trotzdem hast du welche. Hybriden sind unvollkommene Kopien der alten Jorier, aber einige von euch haben immer noch die alte DNS. Deshalb hatte das Imperium auch Angst davor, dass Hybriden sich fortpflanzen, und vor Hybriden mit einer künstlerischen Ader. Man befürchtete einen Wiederaufstieg der alten Mächte.«

Nun redet er wirklich Unsinn. Ich finde Knoten, weil ich es eben kann, und nicht, weil irgendetwas im reinen Raum verbrennt.

Ich ignoriere ihn und ziehe mich an. Bill hat ein paar meiner alten Kleider aufbewahrt. Sie sind mir etwas zu klein. Ich hätte nicht gedacht, dass ich noch etwas wachsen würde. Nach Bills Schätzung muss ich nach den Maßstäben des Imperiums knapp achtzehn sein. Noch ziemlich jung für das, was ich alles schon erlebt habe. Ich kann mir nicht vorstellen, dass es viele Achtzehnjährige gibt, die einem Gardisten ins Gesicht geschossen und das überlebt haben. Oder?

Ich gehe zurück in den Gemeinschaftsbereich zu den Kindern. In Bills Basis gibt es links neben dem Gemeinschaftsraum noch vier Zimmer und ein Badezimmer und rechts davon einen großen Hangar, der mit Schmuggelware angefüllt ist. Der Hangar ist fünfmal so groß wie der Wohnbereich, und ich hatte ihn als Kind immer gern als Spielplatz genutzt – jedenfalls solange er unter Druck stand. Selbst als kleiner Wildfang hatte ich so viel Verstand, dem Hangar fernzubleiben, wenn keine Luft drin war.

Bill sitzt bei den Kindern und spielt Gitarre. Ich kenne dieses Lied, das er leise vor sich hin singt. »Ich kannte ein Mädchen, das die Knoten ritt, die Knoten ritt … trallali, trallala …« Dann gibt Bill es auf und pfeift die Melodie. Sein Repertoire besteht eigentlich nur aus frivolen Liedern.

»Kennst du ›Gott der Sterne, Gott der Erde‹?«, fragt Kalia ihn.

»Was für ein schönes Bild!«, sage ich zu Bill.

Er blickt zu mir auf. »Ich tue mein Bestes«, knurrt er.

»Jaqi!« Kalia springt auf. Sie und Toq laufen auf mich zu und umklammern mich so fest, als ob sie mich gar nicht mehr loslassen wollten.

»Ihr beiden riecht aber gut.«

»Bill hat gesagt, dass wir ein Bad nehmen sollen.« Kalia verzieht das Gesicht. »Ich sagte ihm, ich würde nicht mit Toq baden, aber er sagte, wir müssten. Ich habe nicht mehr mit Toq gebadet, seit wir ganz klein waren.«

»Schon gut«, meint Toq. »Mir hat es gefallen.«

»Du hättest fast ins Wasser *gepieselt.*«

»Hab ich aber nicht. Ich bin rechtzeitig raus.«

Ich bin inzwischen so schlau, dass ich mir an dieser Stelle einen Kommentar verkneife wie *Wie tief muss man im Geld schwimmen, um es sich leisten zu können, allein zu baden?* Aber so läuft das wohl auf einem Planeten. Ich lasse Kalia einfach weiterreden, als ob wir alle schon am selben Bankettisch getafelt hätten.

»Schön, dass du hier bist. Ich wollte Toq Unterricht im Lesen geben. Du kannst gleich mitmachen.«

»Nicht jetzt, Kinder«, sagt Bill, als ein paar Lichter auf seinem Überwachungsbildschirm aufleuchten. »Ihr müsst mit mir zu den Suits gehen.« Ich höre Besorgnis aus seiner Stimme heraus.

Die Kinder fangen an zu zittern, und ich lege den Arm um sie. Ich bin doch irgendwie erleichtert, dass er mich gerade vor einer Lesestunde bewahrt hat. »Schon gut. Die Suits können diesen schwarzen Kasten hacken. Den Code, den Quinn kannte. Dann werden wir herausfinden, wohin euer Dad euch bringen wollte.«

»Ich …« Toq kämpft wieder gegen die Tränen an. Ich drücke ihn an mich. Er glüht förmlich und zittert am ganzen Körper. »Das gefällt mir nicht. Es war Quinns Box. Ich will nicht, dass jemand anders sie anfasst.«

»Ich weiß, aber weil Quinn nicht mehr da ist, müssen wir sie hacken. Quinn hätte gewollt, dass wir erfahren, was da drin ist, mein Schatz.« Ich streiche Toq übers Haar. »Weine nur. Es wird nur schlimmer, wenn du es unterdrückst.«

Bill ist geduldig, den Sternen sei Dank. Er wartet, während die völlig aufgelösten Kinder sich erheben. Ich glaube nicht, dass sie gern über diese komische schwarze Box sprechen. Erinnert sie zu sehr an Quinn. Das kann ich ihnen auch nicht verdenken. Er war ein guter

Junge. Dumm, aber gut. Und nach dem, was er sagte, wusste er mehr über die ganze Sache als seine Geschwister. Vielleicht wusste er sogar, wie dieser Unsinn mit dem Verlassen des bekannten Raums funktionierte.

Wir durchqueren den Wohnbereich der Station. Kalia hält dieses schwarze Ding umklammert, und das Licht der Deckenleuchten wird von den Buchstaben und Schnörkeln der Inschrift reflektiert. Die Tür zum Hangar nimmt eine ganze Wand ein, und als sie sich öffnet, entweicht die warme Luft in diesem Abschnitt des Wohnbereichs. Die Luft im Hangar ist immer kälter und dünner, wenn Bill es sich überhaupt leisten kann, ihn mit Luft zu füllen.

Normalerweise hat Bill hier drin immer Kisten so hoch wie die Gebäude im Schweinestall aufgestapelt. Doch an diesem Morgen gibt es hier nur ein paar Kisten, die auf dem Boden verstreut sind, Bills und unser Schiff, die am anderen Ende des Hangars geparkt sind, ein Haufen Stahl, defekte Platinen und sonstiger Schrott als Spielzeug für die Suits und Bills schiffsgroße Wassertanks. Die Halle war noch nie so leer.

Einer der Suits schlurft über den Boden.

Er ist nicht ganz so unheimlich. Er ist zwar groß, sieht aber zumindest ein bisschen wie ein Mensch aus. Nun ja, wie ein Mensch und ein Insekt und ein bisschen wie eine Maschine und … egal, es ist trotzdem unheimlich. Das Ding hat einen menschlichen Torso und einen Kopf in menschlicher Größe, auf dem ein Helm mit einem Visier sitzt. Menschliche Arme, obwohl sie verschiedene spinnenartige Verästelungen haben. Man erkennt die Konturen eines menschlichen Gesichts unter diesem Visier – mit richtigen menschlichen Augen. Aber sie blinzeln nicht und starren uns nur unverwandt an. Ich halte dem Blick so lange stand, bis meine Augen zu tränen beginnen.

Anstelle von Armen hat er lange Ausleger unterhalb des Torsos, an denen Kabel entlanglaufen und die in einer Art Tellerfüße enden. Es sind insgesamt sieben Ausleger, was ihm die Anmutung einer menschlichen Spinne verleiht. Dann ragen noch alle möglichen Werkzeuge, Schweißdüsen und Klingen aus den Armen oberhalb der Teleskopfüße. Diese Anordnung ermöglicht es ihm, seine Arbeit selbst in den unmöglichsten Winkeln und über Kopf noch problemlos durchzuführen.

»Habt ihr die Daten?« Die Stimme des Suits klingt menschlich, wenn auch monoton und unmoduliert. Dennoch schwingt auch ein Anflug von Begierde mit, in den Besitz der Daten zu gelangen. Die Stimme eines typischen Weltraumpenners, nicht unbedingt von jemandem, der sich selbst verstümmelt hat und mit Schrott von allen Schrottplätzen der Galaxis gespickt ist.

Kalia hält die schwarze Box hoch. Der Suit hebt seinen Arm/Bein/was auch immer. Der Fußteller verschiebt sich, wird wie ein Fächer zusammengeklappt und in den Träger eingezogen, aus dem das untere Bein besteht. Dann wird eine mit blinkenden Lichtern überzogene Verdickung herausgeschoben, aus der wiederum zwei Klammern ausgefahren werden.

»Reich es rüber«, sage ich zu Kalia. Die Klammern des Suits ergreifen die Kanten der schwarzen Box, und dann kommen an diesen Klammern kleine Sensoren zum Vorschein. Die Sensoren erinnern an miniaturisierte Starkstromkabel, die unter Strom stehen: Sie zucken über die Oberfläche der schwarzen Box und suchen sie nach Kontaktpunkten ab. Und finden sie auch. Sie waren meiner Aufmerksamkeit völlig entgangen – sie mussten sich in diesen Schnörkeln verbergen. Und dann bohren die Klammern sich, untermalt vom Summen der Schaltkreise des Suits, in diese Kontaktpunkte. Eine Reihe von Zahlen wird auf sein Visier projiziert.

»Es kann eine Weile dauern, bis er den Code gehackt hat«, meint Bill.

Er hat seinen Satz aber kaum beendet, als der Suit mit seiner monotonen menschlichen Stimme sagt: »Zu gut geschützt. Bring es zum Mainframe.« Dann lässt er die Box fallen.

Ich fange sie auf, bevor sie auf den Boden fällt. »Hey! Sei vorsichtig damit!«, herrscht ihn Kalia ungehalten an.

»Mainframe?«, frage ich. »Wo ist das?«

Der Suit antwortet zunächst nicht und verarbeitet irgendetwas. »Du hast keine Berechtigung«, sagt er dann.

Ich möchte diesem Ding am liebsten eine reinhauen, ob aus Metall oder nicht, doch Bill packt mich am Arm. »Schon gut, Jaqi.« Er zieht mich zurück. »Ich weiß, wo der Mainframe ist«, flüstert er mir dann zu.

»Wie zum …« Der Standort des Suit-Mainframes unterliegt wahrscheinlich derselben Geheimhaltungsstufe wie die Farbe der Unterwäsche des Imperators.

»Das ist … kein sehr schöner Ort. Aber wir werden dort in Sicherheit sein.«

»In Sicherheit?«

»Das ist das Refugium des Ingenieurs«, sagt er mit einem halben Lächeln. »Er ist immer für ein Geschäft zu haben.«

»Ich habe noch nie von diesem Ingenieur gehört.«

»Das macht nichts.« Wer ist dieser Ingenieur? Ein Mittelsmann für die Suits? Ich will Bill gerade danach fragen, doch er schiebt das Kinn vor und schürzt die Lippen. Ich kenne diesen Gesichtsausdruck. Er bedeutet, dass Bill einen Gedanken gefasst hat, aber noch nicht weiß, ob er ihn laut aussprechen soll.

»Was?«

»Du wirst nicht mitkommen, nicht wahr?«

»Ich …« Ich wollte eigentlich sagen, *ich weiß nicht*. Bill sagte immer, *ich weiß nicht heißt »Nein«*.

Z nähert sich uns von hinten und zerstört – wie immer – die Stimmung. »Ich habe gehört, was ihr gesagt habt. Für genug Geld werde ich mit dir zu diesem Mainframe gehen.«

»Wunderbar. Wenn ich nämlich etwas nicht habe, ist es Geld«, sagt Bill.

»Dein Wasser ist Geld wert. Deine Technik. Deine Verbindungen.« Er verschränkt die Arme. »Du brauchst mich. Du wirst Geld haben.«

»Alles klar, in Ordnung.« Bill starrt an uns vorbei in den Hauptraum seines Reichs, auf die bequemen Stühle und den Holztisch. Den Gewehrständer. Diese Gitarre, deren Hals nach jahrelangem Gebrauch stark abgegriffen ist. Sein Reich, das er selbst aus diesem Felsbrocken gefräst hat. »Ich habe noch ein paar gute Schiffe außer diesem Schrotteimer, mit dem ihr hergekommen seid.«

»Hey, dieser Schrotteimer fliegt ganz ordentlich – dank uns!«

»Das will ich hoffen. Denn er gehört ab jetzt dir«, sagt er und sieht mich dabei direkt an. »Ich wünschte, ich könnte dir mehr geben.«

»Ich werde …« Ich will sagen, *ich werde dich nicht verlassen.* Aber es bleibt mir in der Kehle stecken. Ein normales Leben. Das klingt so verlockend. Ich sehe die Kinder mit einem langen Blick an. Sie werden für immer auf der Flucht sein, während ich endlich zur Ruhe komme.

Und dann richtet der Suit, mit einem noch schlechteren Timing als Z, den Blick auf uns und sagt mit dieser beinahe menschlichen monotonen Grabesstimme: »Ich muss leider melden, dass ein Schiff durch den Knoten gekommen ist – ohne Codes. Wir waren nicht in der

Lage, es aufzuhalten. Es scheint sich um ein Kampfschiff der Belthuin-Klasse zu handeln. Wir aktivieren die Verteidigungssysteme.«

Die Garde hat uns gefunden.

12

Araskar

Ich stehe so nahe neben dem NecroWasp im Hangar des Schiffs, wie ich kann. Es ist hässlich, nicht interessant hässlich wie ein blaues Auge oder wie diese Ökosphäre. Es hat die Hässlichkeit zur Kunstform erhoben. Es ist die Referenzklasse der Hässlichkeit, an der die verschiedenen Abstufungen von Hässlichkeit gemessen werden. Allein schon diese segmentierten Glubschaugen unter den Lidern mit den geschwollenen Äderchen, diese Mandibeln, die unmotiviert aus der menschlichen Partie des Kopfes herauswachsen und an diesen Stellen von einer Art Schorf umgeben sind, und der Kopf, der auf dem Hals sitzt wie ein Korken schief im Flaschenhals, sodass die Nackenmuskulatur stark beansprucht wird, um diesen Kopf überhaupt gerade zu halten … verdammt, es ist so hässlich, dass es fast schon wieder schön ist.

Vielleicht liegt diese Schönheit aber auch nur im Auge des leicht zugedröhnten Betrachters.

»Also«, sage ich. »Jetzt gehörst du mir.«

Es sagt nichts, aber ich habe dennoch das untrügliche Gefühl, dass es mir zuhört.

»Wir begeben uns auf eine kleine Mission. Hehe. Auf eine klitzekleine.« Ich höre noch immer die leisen Klänge der Musik in meinem Kopf widerhallen. Kleine Noten schwirren über mich hinweg und verharren vor mir. Sie vibrieren tief auf den Linien des Notenblattes des Universums und verursachen ein Kribbeln auf der Haut. Dieses Ungeheuer wird jedoch von der Musik gemieden: Die Noten vollführen kühne Ausweichmanöver vor diesen hässlichen Mandibeln. »Wir sind auf der Suche nach ein paar Kindern, und wenn du und ich getrennt werden, musst du auf diese Kinder aufpassen. Sie sind aber nicht des Todes, hast du verstanden?« Es neigt den Kopf, wodurch eine Ader unter der Haut anschwillt. »Die Kinder. Nicht des Todes. Wenn du töten musst, um sie zu schützen, tötest du.« Ich pikse ihm mit dem Finger in die Brust und bereue es sofort. Ich habe das Gefühl, in einen faulen Pilz zu stechen. »Lass nicht zu, dass irgendjemand die Kinder mit einem Seelenschwert oder mit Scherbenfeuer tötet. Ich verspreche dir, ich werde dafür viele andere zu Unserem Nekrotischen Lord schicken.«

Es wäre hilfreich, wenn dieses Ding nicken würde. Aber er hat immerhin den Kopf gesenkt, und ich interpretiere das als ein Nicken.

Es ist ein echtes Kuriosum. Die Hälfte meiner Leute ist schon hergekommen, um einen Blick auf mein neues Haustier zu werfen. Terracor hat nichts dazu gesagt, was bedeutet, dass es ihn nicht stört – oder dass er sich über mich wundert. Wie auch immer, ich schwebe in aller Ruhe zu meiner Kabine.

Ich habe nur ein paar Pinke genommen. Der Tag auf Entzug hat mir gutgetan. Zuvor hatte ich mir immer gleich fünf oder sechs auf einmal eingeworfen. Ich habe das jetzt besser im Griff, ai?

Deshalb kann ich auch lächeln, als ich Rashiya in meinem Raum auf mich warten sehe. »Bist du wegen der Aussicht hier?«

»Komm rein«, sagt sie. »Ich habe jetzt genug davon.« Sie packt mich am Hemd. »Tun wir für eine Stunde einfach so, als ob ich dich nicht mehr für einen Bastard halten würde.«

Und dann sagt sie nicht mehr viel, obwohl sie trotzdem ziemlich laut ist. Danach liegen wir erschöpft da, und ich komme auf eine viel angenehmere Art und Weise runter als je zuvor. Sie legt mir die Hand auf die Brust und fährt mit den Fingernägeln über die Haut. »Sei kein Dummkopf mehr, Araskar.«

Kein Kommentar. »Lass uns nach Irithessa zurückgehen.« Ich wünschte, es wäre dunkel hier drin. Die nicht abschaltbare Beleuchtung sticht mir in die Augen. »Wir treten aus der Garde aus. Gehen in den öffentlichen Dienst.«

Sie lacht. »Und was soll aus dir werden?«

»Bevor Teile meiner Hand ersetzt werden mussten, wollte ich Musiker werden.«

»Ein Hybrid, der Musik macht?«

»Genau darum geht es im Grunde doch, nicht wahr? Der Galaxis zu beweisen, dass wir empfindungsfähig sind. Wir hatten bisher keine Musik, keine Kunst, und alles, was wir über Kultur wissen mussten, wurde uns mit dem ersten Datentransfer nach dem Tank ins Hirn gespeist.« Ich hebe die Hände. Es sind nur zwei Syntho-haut-Finger, und sie verursachen mir keine Beschwerden wie das Bein. Trotzdem, das Zupfen der Saiten hat mir schon immer Krämpfe bereitet.

»Weißt du, als mein Vater in Betrieb ging, wurden Hybriden noch ermuntert, zu lesen. Es gab sogar ein Programm, bei dem man bestimmte Werke der Literatur las, ein paar Aufsätze schrieb und einen Bildungsabschluss erreicht.« Sie kuschelt sich an mich.

»Ha«, sage ich. »Da muss es wohl einen Paradigmenwechsel beim Imperium gegeben haben. Ich bin innerhalb einer Woche aus dem Zuchtbottich an die Front gekommen.«

»Nun, immerhin bist du noch ein Qualitätsprodukt.« Sie drückt meine qualitativ hochwertigsten Teile.

Barathuin und ich haben unser erstes Buch gelesen, als wir uns Namen für uns ausdachten. Es war eine Sammlung von Geschichten aus dem Ersten Imperium, und fast jeder Hybrid hat seinen Namen daraus. Ich kann noch immer seine Stimme hören. *Barathuin. Ein Kriegerkönig der Ersten Jorischen Epoche, der die Donnerbestie besiegt hat.* Und ich. *Araskar. Ein einfacher Soldat. Mehr ist nicht über ihn bekannt. Gefällt mir aber trotzdem.*

Er lacht mich an. *Du weißt schon, was »scar« heißt, oder, hübscher Junge?*

»Deine Kinder haben nun eine Chance«, fährt sie fort. Sie hebt den Kopf. »Sobald das alles vorbei ist.«

Darauf gibt es nicht viel zu sagen. Wir haben noch nie über Kinder gesprochen in Anbetracht dessen, was wir bisher durchgemacht haben. »Die Konsolidierung wird niemals enden«, sage ich schließlich. Und da meldet sich wieder dieser alte Marine in meinem Kopf. *Es ist erst zu Ende, wenn in der ganzen Galaxis das Licht ausgegangen ist.*

Sie steht auf und schlüpft in diesen leichten Anzug mit in den Stoff eingewobenen Schaltkreisen, der ein persönliches Schutzfeld erzeugt. »Okay, du bist für die Luftunterstützung auf dieser Mission zuständig. Ich werde deine Division in der Enterkapsel führen.«

Moment mal. Ich habe mich wohl verhört. »Was?«

»Du hast mich schon verstanden.«

»Zum Teufel, nein! Ich bin doch gar kein Pilot!«

»Du hast doch schon während der Grundausbildung mit den Motten trainiert«, sagt sie. »Anschnallen, zurücklehnen, auf Instinktsteuerung umschalten und die Motte die Arbeit machen lassen. Ich will dich nicht an die Front schicken. Wir brauchen jemanden wie dich als Kommandierenden.«

»Ich werde nicht … Ich sollte bei dir sein!«

»Tut mir leid, Araskar. Terracor hat mich um eine Empfehlung gebeten, und ich habe empfohlen, dass du bei dieser Mission hinten bleibst. Koordiniere die Flieger. Stell sicher, dass nichts rein- oder rauskommt.«

Ich stehe auf. »Das mache ich nicht. Ich nehme keine Pinken mehr.« Ich verschlucke mich bei dieser Lüge fast an der eigenen Zunge, aber ich ignoriere das.

»Ich glaube dir.«

»Dann lass mich mit meinen Leuten reingehen.«

Für einen Moment glaube ich, dass sie ihre Meinung noch ändert. »Araskar, wir trauen dir nicht«, sagt sie dann. »Bewähre dich erst einmal bei diesem Einsatz. Dann werden wir sehen, wie wir dich bei zukünftigen Missionen einsetzen können. Zumal wir nur eine schwache Verteidigung ausschalten und ein paar Kinder schnappen wollen. Machst du dir wirklich solche Sorgen um deine Leute?«

»Ich mache mir immer Sorgen um sie.« Ich fasse sie an der Schulter und packe fester zu, als ich sollte. »Versprich mir, dass ihr diesen Kindern nichts antut. Wir können uns doch nicht an Kindern vergreifen!«

Ich weiß nicht, ob sie lügt. Sie weiß ganz bestimmt nicht, wenn ich lüge. Es heißt, die alten Jorier konnten in das Bewusstsein von anderen eindringen und die Gedanken lesen, wie ein Navigator die Knoten liest – in den unsichtbaren Strömungen des Sternenfeuers, aus denen sie ihre Energie bezogen.

Ich habe als Anhaltspunkt nur ihre Augen, die mich unverwandt anblicken. Sie sind so grün wie zwei kalte Sterne.

»Wir müssen uns in fünf Minuten melden und gehen in fünfzehn Minuten durch den Knoten. Wir nehmen dein Schoßtierchen mit. Dieses Ding ist so hässlich, dass ein paar Scherben es nur verschönern können.«

Eine simple Befehlsänderung, die alles ändert. Ich mag gar nicht daran denken, aber das habe ich mir selbst eingebrockt.

Jaqi

»Wie weit sind sie noch entfernt?«

»Der Knoten ist blockiert«, sagt der Suit, ohne auf mich einzugehen. »Wir versuchen, ihn zu öffnen.«

»Ich kann uns durch den Knoten bringen. Ihr müsst sie nur so lange abwehren, bis wir auf dem Schiff sind.«

»Die Suits können sie nicht lange aufhalten«, wirft Bill ein. »Ich habe zwei Geschütze auf den Ringen stationiert, aber jeweils nur mit einer halben Ladung Scherben. Sonst habe ich nichts, außer dem Kanonenboot und dem, was hier drin ist.« Er deutet auf den Gewehrständer, der im Aufenthaltsraum hängt.

Also werden ich und Z sie aufhalten müssen. »Bist du ein guter Schütze, Z?«

»Ich kann schießen«, antwortet er.

»Das wirst du auch müssen. Verschwindet!«, sage ich zu Bill, zu Kalia und zu Toq. »Verschwindet in dem Moment, in dem die Suits den Knoten öffnen.« Ich versuche, mir ein Lächeln für die Kinder abzuringen. »Keine Sorge, Z. Ich werde deine Hand halten.«

»Ich werde für dich beten, Jaqi«, sagt Kalia.

Ich weiß zwar nicht, ob das etwas nutzt, aber schaden kann es wohl auch nicht.

Bills Kanonenboot, eine Keil-118, steht am anderen Ende des Hangars. Ein gutes Schiff aus der Zeit, bevor Keil sich auf die Produktion von Schrott verlegte. Vergüteter Stahl und hochwertige Nieten, kein synthetischer Mist. Bill läuft in mein Zimmer zurück. Z rennt zum Kanonenboot. »Schneller!«

Ausnahmsweise widerspreche ich ihm nicht, sondern folge ihm.

Das Kanonenboot ist nicht viel größer als Z. Ein Cockpit, zwei angeflanschte Triebwerke, Hilfstragflächen für Atmosphärenflüge, die jetzt eingeklappt sind, und an der Unterseite eine Waffenstation mit zwei glänzenden Rohren aus Vergütungsstahl. Ein großer Munitionsbehälter hängt unter den Triebwerken. Er ist die einzige Schwachstelle – trotz der verstärkten Metallpanzerung würde ein gut platzierter Treffer das kleine Schiff in Stücke reißen.

Ich habe gehört, dass in der Galaxis früher Projektilwaffen Standard waren, bis irgendein Genie auf den Trichter kam, Atome »aufzuspleißen« – Elektronen von Unthunium abzusplittern und die Leute damit noch viel effizienter in Stücke zu reißen. Es muss ein schönerer Ort gewesen sein, an dem man nur ein Stück Metall in den Leib gejagt bekam, statt von solchen Scherben zerrissen zu werden und bei lebendigem Leib mit schmelzenden Knochen zu verbrennen, bis sie ausgebrannt waren.

Doch wieso denke ich ausgerechnet jetzt daran?

Man hätte bei der Entwicklung der Hybriden sicherstellen sollen, dass sie vor einer Schlacht nicht über so dämliches Zeug nachdenken.

Ich packe die Leiter. Z wirft einen langen Blick auf die Kapsel. »Ich werde da nicht reinpassen«, sagt er. Dann legt er mir eine Pranke auf die Schulter, als ob er mich trösten wollte. »Ich habe dich schon schießen sehen. Du bist der Schütze.«

»Ich? Ich bin eine Pilotin. Ich bin kein Scharfschütze.«

»Du hast schon einen Gardisten erschossen. Ich nicht.«

»Wenn du jetzt Witze machen willst, Z, ist das wirklich ein sehr schlechter …« Bills Hangar beginnt sich über uns zu öffnen, und die Atmosphäre entweicht schlagartig. Z flitzt wie ein Blitz die Leiter hoch und ins Cockpit. Ich springe in die Kapsel. »… Zeitpunkt.«

Z hatte recht. Er hätte hier nicht reingepasst. Ich komme auch nur mit Mühe und Not hier unter und muss dann auch noch die Knie ans Kinn ziehen. Ich packe zwei Hebel, schwinge herum und spüre, wie die entweichende Atmosphäre an uns zerrt. Das Schiff erhebt sich mit der ausströmenden Luft aus dem Hangar. Z gibt Vollschub, und wir legen einen brachialen Start hin. Dann zündet er die Stabilisatortriebwerke und versucht, die Lage des im Vakuum rotierenden Schiffs zu stabilisieren. Er ist ein furchtbarer Pilot – aber vielleicht ist es auch nur mein Magen, der Kapriolen schlägt.

Bills Asteroid fällt unter uns zurück. Ich hänge in der Dunkelheit, von durchsichtigem Kunststoff umgeben und nur in Gesellschaft dieser monströsen Waffe. Bis auf das Summen der Maschinen über mir herrscht Stille. Zu meiner Rechten geht einer der Ringe auf und durchschneidet wie eine weiße Sichel den Raum. Und als Z das Schiff herumzieht, sehe ich auch die Positionslichter des Garde-Schiffs, das sich als Klecks vor dem schwarzen Himmel der Dunklen Zone abzeichnet. Es speit winzige Lichtfunken. Die Geschützstellungen auf Bills Stabilisatorringen eröffnen das Feuer. Die Scherben schlagen eine breite blutrote Schneise in den Raum und entfachen ein Feuerwerk, als ob wir gerade die Initialzündung eines Sterns ausgelöst hätten.

Mein Hals schmerzt, und das liegt nicht nur daran, dass die Knie dagegendrücken. Trotz der Kälte, die hier drin herrscht, rinnen mir Schweißtropfen den Rücken herunter. Ich will nicht so sterben. Ich verdränge sogar den Gedanken, mit welchem raffinierten Trick ich die Gardistin angeschossen habe.

Z muss mein Keuchen noch bis oben ins Cockpit hören. »Wenn wir sterben, sterben wir in Blut und Ehre«, sagt er.

Ich habe zwar noch nie eine Motivationsansprache

gelesen, aber ich glaube, das war der schlechteste Mutmacher in der Geschichte.

Araskar

Ich weiß nicht, was ich Helthizor sagen soll. Wir stehen im Hangar, und die Soldaten, die den Einsatz auf Keils Mond überlebt haben, wuseln planlos umher, während Terracor schreit, dass sie die Enterkapsel betreten sollen. Sie sehen mich alle an. Manche wirken enttäuscht. Manche überrascht. Und die meisten scheinen auf einen Befehl von mir zu warten.

»Das gefällt mir nicht«, sagt Helthizor.

Ich darf ihm nicht beipflichten – jedenfalls nicht vor versammelter Mannschaft. »Keine Sorge, ihr Anfänger. Es ist nur so …« Ich werfe einen Blick auf Terracor. Er will diese Mission tatsächlich anführen. »Gebraucht einfach euren Verstand. Das ist ein ganz simpler Jagdeinsatz. Wir haben schon zu viel erlebt, um uns vor einem so simplen Einsatz zu fürchten.« Ich beuge mich zu Helthizor hinüber. »Keine Seelenschwerter, keine Tötungen«, flüstere ich. »Nicht bei Kindern. Das ist ein Befehl.«

»Aye, Sir«, sagt er. Dann beugt er sich zu mir herüber. »Aber, Sir, sie sind Menschen.«

»Was?«

»Sie sind doch nur Menschen«, wiederholt Helthizor. »Wir wissen alle Bescheid, Sir. Wir alle wissen, was zu tun ist. Niemand hat gesagt, dass die Konsolidierung ein Spaziergang werden würde.«

Was soll das jetzt heißen? »Hat dir noch jemand einen Befehl erteilt? In Bezug auf Menschen?«

Sein Gesicht verhärtet sich. »Nein Sir, keine Befehle. Ich muss mich wohl irgendwie verhört haben …«

»Ja, ganz genau, Soldat.« Ich ringe für einen Moment mit mir – soll ich Helthizor auf den Zahn fühlen und ihm damit bestätigen, dass meine geschwätzigen Anfänger mehr wissen als ich, oder soll ich es dabei bewenden lassen und Terracor damit konfrontieren?

Und dann brüllt Terracor etwas, das mir die Entscheidung abnimmt. »Los. Holt sie euch. Alles Weitere ergibt sich dann.«

»Verstanden«, bestätigt Helthizor mit einem Achselzucken.

Ich salutiere, und wir alle brüllen im Chor: »Fester Schritt und blanke Klinge!«

Ich renne zum Ende des Hangars, wo die Motten stehen. Die schlüpfen gerade aus ihren weißen Plastik-Kokons. Die aus sechs Mann bestehende Flieger-Rotte hat Überstunden dafür eingelegt, obwohl jeder Soldat hier schon mit einer Motte trainiert hat.

Die Motten stammen von einer Wilden Welt, der man zunächst keine Aufmerksamkeit geschenkt hatte, weil sie ihre Atmosphäre nach einem fehlgeschlagenen Terraforming-Versuch verloren hatte. Empfindungsfähige Würmer lebten unter der Oberfläche und entwickelten einen knochenharten, mit stacheligen Flügeln besetzten Panzer, der Kohlendioxid in Sauerstoff umwandelte und sie schön warm hielt, allerdings auch etwas klebrig machte. Sie waren in der Lage, Kohlendioxid durch Düsen auszustoßen, und konnten wochenlang jenseits der Umlaufbahn umherfliegen und Wasser von ihren Eismonden ernten. Perfekte natürliche Raumschiffe. Und es war John Starfire, der auf die Idee kam, dass Hybriden sie nach einem kurzen Training als Fluggerät einsetzen könnten. Diese Würmer waren auch gern bereit, uns gebrauchte Panzer zu überlassen, sofern die Bezahlung stimmte.

Meine Motte ist weit geöffnet. Die Innenseite des harten braunen, mit Stacheln besetzten Panzers schimmert rosig. Anstelle der Speiseröhre wurde ein Geschütz montiert.

»Hallo, Sir«, sagt einer der anderen Piloten. »Ich bin Jevathor. Schön, dass der Secondblade mit uns fliegt.« Ich komme mir eher vor wie der Lastblade.

»Was auch immer Sie tun, bleiben Sie in der Kapsel. Wir müssen möglichst vermeiden, dass Mitglieder unseres Enterkommandos getötet werden. Ich habe einen Plan – Sie müssen nur zuhören.«

Er salutiert. Ein höflicher Junge, wenn man bedenkt, dass er meinen Rat eigentlich gar nicht braucht. Trotzdem habe ich meine Befehle; und wenn es auch beschissene Befehle sind, sollte ich mich gemäß diesen Befehlen besser wie der Big Boss verhalten. Nach einem Moment ritze ich mir mit dem Seelenschwert den Arm auf.

Das Blut lässt weißes Feuer auf der Klinge tanzen.

Ich klettere in die Motte. Hier drin ist es klebrig und warm wie – nein, das verkneife ich mir lieber. Der Panzer schließt sich, und ich schiebe das flammende Seelenschwert in einen Schlitz, der für das Lamellen-Gehirn des ursprünglichen Bewohners vorgesehen war. Damit stelle ich über das Schwert eine Verbindung zwischen meinem Bewusstsein und dem Panzer her. Er ist nun ein Teil von mir.

Ich kann über mich hinaussehen, wenn auch verschwommen und mit einem segmentierten Blickfeld. Ich habe das Sichtfeld eines großen halbkugelförmigen Insektenauges. Ich sehe den Hangar, als wir starten. Ich sehe den unnatürlich dunklen Raum vor mir. Ich sehe die breiten Ringe, aus denen diese Anlage besteht, und ich sehe die Geschütze, die der Chef dieses Komplexes installiert hat. Die Geschütze speien hellrote Scherben in die Dunkelheit. Der Asteroid tief unter uns ist mit Blinklichtern übersät, und ein kleines Kanonenboot schießt aus einem Hangar heraus.

»Zum Sturzflug bereit machen, in Zweierformation, auf die Geschütze«, sage ich. Der Befehl wird über die Seelenschwerter meiner Kameraden und ihre Gedanken an die anderen Motten übertragen. Wir stürzen durch das Vakuum und erwidern mit unseren eigenen Scherbenwaffen das Geschützfeuer. Splitter explodieren an Kabeln, Metall und Kunststoff und verwandeln die Ringe in glühende Bruchstücke. Einer meiner Soldaten trifft ein schweres Geschütz unterhalb der Lafette im Munitionskasten. Es explodiert in einer roten Scherbenwolke und zerreißt den Ring. Fragmente aus Metall, Gestein und Kunststoff wirbeln durch den leeren Raum.

Dann trifft eine Scherbe eine Motte, reißt sie auf, zerfleischt sie förmlich. Wir alle spüren den Todesschrei des armen Soldaten, der als Schwingungen über die Seelenschwerter übertragen wird.

Diese Geschützstellungen sind nicht automatisiert – jemand mit einem Gehirn nimmt uns aufs Korn. Und in diesem Raumsektor gehört dieses Gehirn wahrscheinlich einem Maschinenmenschen.

»Sofort zurückziehen!«, rufe ich, obwohl Proteste laut werden. Die Motten steigen auf ihren Kohlenstoff-Stabilisatordüsen auf, als ob sie auf einer Luftströmung reiten würden. »Sie können unsere Flugbahn berechnen. Formationsflug einstellen.«

Aus dem Zentrum des Komplexes unter uns kommt das kleine Kanonenboot schlingernd auf uns zu und versucht, seinen Kurs zu stabilisieren. In meinem halbkreisförmigen Blickfeld sehe ich, wie die mit meinen Soldaten besetzte Enterkapsel aus dem Bauch unseres Kreuzers fällt. Terracor und Rashiya sind da drin und meine ganze Gruppe, und sie stürzen nun dem Asteroiden entgegen. Bereit zum Entern, und ich bin hier oben.

Ich nehme Kurs auf das Kanonenboot und eröffne das Feuer, um meine Soldaten zu beschützen.

13

Jaqi

Wir schießen himmelwärts.

»Was zum Teufel sind das für Dinger?«

Z hat keine Antwort darauf. Große braune Insekten? Die Garde hat nämlich ein paar merkwürdige Verbündete. Sie umkreisen die Ringe von Bills Asteroiden und versuchen, die Scherbenkanonen auszuschalten, die Bills Suits dort installiert haben. Ihre gespreizten Flügel sind steif, von Adern durchzogen und haben ein schwarz-braunes Muster, das mich irgendwie an Zs Haut erinnert. Sie speien Scherbenfeuer aus ihren Mündern, und eines kommt direkt auf uns zu. Seine Geschossbahn streift uns an der linken Seite. Das Schiff wird erschüttert und rotiert wie wild, bis Z es wieder unter Kontrolle bringt. »Feuer!«, schreit er.

Ich schieße Dauerfeuer und decke dieses Insekt mit einem Scherbensperrfeuer ein. Doch das nutzt nichts. Das ist höchstens Störfeuer für dieses unidentifizierbare Objekt, aber es zeigt keine durchschlagende Wirkung.

»Schieß, als ob dein Leben davon abhängt!«, knurrt Z. »Schieß so, wie du im Schweinestall geschossen hast!«

»Wie habe ich denn da geschossen?«

»Schieß!«

Ja, das hilft. Verdammt. Ich packe den Abzug, gebe einen Feuerstoß ab, und die Scherben verschwinden in der Dunkelheit. Das braune Ding dreht sich und feuert.

»Schieß!«

»Ausweichen!«

Ich muss gestehen, dass Z als Pilot hervorragende Arbeit leistet, aber er hat eben doch nicht das gewisse Extra wie ich. Ich sollte lieber ein paar Wirkungstreffer erzielen. Zu dumm, dass ich kein Meisterschütze bin.

Wie hatte ich im Schweinestall geschossen? Ich war so panisch, wie es ein Mädchen überhaupt nur sein kann. Und diesem Zustand nähere ich mich jetzt auch wieder.

Es war wie ein Knoten. Wie die Suche nach einem Knoten, die Art und Weise, wie ich ausgreife und diesen einen kleinen Schlitz finde, mit dem die alten Jorier den reinen Raum geöffnet hatten. Unsichtbar für alles außer dem richtigen Code, der auf der Frequenz der Wurmloch-Engine übermittelt wurde, oder für die Augen eines Hybriden mit diesem Talent. Ich kann einen Knoten ergreifen, und ich kann uns hineinziehen, und zuvor …

Zuvor, im Schweinestall, ergriff ich das Gehirn dieser grauen Schlampe. Ich packte sie wie einen Knoten, und ich schoss, und das Scherbenfeuer drang direkt zu ihr durch. Und eines weiß ich mit Bestimmtheit, jetzt, wo diese Viecher nun so nah sind. Es sind verdammte

Gardisten in diesen braunen Insektenschiffen, und wenn ich ausgreife, kann ich das Gleiche noch einmal tun.

Araskar

Verdammt.

Warum drehe ich plötzlich durch? Ich kann die Musik hören. Aber keine schöne dezente Hintergrundmusik – diesmal dröhnt sie in meinen Ohren, als ein kreischendes, dissonantes Brüllen wie eine Welle, die jeden Moment brechen wird …

Und dann erhalte ich einen Treffer.

Die Flügel meiner Motte reißen ab. Sie leuchten rot im Scherbenfeuer, und Fetzen fliegen wie Funken durch die Dunkelheit. Die Haut meines guten Beins reißt auf und gefriert: Es ist für eine Sekunde dem Vakuum ausgesetzt, bevor der Panzer sich wie eine Schutzhülle darum schließt. Ich werde durch die Wucht der Explosion zurückgeworfen und entferne mich wieder vom Asteroiden. Dann zünde ich die Stabilisatordüsen der Motte. Weil ich aber die Hälfte davon verloren habe, komme ich nur ins Rotieren.

Ich habe noch nie die Musik gehört, wenn ich nüchtern war. Und sie wurde auch noch nie von diesem stechenden Schmerz begleitet. Ich versuche, den Sturz abzufangen, und drehe die Motte. Nun gerate ich in den Sog der Schwerkraft des Asteroiden, und die Scherben beeinflussen durch die Schubwirkung ihrer heißen Gase meine Flugbahn.

Das Kanonenboot setzt sich über mich. Wer auch immer in diesem Ding ist, glaubt vielleicht, er hätte mich schon erledigt.

Über mir nähert sich Rashiyas Enterkapsel.

Das Kanonenboot bringt sich in die perfekte Schussposition.

Ich fliege direkt auf das Kanonenboot zu, wobei ich die Motte mit meinem Schwert steuere. Ich krümme die Finger und will den Abzug betätigen, um das Kanonenboot zu vernichten …

Und dann wird alles wieder taub – wie vorhin. Ich spüre die Finger nicht mehr. Ich spüre die Arme nicht mehr. Meine blöde künstliche Zunge liegt schlaff im Mund. Ich kann die Motte nicht mehr kontrollieren.

Nein!

Jaqi

Ich habe ihn erwischt! Einer seiner Insektenflügel bricht ab und wirbelt durchs Vakuum. Brennende Fetzen treiben davon.

»Ja, gut! Weiter feuern. Blut und Ehre!«

»Und Tomaten!« Ich versuche, ein anderes Insekt auszuschalten. Die Ruhe ist weg. Nachdem ich tatsächlich einen Treffer erzielt habe, befinde ich mich in einer Art Rauschzustand. Ich greife nach dem Knoten und versuche, eine Verbindung herzustellen, aber ich habe nicht genug Zeit. Der Rest der Insekten fliegt in größerer Höhe über dem Asteroiden gestaffelte Angriffe und versucht, die Kanonen auszuschalten. Und nun greifen sie auch die Suits an, die an den Ringen auf und ab kriechen. Immerhin bekommen wir von den Suits noch Unterstützung.

Und dann erzielt eines dieser verdammten Insekten einen Treffer. Die Splitter durchlöchern Bills Ring, zerstören die Kanone und reißen einen Suit in drei Stücke. Metall und Fleisch lösen sich voneinander und wirbeln durch die Schwärze. Metallfetzen, die von der Gravitation des Asteroiden angezogen werden, regnen auf uns herab – Z versucht, ihnen durch abrupte Manöver auszuweichen, aber wir stecken dennoch einen bösen Treffer ein, bekommen Schlagseite und rotieren um die Hochachse. Und dann sehe ich von oben eine Kapsel kommen. Es ist eine von denen, die bei Invasionslandungen eingesetzt werden.

»Z!«, rufe ich. »Fang diese Kapsel ab!«

Er zieht das Schiff hoch, um die Enterkapsel abzufangen, die sich im Sturzflug Bills Asteroiden nähert. Dieses Ding soll Gardisten in die Hallen meines alten Heims auskotzen. Das muss ich unbedingt verhindern.

Voll konzentriert gebe ich einen Feuerstoß auf die Kapsel ab und verfehle sie um eine gute Meile. Z schreit etwas. Zweifellos etwas nicht sehr Hilfreiches über ehrenhaften Tod und vielleicht noch etwas Blut. Ich versuche, mich zu konzentrieren – ich stelle mir vor, es ist ein Knoten. Ich fokussiere mich darauf, spüre den Raum zwischen uns und schließe die Lücke im Raum …

Doch diesmal ist es nicht so einfach. Es sind etwa fünfzig jorische Hybriden in dieser Kapsel, und sie wehren meine mentalen Angriffe ab. Ich bekomme keinen Einzigen von ihnen zu fassen. Ich feuere und verfehle sie – und feuere erneut und verfehle sie erneut. Dennoch lasse ich nicht nach …

Unser Schiff rotiert unkontrolliert. Mein Kopf ruckt zur Seite und schlägt so hart gegen das Fenster, das meine Sicht verschwimmt. »Was zum …«

Ich öffne die Augen, und da klebt ein Insekt an der Windschutzscheibe. Das Insektenschiff, das ich gerade abgeschossen habe, ist mit uns zusammengestoßen. Der harte, stachelige braune Leib hat sich um das Glas gewickelt und blockiert unser Bordgeschütz. Und die Mündung des Geschützes, das im Mund des Insekts verankert ist, schwenkt auf der Suche nach einem Ziel hin und her.

Und ich kann nun auch den Kameraden im Insekt sehen – obwohl ich nicht weiß, wie das möglich ist. Eine große Narbe verläuft über sein Kinn. Seine Augen sind geweitet, und er ist schweißgebadet.

Z versucht, das Ding mit abrupten Wende- und Sturzflugmanövern abzuschütteln, aber es hat seine Stacheln in den durchsichtigen Kunststoff um mich herum gebohrt und sich darin verankert. Ich würde am liebsten schießen, aber das Insekt drückt gegen den Lauf und blockiert die Mündung. Wenn ich schieße, blockiert die Kanone, und wir fahren alle zur Hölle!

»Tu irgendetwas!«, brüllt Z. »Geh raus, und kratz es ab, wenn es sein muss!«

Das wird wohl nicht funktionieren. Aber vielleicht …

Er ist ein junger Kerl, hat aber schon so viele Narben im Gesicht, dass es für ein ganzes Leben reicht. Und er hat alte Augen. Er zittert am ganzen Körper. Er hat Angst.

Eine Verbindung ist wie die andere, sage ich mir. Diese Verbindungen zwischen Joriern sind wie die Knoten. Wie das Sternenfeuer, von dem in den alten Erzählungen berichtet wird.

Also *drücke* ich.

Ich schiebe ihn weg, als ob ich einen Knoten schließen würde.

Und das Insektending löst sich wieder vom Schiff ab, entfernt sich rotierend im Raum, und ich habe wieder klare Sicht. Insektenjäger rasen auf mich zu, um ihrer Enterkapsel Deckung zu geben. Einer von Bills Suits nähert sich nun in der Dunkelheit und beschießt die Insekten. Sie erwidern das Feuer. Metallene Gliedmaßen lösen sich vom Suit ab und wirbeln durch den Raum.

Die Eintauchkapsel ist nur noch wenige Meter von Bills Asteroiden entfernt. Sie fährt Greifer aus dem Bug aus. Sie verhaken sich im Gestein von Bills Asteroiden und ziehen die Kapsel noch näher heran. Gleich werden die fünfzig Gardisten dort drin abspringen und über die Kinder und Bill herfallen. Das kann ich nicht zulassen …

Ich eröffne das Feuer und schieße eine schöne große Salve ab, die Scherben wirbeln in hellem Gelb und Rot durch den Raum und ziehen Schlieren wie Blut in Wasser hinter sich her.

Die Splitter treffen die Enterkapsel. Sie reißen sie auf, zerfetzen Metall, und geschmolzene Trümmerstücke wirbeln durch den Raum. Gardisten werden herausgeschleudert. Das Feuer zerreißt ihre Bastardgesichter und Bastardarme und ihre kindermordenden Schwerter. Und ich höre nicht auf zu schießen. Die Splitter zerfetzen ihre Körper, bis gefrorenes Blut, Gliedmaßen und Köpfe ein Muster ins Vakuum zeichnen. Ich töte so viele von den Bastarden wie möglich.

»Blut und Ehre!«

Diesmal bin *ich* es, die das sagt.

Araskar

Ich kann mich nicht bewegen.

Ich kann den Hybriden in der Kapsel sehen. Beim Sternenfeuer – ich habe keine Ahnung, wie das überhaupt möglich ist. Sie ist klein, dunkelhäutig, und ihre schwarzen Augen reflektieren den roten Schimmer meiner Scherben. Sie sieht mich direkt an. Als ob sie in mein Innerstes sehen könnte. Und ich weiß, dass sie mich vernichten will, und ich kann mich nicht bewegen!

Die Musik überwältigt mich. Angesichts ihrer Schönheit treten mir Tränen in die Augen.

Sie ist es. Sie ist die Musik.

Sie schiebt mich weg.

Ich schwebe rotierend in der Dunkelheit wie ein gefrorenes Trümmerstück. Die Noten schwellen zu einem Sturm an, der Metall durchschneidet und meine Adern perforiert. Und mein tauber, erstarrter Körper ist völlig reglos. Ich bin wie gelähmt. Nicht einmal meine Finger zucken. Wie ein verdammtes Baby, wie Fleisch im Zuchttank, wie ein *Nichts*, und ich kann nichts tun …

Ich kann nur zuschauen, wie sie meine Soldaten tötet.

Ihre Scherben reagieren mit der Kapsel. Das Metall verfärbt sich weiß und platzt auf. Körper fliegen heraus und bieten Ziele wie Tiere, die aus ihrem Bau gescheucht wurden. Meine Anfänger schweben heraus und geraten in den Scherbensturm, den sie ausgelöst hat. Er reißt sie in Stücke, und Fleischfetzen, Knochenstücke und gefrierendes Blut breiten sich in der Leere aus. Wie meine Freunde – die gleichen Gesichter, das gleiche Blut. Sie werden auf die gleiche Art und Weise regelrecht durch den Wolf gedreht.

Mein Gesicht ist so taub, dass ich nicht schreien kann.

Die Musik schwillt zu einem finalen Crescendo an, dröhnende Streicher, hämmernde Pauken und ein donnernder Tsunami aus Noten.

Jaqi

Z stößt einen triumphierenden Ruf in seiner Sprache aus. »Nimm Kontakt mit Bill auf!«, rufe ich. »Sag ihm, er soll verschwinden! *Sofort!*«

Ich schieße noch immer – auf ein anderes Insektenschiff, das auf mich herabstößt. »Z, habe ich diese graue Frau erwischt? Ist sie im Raum?«

»Ich weiß nicht«, brüllt Z zurück.

Die Kapsel war schon gelandet, als ich sie zerstörte. Falls diese graue Frau überlebt hat – falls ein paar von ihnen es geschafft haben, als sie sich ins Innere grub, sind Bill und die Kinder schon tot.

Und wenn nicht, könnte ich den Rückzug antreten. Bill ist vielleicht schon in Sicherheit. Ich könnte mit Z direkt in einen Knoten fliegen und mich diesem ganzen Wahnsinn entziehen. Solange Bill und die Kinder in Sicherheit sind …

Scherbenfeuer trifft uns, und es macht laut *Bumm*. Das Schiff wird durchgeschüttelt, und die Luft entweicht mit einem Zischen. Jetzt haben wir ein Problem.

Z steuert das Schiff nach unten auf Bills Hangar zu. Aber wir sind zu schnell. Wir werden eine harte Landung hinlegen, bei der wahrscheinlich unser Scherbentank explodieren wird. Die Hangartore sind offen. Alles wirkt unverändert – der nackte Boden, der Schrotthaufen der Suits, die Wassertanks, Palthaz' Schiff, das noch immer dort steht, wo ich es abgestellt hatte. Und dann schlagen wir auf, und ich denke gar nichts mehr.

Wir schlittern mit einem Kreischen von Metall auf Metall über den Boden, prallen gegen den Schrotthaufen der Suits und verteilen den Kram überall.

Als Untermalung des Kreischens von verbogenem Metall spüre ich das Brüllen des Scherbentanks an der Unterseite unseres Schiffs. Falls er aufplatzt, sind wir erledigt. Dann wäre das Schiff zerstört, der ganze Hangar und der Asteroid würden in Flammen stehen. Ich umklammere die Bügel unter dem Abzug so fest, dass die Knöchel weiß hervortreten, und hoffe auf das Beste …

Das Schiff prallt gegen die Hangarwand, und ich werde so heftig in den Sitz gedrückt, dass mir die Luft aus der Lunge gepresst wird. Nach einem Moment öffne ich die Augen. Wir sind noch am Leben.

Die Hangartore schließen sich quietschend über uns. Geschlossen? Aber Bill! Die Kinder! Sie sollten doch verschwinden! Luft strömt zischend ein und erfüllt den Hangar mit Bills wertvollem Sauerstoff.

Ich löse langsam und unter Schmerzen den Sicherheitsgurt. Hybriden können einiges wegstecken. Es ist nichts gebrochen. Wir sind hart im Nehmen. Gebaut, um Schiffe zu zerstören und Gardisten zu bekämpfen und … ich stehe mühsam auf und zwinge meine Hände, die Leiter zum Cockpit zu umklammern. Dann ziehe ich mich durch den schmalen Gang nach oben.

Quinn, du tapferer Bastard. Jaqi, du blöde Kuh. Z, du … er ist noch am Leben, aber bewusstlos, und er füllt das ganze verdammte Cockpit aus. Ich greife über ihn hinweg und fummele an den Bedienelementen herum. Bei der Dunkelheit, es ist so kalt hier drin, dass ich meine Finger kaum spüre.

»Komm hoch, Z«, murmele ich. »Du bist noch nicht für Blut und Ehre gestorben. Hoch mit dir!« Ich schlage ihm ins Gesicht und breche mir dabei fast die Hand.

Sein Kopf rollt herum, und seine Augen verdrehen sich in ihren Höhlen. »Komm hoch!«

Er hebt benommen den Kopf. »Ich …«

»Blut und Ehre!«

»Blut und …«

Bills Kopf taucht über dem Cockpit auf. »Jaqi, mein in der Dunkelheit verschollenes Mädchen! Komm raus!«

»Bill? Wieso bist du noch hier?«

»Der Knoten hat sich nicht geöffnet! Ich hatte die ganze Zeit gewartet, aber diese Scheißkerle haben alle meine Suits erwischt.« Er wirft einen Blick auf das Hangartor. »Guter Schuss, Mädchen. Komm jetzt. Nimm diesen Typen mit. Schleuse mich durch den Knoten, und dann kannst du …«

Die Hangartüren zu Bills Wohnbereich, zu meinem

Zuhause, öffnen sich. Es ist dunkel dahinter. Feuer flackert in der dünnen Atmosphäre, und Rauch wallt auf. Und dann sehe ich das weiße Glühen von zwei Seelenschwertern. Verdammt. Ich habe nicht alle erwischt.

14

Jaqi

Ohne weiter nachzudenken, hebe ich meine Waffe und schieße.

Aber ich schieße daneben.

Die Graue rennt aus dem Rauch. Sie trägt noch immer diese Kutte und führt ihr Schwert, das in der Dunkelheit weiß blitzt. Allerdings hat sie jetzt die Kapuze heruntergezogen, und ihre wilden orangefarbenen Locken können sich frei entfalten. Hinter ihr kommt ein bärtiger Typ mit einem Körperpanzer. Sein Seelenschwert ist ebenfalls aktiviert und einsatzbereit. Blut tropft von seiner Hand, und wenn die Tropfen auf den Boden platschen, zischt es.

Und hinter ihnen … dieser verdammte NecroWasp!

»Ach, komm schon!«, sage ich stöhnend zu welchen Schicksalsmächten auch immer, die mich vielleicht gerade hören.

Bill springt von der erhöhten Position herunter, die er bezogen hatte. Bartgesicht geht zum Schiff, wo vermutlich die Kinder sind. Die Graue und der stinkende Necro-Scheißhaufen kommen auf uns zu. Ich schieße wieder. Die Hand zittert. Die Scherben streuen weit und ziehen Rauchfäden über das Metall des Hangarbodens. Die drei weichen dem Beschuss aus, aber sie sind sowieso nicht ernsthaft in Gefahr.

Wenn ich weiter wild in der Gegend herumballere, schieße ich vielleicht noch ein Loch in den Hangar und verursache einen Vakuumeinbruch.

Als Bill am Boden aufkommt, feuert er mit höchster Präzision. Die Graue hebt das Schwert, fängt die Scherben ab und zerstreut sie. Er feuert weiter, wieder fängt sie die Geschosse ab, bis er das Magazin leer geschossen hat.

Dann macht Bill einen Riesenfehler und stürmt auf sie los. »Ich habe euch doch gar nichts getan!«, ruft er, während er auf sie zurennt. »Ich habe zehn Jahre lang Waffen für euren Widerstand geschmuggelt, du hinterhältiges Schwein!«

»Lauf weg …«, will ich sagen, doch so zerschlagen, wie ich bin, entringt sich mir nur ein Stöhnen.

»Du bist meine Zeit nicht wert«, sagt die Graue. Sie zieht eine Pistole aus einem Hüftholster und schießt. Das Scherbenfeuer zerreißt Bill.

»Bill!«

Ich schieße auf sie, bevor sie reagieren kann. Ich wünschte, meine Scherben würden sie auch so zerreißen wie Bill, aber sie hat noch immer diesen speziellen Schutzschirm – die Wucht des Schusses wirft sie nur um. Ich schieße weiter, bis das ganze Magazin leer ist.

Ihr Körper rollt unter der Wucht der Schüsse über den Boden, aber sie gehen nicht bis zur Haut durch.

»Scheiße.« Das Magazin ist leer geschossen. Das antike Qualitätsstück fasst nur eine fingerlange Scherbenkartusche. Ich springe aus dem Cockpit und schlage vor dem alten NecroWasp auf dem Boden auf. Es stinkt noch immer so bestialisch, als sei es die Jauchegrube der ganzen Galaxis. »Schön, dich zu sehen«, murmele ich.

Der NecroWasp greift mit seinem klauenbesetzten Arm nach mir. Aus der Spitze des schimmernden Stachels tropft Gift. Und dann zischt er etwas mit diesem Mandibel-Maul – das übliche *Tod!*

»Rrrrrraaaaaa!« Z springt aus dem Cockpit und dem Wasp ins Genick. Er bohrt seine großen Finger in die Augenhöhle des Wasp und reißt ihm diesen großen schwarzen Augapfel heraus, wobei er sich mit den Körpersäften des Wasp besudelt. »Lauf! Ich werde hier sterben! Zum Schiff! Lauf!«

Ich stehe auf. Die Graue liegt noch immer auf dem Boden. Bartgesicht geht gerade an Bord des Schiffs, wo die Kinder sind. Ich laufe los, aber ich habe keine Waffe – meine ist leer. Doch das Seelenschwert der Grauen liegt direkt vor mir. Ich schnappe es mir.

Ich habe noch nie zuvor ein Schwert in der Hand gehalten.

Einmal war ich in einen Messerkampf verwickelt, bei dem mein Gegner, ein Kurgul, mir eine ziemlich tiefe

Schnittwunde zufügte. Aber ich habe in den Nachrichten gesehen, was die Jorier tun, ehe sie mit ihren Schwertern in den Kampf ziehen.

Vielleicht kann jeder Hybrid ein solches Schwert führen, auch wenn er, wie ich, nur zum »Fußvolk« gehört. Das ist meine einzige Chance.

Ich ritze mir den Arm auf, vorsichtig und nicht zu tief. Weil mir sowieso schon alles wehtut, spüre ich den Schmerz kaum.

Das Blut rinnt über die Klinge. Bis zur Spitze, wo es sich weiß verfärbt, und dann zuckt weiß glühendes Feuer über den schwarzen Stahl.

Und plötzlich habe ich fast das Gefühl, als ob das Seelenschwert mein ganz privater Knoten sei. Wir sind miteinander verbunden, als ob dieses Seelenschwert ein Teil von mir und bereit sei, sich durch die Welt zu brennen.

Verdammt.

Ich renne die Rampe hinauf in Palthaz' Schiff, wo die Kinder sind. Mit eingezogenem Kopf laufe ich unter den Metallspanten hindurch, vorbei an den abgesperrten Lagerbuchten, und gelange schließlich in den Hauptbereich.

Der Raum wird vom weißen Glühen des Seelenschwerts des Kerls in der roten Rüstung erhellt. Es leuchtet so viel heller als meines. Hier sieht es ziemlich chaotisch aus: Bills Gitarre und die Kleidung der Kinder liegen auf dem Boden verstreut. Eine Kleiderkiste wurde förmlich in Stücke gehackt. Der Bärtige steht über Toq. Der arme Junge liegt auf dem Boden und starrt nach oben. Kalia hat sich an die Wand gedrückt und regt sich nicht. Tot? Nein, ihre Arme zucken. Dieser Bastard hat vielleicht einen Nervenknoten getroffen oder sie auf den Kopf geschlagen.

Der Bärtige sagt nichts. Für ihn ist es bloß ein Job, mit diesem Schwert zwei Kinder zu töten.

Toq beißt ihm ins Bein. Der Bärtige knurrt, versetzt Toq einen Tritt und hebt das Schwert …

Ich greife ihn von hinten an.

Ich habe noch nie zuvor jemanden erstochen. Aber so wütend, wie ich bin, stoße ich ihm das Schwert so fest in den Rücken, dass es mit einem schabenden Geräusch Knochen streift. So fest habe ich noch nie einen Nagel oder eine Niete eingeschlagen. So, wie das Fleisch nachgibt und dem Stoß zugleich Widerstand entgegensetzt – das ist kein schönes Gefühl.

Das Seelenschwert wird eiskalt in meiner Hand. Es ist wie eine Deichsel, die meinen Arm mit seinen Eingeweiden verbindet, und ich spüre, wie er stirbt.

Seine Erinnerungen durchfluten mich. Dieser Mann hat schon mehr Leute getötet als das Primaria-Virus. Leichen pflastern seinen Weg: Kurguls und Hybriden, Verräter und Menschen. Ich verfolge seinen Lebensweg bis zurück zum Zuchttank, aus dem er gekommen ist – eine einzige Abfolge von Schlachten, bis er nur noch von Blut und Scherbenfeuer träumte, bis er irgendwann so abgestumpft war, dass ihn das alles nicht mehr berührte. *Die Galaxis ist ein einziger Schlachthof.* Das ist das Leitmotiv dieses Mannes.

Ich sehe auch, dass er zu Hause einen Gefährten hat, jemanden, den er liebt. Die Leute sind schon komisch. Da zieht er aus, um Kinder zu töten, und dann geht er wieder zurück zu seinem Partner, und sie sitzen da und halten Händchen und lesen ein schönes Buch.

Er überwältigt mich geradezu mit seinen Erinnerungen, seinen Liebschaften, seinem ganzen Leben. Die Erinnerungen durchziehen meinen Arm, erfüllen mein Herz, pulsieren in meinen Adern und beherrschen mein Gehirn.

Und dann stirbt er. Einfach so. Fällt zu Boden.

Und nach einem Moment falle auch ich.

»Jaqi!« Toq hockt sich auf mich und schlägt mir auf den Kopf. »Bitte! Wach auf!«

Ich schaue auf. Der NecroWasp kommt die Rampe herunter auf uns zu. Er zieht eine lange Schleimspur hinter sich her, die aus seiner Augenhöhle trieft. Er bleibt an der Rampe stehen und tut dann etwas, womit ich nicht gerechnet hätte. Er spricht – ein tiefes, kehliges Grummeln, untermalt von einem schleimigen Schmatzen.

»Er will, dass ich euch verschone.« Dann geht er die Rampe hinauf. An seinem langen Stachel glitzert Gift. »Mein neuer Besitzer versteht nicht. Tod ist Gnade.«

Z springt ihn von hinten an wie ein blutiges, knurrendes Tier. Er greift um den Bauch herum und packt den Stachel des Dings. Und dann reißt er ihn mit dem Brüllen einer tollwütigen Bestie heraus und rammt ihn dem Necro-Stinker in den Kopf. Im ersten Moment glaube ich, das würde nichts bewirken – doch nicht einmal dieses Ding kann einen solchen Stich ins Gehirn überleben. Es kippt um und rutscht die Rampe hinunter.

Der überall mit Blut verschmierte Z kriecht die Rampe hinauf.

Ich richte den Blick auf sein tätowiertes Gesicht. Die Adern sind so stark angeschwollen, dass sie sich unter den Tattoos als dicke Stränge abzeichnen. Und er hat eine kleine Quaddel auf der Brust. »Dachte schon, du würdest sterben. In Blut und Ehre.«

»Es ist nicht ehrenhaft, von etwas getötet zu werden, das schon tot ist.«

»Er hat dich gestochen«, sagt Kalia und deutet auf die Quaddel auf seiner Brust. Die Stelle ist angeschwollen und hat sich schwarz verfärbt.

»Ich bin schon mal vergiftet worden«, knurrt Z mit rauer Stimme. »Geht!«

Ich lasse mich in den Pilotensessel fallen. Ich weiß nicht, ob Bill noch dazu gekommen ist, die Koordinaten für diesen großen geheimen Mainframe einzugeben. Beim Blick aus dem Cockpit sehe ich, dass die Graue verschwunden ist. Verdammt. Ich wollte sie noch erschießen. Ich betätige die Bedienelemente für den Hangar, und über uns öffnen sich die Tore …

Ein Scherbenhagel geht im Hangar nieder. Die Insekten und das Garde-Schiff und überhaupt alles dort oben regnen in einem mörderischen Schwall auf uns herab. »Jaqi!«, schreit Z. »Spring! Spring!«

Ich greife aus, packe den Knoten, und dann springen wir blind.

Es ist kalt.

Es ist dunkel.

Wo bei allen Teufeln der Hölle sind wir?

Ich kann die Kinder und Z sehen, aber nur undeutlich. Als ob sie von einem fahlen, unheimlichen Licht angestrahlt würden – in der Art, wie die vermoderte Vegetation im Schweinestall nachts leuchtet. Fühlt sich fast an wie die Erinnerung an ein Licht, etwas, das ich in meinem Bewusstsein erschaffe.

Kalia schlägt mit flatternden Lidern die Augen auf. Sie sieht mich an. Blut läuft ihr seitlich am Gesicht hinunter. »Wo … was ist passiert?«

»Die Garde ist uns so dicht auf den Pelz gerückt, dass sie uns fast am Arsch gehabt hätte.« Ich werfe einen Blick auf den Monitor für die Außenansicht und sehe – nichts. Nichts außer Schwärze. Nichts außer …

»Jaqi?«, sagt Toq. »Jaqi, ich glaube, ich höre etwas.«

»Ich höre gar nichts«, sagt Z.

»Ich höre jemanden.« Toq sieht zu mir auf. In diesem Moment erinnert er mich etwas zu sehr an seinen Bruder. »Ich höre jemanden sprechen.«

Jetzt, wo er es sagt, höre ich es auch. Ich hebe die

Hand. Z hat wieder seinen üblichen verdrießlichen Blick aufgesetzt und betrachtet den Monitor für die Außenansicht. Doch der Bildschirm ist dunkel. Kein einziger Stern ist zu sehen.

Aber ich höre etwas. Ich höre ein leises Flüstern, und das Blut gefriert mir in den Adern.

Wir kennen dich.

Wir haben dich beobachtet. Wir haben dich beobachtet, als du ihre Leiber zerrissen hast. Wir haben dich beobachtet, als du ihn zerstückelt hast, ihn, der nun tot ist.

»Hört ihr das auch?« Toqs Stimme zittert zum Erbarmen. Er versucht, Worte auszusprechen, obwohl es ihn schier umbringt. »Hört ihr das?«

Ich werfe wieder einen Blick auf den Monitor. Er ist dunkel. Eine totale pechschwarze Dunkelheit, bei der man das Gefühl hat, als ob man erblindet sei. Und doch, wenn man lange genug hinsieht, kann man da draußen Spuren von diesem geisterhaften Licht erkennen. Kleine weiße und blaue Kleckse, die fast ausreichen, um der Dunkelheit Konturen zu verleihen. Obwohl ich noch immer fröstele, überkommt mich plötzlich eine seltsame Ruhe. Obwohl das keine plausible Reaktion ist angesichts einer Stimme aus dem Nichts, die sagt, dass sie mich auffressen will. Aber ich habe irgendwie das Gefühl, dass ich nicht mehr denken muss. Ich muss nicht mehr daran denken, aufzustehen und mich dieser Situation zu stellen. Ich kann einfach in der Dunkelheit, in der Stimme versinken.

Ich starre in die Dunkelheit, und allmählich erkenne ich alles.

Diese kleinen schwachen Lichtkleckse beleuchten ein dunkles Geflecht. Konturen, Kanten, ein schemenhaftes Geflecht, dicke Stränge, die zusammenlaufen, Knoten, Fasern und Kabel aus absoluter Schwärze von der Größe ganzer Planetensysteme.

Zahllose Knoten und Stränge und Muster erstrecken sich in die Unendlichkeit. Als ob die Netze unzähliger sternengroßer Spinnen miteinander verflochten wären.

»Hört ihr sie auch?« Toq ist den Tränen nahe.

Ich strecke abwesend die Hand aus und streiche ihm übers Haar. »Wir sind in Sicherheit.« Das sind wir. Ich bin die Ruhe in Person.

Wir werden euch fressen.

»Wir sind in der Dunklen Zone!«, ruft Z. Er packt mich an der Schulter. »Bring uns hier weg!«

»Aber …« Das klingt so gut. Einfach nur daliegen, die Spinnen über mich krabbeln und mich von ihnen in die Dunkelheit ziehen lassen. Es gibt nichts in dieser Dunkelheit, nur ein hungriges Maul. Ich muss keinen Gardisten erschießen, kein Seelenschwert schwingen und auch sonst nichts tun. Ich muss mich nur langsam von ihnen auffressen lassen.

»Wir werden hier nicht sterben!«, knurrt Z. Doch seine sonst so dröhnende Stimme ist nur ein wohliges Schnurren in dieser lauschigen Wärme. »Hier werden wir bestimmt nicht sterben, Jaqi!«

Wir kommen, um euch zu fressen.

Die unheimlichen Lichtblitze werden intensiver. Obwohl das in dieser Dunkelheit schwer zu sagen ist, bin ich mir fast sicher, dass irgendetwas sich an den Strängen dieser Netze entlangbewegt. Etwas, das größer ist als ein Stern und lebt. Viele Etwase. Ich glaube, ein Zittern dieser Stränge zu spüren.

»Alles gut«, sage ich. »Alles gut. Wir werden es mögen.« Ich werde mich nicht mehr daran erinnern, wie Quinn starb. Ich werde mich nicht mehr daran erinnern, wie Bill starb. Ich werde mich nicht mehr erinnern …

Ich werde mich auch nicht mehr an meine Mutter erinnern.

Ein seltsamer Gedanke. Ich habe schon seit einiger Zeit nicht mehr an meine Mater gedacht. Diese Erinnerung kommt zurück, meine erste Erinnerung, wie sie Salz auf eine Tomatenscheibe streut. Die Tomate ist groß und rot und glänzt unter unseren flackernden Lichtern. Ihre Stimme singt ein Feldarbeiterlied. Bücken, ziehen. Bücken, ziehen. Ich erinnere mich an ihre Hand, wie sie mir die Tomate gibt, den weichen, süßen, scharfen Geschmack.

Wie Sonnenlicht …

Ich will meine Mutter nicht vergessen. Ein merkwürdiger Gedanke. So schön diese Wärme auch ist, so schön es sich auch anhört, in die Dunkelheit zu gehen und verzehrt zu werden – ich will nicht den Schmutz vergessen, mit dem ihre Hände verkrustet waren, ihre vom Pflücken der Pflanzen rissigen Finger mit den dreckigen Nägeln. Ich will nicht vergessen, wie sie mir die Tomatenscheibe in den Mund gesteckt hat.

Ich will auch Quinn nicht vergessen. Er dachte, ich sei es wert, gerettet zu werden, und ich kann auch nicht einfach seinen Bruder und seine Schwester in den Tod schicken … und Bill will ich auch nicht vergessen.

Nein.

»Scheiße!« Mir ist nicht mehr warm. Mir ist kalt. Ich friere, als ob Eiswasser durch meine Adern gepumpt würde. Die freundlichen Stimmen schlagen plötzlich in ein Zischen um, in ein Kreischen in den Ohren, in eine unablässige Folge von Schreien, die mich quälen.

»Wo sind diese Koordinaten?«

»Direkt vor dir, du Idiot!«, antwortet Z.

Er hat recht. Sie blinken auf einem Bildschirm, so deutlich wie der helle Tag. Doch in dieser Dunkelheit fällt es mir enorm schwer, mich darauf zu konzentrieren. Sie ist überall um uns herum und verstärkt sich. Die Schreie der Shir sind schrill und durchdringend; sie schneiden durch meine Muskeln und Knochen und öffnen mein Herz. *Er hat dich uns versprochen!*

Ich habe die Koordinaten für diesen Knoten noch nie gesehen. Aber das spielt jetzt keine Rolle. Ich greife aus und finde den Knoten, durch den wir gesprungen sein müssen. Selbst in der Dunklen Zone gibt es Knoten; er öffnet sich für mich und saugt uns ein …

Sie kämpfen dagegen an. Ich höre ihre Schreie, und in diesen Schreien steckt eine Kraft – wie ein Wind, der an einem zerrt und einen von den Füßen zu reißen droht.

Auf dem Bildschirm glaube ich ein Gesicht zu sehen, in diesem unheimlichen Zwielicht. Ein riesiges, altes Gesicht mit hundert Augen und großen durchbrochenen Mandibel-Ringen und mit unzähligen Zähnen gespickt. *Wir werden dich nicht gehen lassen.*

»Einen Scheiß werdet ihr!« Ich packe den Knoten, erzwinge den Sprung und schleudere uns in den reinen Raum.

Der gequälte Schrei der Shir verfolgt uns noch in den weißen Blitz des reinen Raumes. Während unser Schiff mit Überlichtgeschwindigkeit davonschlingert, wird es unablässig vom Echo dieses Schreis erfüllt.

15

Araskar

Ich drifte vom Asteroiden weg und entferne mich von der Hitze des Scherbenfeuers. Die Musik ist verstummt. Sie wurde durch die Augen ersetzt. Es gibt ein paar Hundert von ihnen, aber nur fünfzehn Gesichter; sie alle teilen sich dieselben fünfzehn Gesichter. Sie starren mich aus der Dunkelheit heraus an. Jeder, bis auf den letzten Toten. *Seid ihr zornig auf mich, weil ich noch lebe, oder wollt ihr mir sagen, dass ich auch schon so gut wie tot bin?* Keine Antwort. Unhöfliche Bastarde.

Die Motte, die mich umgibt, kühlt aus. Es ist schon Stunden her, seit sie ihren Kokon verlassen hat, und sie verkümmern, wenn sie nicht wieder dorthin zurückkehren.

Im kreisförmigen Blickfeld der Motte sehe ich den Asteroiden über mir schweben. Er glüht noch immer im Scherbenfeuer. Ich sehe das Weiß der zerbrochenen Ringe, die Bruchstücke drehen sich im Raum. Es sind auch Leichen dort oben oder Teile von Leichen.

Sie waren alle noch halbe Kinder. Zum Teufel, ich bin selbst erst vor fünf Jahren aus dem Zuchtbottich gekommen. Wäre ich ein echtes Menschenkind, würde ich jetzt vielleicht gerade das Lesen lernen.

Was hatten sie sich überhaupt dabei gedacht? Als das Imperium die ersten Hybriden erschuf, als sie in ihren Laboren die jorische DNS mit der DNS von Menschen kreuzten, um die ideale Kombination für den perfekten Soldaten herauszufinden – was hatten sie sich wohl dabei gedacht, als sie uns als reine Tötungsmaschinen konstruierten und uns zugleich mit der Fähigkeit, Gefühle zu empfinden, ausstatteten?

Wir haben diesen Krieg geführt, diesen Widerstand ins Leben gerufen, weil wir eben nicht nur Tötungsmaschinen sein wollten. Und was haben wir erreicht? Wir sind gescheitert. Wir haben das Imperium besiegt, aber wir sind immer noch üble Bastarde mit einem ausgeprägten Hang zum Töten.

Es wird kälter.

Und da regt sich etwas. Weit, ganz weit draußen, Lichtjahre entfernt, springt etwas in meinen Kopf. Ja, sie ist es. Das Mädchen mit der Musik. Sie lebt also noch. Irgendetwas hatte sie vor meinen Sinnen abgeschirmt, doch nun ist sie wieder da, stärker als zuvor, und zieht mich an. Ich könnte sie finden, wenn ich wollte.

Ich presse den Gedanken durch mein Seelenschwert. Zurück. *Zurück.* Kehre zum Schiff zurück. Wenn noch ein Rest von Kraft in mir ist, geh. *Zurück.*

Meine Hände bewegen sich, dem Sternenfeuer sei Dank. Die Motte zittert. Und dann feuern zwei ihrer

Schubdüsen, und ich fliege los. Ich wusste gar nicht, dass sie noch funktionieren.

Ich muss sie finden. Ich muss dem ein Ende bereiten.

»Er will dich sehen.«

Meine Motte liegt erstarrt und nutzlos auf dem Boden des Hangars: Ein braunes Wrack, von dessen zerklüfteten Kanten sich die Haut abschält, die dann als pergamentartige Fetzen bei jedem Luftstoß im Hangar verteilt wird. Ich kann nicht gehen. Zwei Überlebende – nur etwa zehn von uns haben es geschafft – haben mich auf die Beine gestellt, sich jeweils einen meiner Arme um den Hals gelegt und ziehen mich nun über den Boden. Rashiyas Augen liegen tief in den Höhlen. Ihr grauer Schutzanzug ist zerrissen. Darunter kommen feine Drähte und Schaltkreise zum Vorschein.

»Wer?«, frage ich mühsam mit halb starrer Zunge. Ich stehe in der Mitte des Hangars unseres Schiffs, der erstaunlich leer wirkt, jetzt, wo die Enterkapsel und die meisten Motten verschwunden sind. »Terracor?«

»Terracor ist tot.« Sie kann sich auch kaum auf den Beinen halten. Scherbenfeuer hat ihr das linke Ohr abgerissen und die Platinen und Lauflichter, die Teil ihres Gesichts waren, in Schlacke verwandelt. »Diese kleine Hybrid-Schlampe hat ihn erwischt.«

»Ich spürte …« Ich spürte das Mädchen, voller Musik.

Rashiya wartet. Ich weiß nicht, was ich sagen soll. »Was hast du gespürt?«

»Gar nichts«, sage ich schließlich. »Ich glaubte, ich sei tot.«

Sie wirft einen Blick auf mein Bein. Ich habe keine Ahnung, was sie jetzt denkt. Es ist nämlich nicht die Art von Wunde, die eine Motte außer Gefecht setzt. Ich richte mich auf und sehe sie an. Vielleicht schließt sie aus meinem Verhalten, aus meiner Erschöpfung, dass irgendwas nicht stimmt.

Ich erinnere mich daran, wie mein ganzer Körper unter dem Einfluss der Musik taub wurde. Starr, wie er eines Tages durch all die Pinken werden würde.

Ich will Rashiya gerade sagen, sie soll mich einfach aus der Luftschleuse werfen, als sie sagt: »Dad. Dad will dich sehen.«

Also sitze ich, ein paar Stunden nachdem ich in einem entscheidenden Moment versagt habe, vor einem Bildschirm mit körniger Wiedergabe und spreche mit unserem furchtlosen Anführer.

John Starfire sieht älter aus: Haare und Bart sind noch grauer geworden. Unverändert ist aber dieser Ausdruck von Güte in den Augen, die seine Tochter nicht von ihm geerbt hat. Sein Kinn zuckt, und er versucht ein Lächeln, das jedoch misslingt. »Araskar.« Die Interferenzen im reinen Raum verzerren seine Worte leicht.

Ich schweige.

»Du hast versagt«, fährt er fort.

Seltsam, aber das klingt fast tröstlich. Ich warte darauf, was er sonst noch zu sagen hat. Was auch immer es ist, es wird mich auf eine Weise beruhigen. *Du bist deines Kommandos enthoben. Du kannst nun high werden und sterben.* Wäre da nicht das Mädchen mit der Musik, würde sich das gut anhören.

»Araskar, jeden anderen würde ich jetzt ins Gefängnis werfen.«

Ich nicke.

»Du bist aber nicht wie alle anderen, und ich brauche dich, auch wenn du versagt hast. Du hast etwas, das die anderen Hybriden nicht haben.« Er spreizt die Finger, die bisher den Schwertknauf umklammert hatten. »Araskar, ich kann das Sternenfeuer spüren. Ich habe das noch kaum jemandem gesagt, aber es ist so. Ich spüre die Kraft, die das Universum antreibt, und wenn ich sie brauche, dann hilft sie mir. Spürst du es auch?«

Ich antworte nicht. Ich sitze nur da. Jetzt ist es geschehen – unser Anführer dreht durch.

»Wie eine Flut, Araskar. Wie Flüsse, die sich zu einem großen Strom vereinigen.«

»Ja, Sir.«

»Wie Musik. Als ob ganze Sinfonien in der Ferne ertönen.«

Jetzt werde ich hellhörig. »Musik?«

»Hast du das auch schon gespürt?«

»Ich …« *Ich wurde damals von der Energie einer Supernova erfüllt.* Das, und *dann kam sie von einem Mädchen, das auf mich geschossen hat.*

»Ich glaube, Araskar, dass wir keine Hybriden sind, sondern die erste Generation der neuen Jorier. Glaubst du das auch?«

Ich nicke nur.

Der Auserwählte fährt fort: »Wir werden immer stärker, bis wir unsere eigenen Knoten erschaffen können, bis wir in die alte Galaxis zurückkehren können, um die verlorene Erde zu suchen. Weißt du, was ein Krypto-Speicher ist?« Seine Hand ist nicht mehr zu sehen. Ich würde die verlorene Erde darauf verwenden, dass sie wieder nervös diesen Schwertgriff umklammert. »Die alten Jorier deponierten ihr wertvollstes Wissen in Krypto-Speichern. Und dann entfernten sie dieses Wissen aus den Bewusstseinen der ganzen Galaxis. Dieses Wissen sollte nur Joriern vorbehalten bleiben. Und als die alten Jorier gestorben waren, konnten die Blaublüter nicht auf diese Informationen zugreifen. Nur ein wahrer Jorier kann einen Krypto-Speicher öffnen. Hör zu.« Sein Gesicht ist nun kalt – kalt, hart und ernst. »Nach der Einnahme von Irithessa begab ich mich sofort in die uralten Katakomben mehrere Kilometer tief unter der Kruste des Planeten und suchte nach der Gruft mit den Krypto-Speichern. Ich hatte zum ersten Mal als Kind darüber gelesen. Und ich habe sie gefunden. Ich war in der Lage, sie zu lesen, Araskar. Weißt du, was das bedeutet?« Er beugt sich näher zum Bildschirm und sagt mit einer merkwürdigen roboterartigen Stimme: »Das bedeutet, dass wir eben nicht nur

Hybriden sind. Wie ich immer schon sagte, wir sind Jorier – wie unsere Vorfahren.«

Ich nicke.

Und ich höre einen leisen Anflug von – Angst? – in seiner Stimme? »Ein Krypto-Speicher fehlte jedoch. Es kann nur ein Mensch gewesen sein, der ihn mitgenommen hat. Wenn es jemand aus dem Widerstand gewesen wäre – einer von unseren Leuten –, wüssten wir das.« Er beugt sich noch weiter vor. »Verstehst du jetzt? Ich habe dich losgeschickt, weil du so bist wie ich. Ich wusste es, als ich dich zum ersten Mal sah. Du hast ein besonderes Gespür für die Dinge. Deine Gedanken reichen weiter. Dein Herz ist größer. Rashiya hat mir von deinen Drogenproblemen berichtet, Araskar, und dass du das abtöten willst, was in dir ist. Hör auf damit.«

Ich zwinge mich, ihm in die Augen zu sehen. »Sir, ich unterscheide mich nicht im Geringsten von den anderen Hybriden.«

John Starfire grinst mich wieder an, und diesmal ist sein Grinsen wirklich aufgesetzt. »Du bist ein Held.« Und dann verschwindet dieses Grinsen auch schon wieder. »Die meisten Hybriden haben keine Ahnung von der Macht ihrer Vorfahren – sie sind taff, aber dumm. Doch du bist wie ich, und wie ich schon sagte, bedeutet das, dass du dich auch wie ein Held verhalten musst. Egal, ob du dich selbst für einen hältst.«

Ich denke an das Mädchen. Das Mädchen in diesem Kanonenboot, mit der Musik. Ich bin keiner der neuen

Jorier. Ich unterscheide mich nicht von den anderen Hybriden. Doch wenn wirklich einer der alten Jorier wiedergeboren worden sein sollte, würde ich darauf wetten, dass sie es ist.

Als das Gespräch beendet ist, gehe ich sofort auf die Brücke und studiere die Sternenkarte. Mein Interesse gilt den Systemen um die Dunkle Zone, den wildesten der Wilden Welten. Und nach einer langen Zeit, in der ich mit mir rang, ob ich das wirklich machen kann, deute ich auf ein System, von dem ich weiß, dass das Mädchen sich dort befindet.

Ich gebe die Koordinaten an unseren Navigator weiter.

16

Jaqi

Als ich die Augen wieder öffne, zeigt der Bildschirm den schönsten Anblick, den ich je gesehen habe: eine helle weiße Sonne in der Ferne. Und ein Planet mit einem Mond ist auch auf dem Monitor zu sehen. Ein Kometenschauer durchzieht den Raum, so langsam, dass man kaum eine Bewegung wahrnimmt, und stößt Eiswolken aus, die den Blick auf den Planeten trüben. Eine Welt hängt in der Dunkelheit, die Nachtseite uns zugewandt. Sogar von hier aus sehe ich noch das Flackern künstlicher Lichter in der Atmosphäre dieser Welt. Glimmende Muster von Leben. Der Mond leuchtet groß und nah am Horizont des Planeten.

»Das ist wunderschön«, flüstere ich.

»In der Tat«, sagt Z. Zur Abwechslung klingt er einmal nicht wie ein durchgeknallter Spinner.

»Meine Güte. Meine Güte.« Kalia kauert in einer Ecke. Ich krieche über den Boden, wobei ich mir die Knie auf dem rauen Belag aufschürfe – mir tut noch immer alles weh –, und reiche ihr die Hand.

»Komm her, mein Schatz.«

»Fass mich nicht an!« Sie stößt mich weg. »Du wolltest uns von diesen Dingern – diesen Shir – auffressen lassen!«

»Sie waren sehr überzeugend.«

»Ich kann nicht mehr!«, schreit Kalia. »Ich will wieder nach Hause!« Sie steht auf und rennt in den Gemeinschaftsbereich. »Quinn ist tot! Mein Bruder ist tot – wegen dir! Du hättest ihn beschützen sollen! Du wirst uns noch alle umbringen! Ich bete die ganze Zeit, und du … wir alle müssen Buße tun!« Sie stürmt hinaus.

Sie scheint verrückt geworden zu sein. Ich möchte ihr nachlaufen, aber gleichzeitig bin ich so erschöpft, dass ich einfach nur sterben möchte.

Vielleicht ist sie aber auch gar nicht verrückt. Im Grunde hat sie nämlich recht. Ich hätte ihren Bruder retten müssen. Ich hätte auch Bill retten müssen.

Toq berührt mich am Bein. »Knuddel mich.«

»In Ordnung.« Er schmiegt sich an mich, und ich wiege ihn wie ein Baby. Er legt den Kopf an mein Schlüsselbein und sabbert etwas. Der warme Speichel sammelt sich in einer Mulde an meiner Schulter.

»Ich hatte wirklich Angst«, sagt er.

»Ich auch.«

»Aber ich habe mir diesmal nicht in die Hose gemacht.«

Und dann muss ich lachen. Ich kann nicht an mich halten. Es ist eben doch irgendwie lustig, wenn man sich in die Hose macht. Toq lacht auch. Das macht es noch schlimmer. Nachdem wir ein paar Minuten lang gemeinsam hysterisch gelacht haben, hustet Toq mir einen großen Schleimklumpen auf die Schulter. Ich halte ihn trotzdem weiter fest.

Z starrt Kalia hinterher, die sich in den hinteren Bereich des Schiffs zurückgezogen hat. Ich lehne meinen Kopf gegen den Kommandantensitz. »Bist du in Ordnung?«

Er hustet. »Ich werde es überleben«, murmelt er. Er zittert und fährt mit der Hand über die Quaddel, die der Stachel des NecroWasp auf seiner Brust hinterlassen hat. »Er hat mich bloß gestreift. Nur … Wasser. Ich brauche Wasser.« Er geht mit unsicheren Schritten zum Schrank und öffnet ihn. Dort befindet sich der Behälter mit dem guten, sauberen Kometenwasser, den Bill hier deponiert hat. Er drückt einen Knopf, und der Behälter öffnet sich zischend. Dann kippt er ihn und hängt sich für eine gute Minute an den Zapfhahn.

»Bist du sicher, dass du das überleben wirst?«

»Meine Leute haben eine hohe Widerstandsfähigkeit gegen Gift.« Er hört sich auch schon wieder etwas besser an. »Das Imperium versucht, uns schon seit Jahrhunderten zu vergiften.« Er setzt sich neben uns auf den Boden. »Aber unser Blut kämpft.«

Ja, sage ich mir, aber sein Blut wird diese Schlacht wahrscheinlich verlieren. »Wir müssen dir helfen.«

»Lass mich einfach weiter Wasser trinken. Genug Wasser, und ich werde schon wieder.« Er zeigt auf den Kometen, der sich als dunstiger Schemen vor dem Bullauge abzeichnet. »Ich werde mit unserem Schiff in ein paar Stunden an diesem Kometen längsseits gehen, und dann haben wir genug Wasser.«

Nach einer Weile hustet Toq wieder. Diesmal ist es aber ein trockener Husten. »Ich habe Halsschmerzen. Ist noch Wasser da?«

Z gibt uns den Behälter. Obwohl er sehr unhandlich ist, gelingt es mir, ihn zu kippen, sodass Toq sich an dem herrlichen Wasser laben kann. Da ist nicht ein Tropfen recycelter Pisse drin.

»Ich habe Angst«, sagt Toq und verschluckt sich. »Ich habe ständig Angst.«

Es liegt mir auf der Zunge, *Ich auch* zu sagen, aber ich will den kleinen Kerl nicht noch mehr verunsichern. »Hier sind wir sicher. Wohin auch immer ich uns gebracht habe … wir sind absolut sicher.«

»Ich will das Schiff nicht verlassen. Lasst uns hierbleiben.« Und dann sieht er zu mir auf und fragt mich einfach so: »Gibt es wirklich einen Gott?« Damit hätte ich jetzt nun gar nicht gerechnet.

Verdammt. »Niemand spricht mit Hybriden über solche Dinge. Hybriden müssen ans Überleben glauben. Wir können uns den Luxus, an andere Dinge zu glauben, nicht leisten.«

»Wenn wir sterben, will ich bei Quinn sein, wie sie in der Kirche sagen.« Er kuschelt sich an meine Schulter. Ich hätte erwartet, dass dann noch etwas von ihm kommt, aber das war es wohl.

»Das wünsche ich dir auch.«

Plötzlich werde ich so müde wie noch nie zuvor in meinem Leben. So robust die Hybriden auch konstruiert sein mögen, ich bin diesem ganzen Stress nicht gewachsen. Also kriechen Toq und ich in Palthaz' kleine Kojen. Sie sind so kurz, dass ich mit dem Kopf gegen die vordere stoße. Dann nehmen wir uns gegenseitig in den Arm und schlafen ein.

Z weckt mich ein paar Stunden später. Er sieht wieder schlechter aus. Die weiße Haut unter den Tattoos hat sich grün verfärbt.

»Z, du siehst scheiße aus! Du hättest mich nicht so lange schlafen lassen sollen!«

»Wir werden angefunkt.«

»Von wem?«

»Vom Planeten.«

Ich erhebe mich benommen aus der Koje. »Der Suit-Mainframe? Dieser Ingenieur, von dem Bill gesprochen hat?«

»Das waren jedenfalls die Koordinaten, die Bill eingegeben hat.« Z klingt irgendwie besorgt. »Ich glaube aber nicht, dass er uns alles gesagt hat.«

»Wer will Kontakt mit uns aufnehmen? Suits?«

»Kurguls.«

»Kurguls?« Ich bleibe wie angewurzelt im Gang stehen. »Du hast sie doch die Kinder nicht sehen lassen, oder?«

»Ich bin kein Idiot, Jaqi«, sagt er schroff.

»Entschuldigung, Mister Nimmt-es-aus-Übermut-mit-einem-NecroWasp-auf, aber du stehst nicht gerade im Ruf einer Intelligenzbestie.« Ich setze mich auf Palthaz' Sitz. Z lässt sich auf den Sitz des Copiloten fallen.

Ein Kurgul erscheint auf dem Bildschirm. Er trägt einen Hut mit einer breiten Krempe, die seine Augen verdeckt. Aber ich erkenne die Narbe, die sich über seine Lippen zieht und dass einer der Tentakel einen Fuß kürzer gemacht wurde. Dieser Typ hat ein paar Treffer eingesteckt. Vielleicht haben wir doch Glück? Vielleicht ist das das einzig sichere Nest in der Galaxis …

»Bist du der Ingenieur?«, frage ich, da er sich selbst nicht äußert.

»Ich bin Swez. Ich vertrete die Interessen des Nests Mataka auf dem Planeten Trace.«

Ich schalte uns stumm. »Bei allen beschissenen Dämonen des Universums!«

»Matakas«, stöhnt Z. »Wünscht uns Blut und Ehre, Vorfahren.«

»Das auch. Bei allen beschissenen Dämonen des Universums!« Matakas haben nicht nur die gleiche pechschwarze Seele wie die anderen Kurguls, sondern sie sind ein ganz besonderer Schlag – unter »sanfte Überzeugung« versteht ein Mataka, den Diskussionspartner mit Atomwaffen aus der Umlaufbahn zu blasen. (Das ist nicht nur so dahergesagt. Die Matakas haben wirklich das Tsukani-Nest aus der Umlaufbahn gebombt. Die Tsukanis waren echt gute Kunden.)

Ich aktiviere den Kanal wieder. »Hier ist … Jaqi. Ich bin im Namen von Bill hier, du weißt schon, Schwarzer-Fleck-Bill.«

»Ich kenne ihn«, sagt Swez mit dieser Reibeisenstimme der Kurguls, die ich so hasse. »Wo ist er?«

»Er ist nicht hier«, antworte ich und würge wieder den Frosch im Hals runter. Bill ist tot. Wie Quinn hat er sein Leben gegeben, um jemanden zu beschützen, den er nicht einmal kannte. Ich werde um ihn weinen, sobald ich mir das zutraue. »Er hat mich zum Mainframe geschickt.«

Swez bleckt seine spitzen Zähne. »Du kehrst am besten wieder um, wenn du uns kein seriöses Angebot unterbreiten kannst«, sagt Swez. »Es geht nichts zu den Suits, was nicht vorher durch die Matakas gegangen ist.«

Z meldet sich zu Wort. »Wir haben Kinder an Bord. Von Keil. Vielleicht hast du schon von ihnen gehört?«

»Z, was zum Teufel tust du?«

Und nun sehe ich doch Swez' Augen, denn die kleinen roten Punkte weiten sich unter diesem Hut. »Dann seid ihr also diejenigen, die die ganze Galaxis in Atem halten, stimmt's?«

»Sie werden gejagt«, sagt Z mit raspelnder Stimme, »weil sie einen bestimmten Gegenstand haben. Eine kleine schwarze Box aus dem Ersten Imperium. Wir haben schon versucht, sie zu hacken, aber es gelang uns nicht. Ein Suit-Mainframe könnte es aber schaffen.«

Was denkt er sich eigentlich? Hat er mir nicht eben noch gesagt, er würde die Kinder mit keinem Wort erwähnen? Ich schlage ihm auf den Rücken. Er schwankt leicht, zeigt aber sonst keine Reaktion.

»Wir wollen keinen Ärger mit der Garde. Wir haben uns auf dem Mond eingerichtet und die Suits auf dem Planeten.«

»Ihr werdet keinen Ärger bekommen. Eher im Gegenteil. Diese Informationen sind zu wertvoll, um sie einfach der Garde zu überlassen, mein Freund. Die Matakas könnten danach in der Gunst der neuen Herrscher der Galaxis stehen.«

»Oder vor ihren gezückten Seelenschwertern.«

»Geht ihr denn nie ein Risiko ein?«, fragt Z.

»Nur bei den Leuten, die sie sowieso töten wollen«, murmele ich.

Aber Swez überrascht mich. Das liegt wohl daran, dass er ein Mataka ist. »Wir erteilen euch Landeerlaubnis. Aber ihr werdet uns nicht eher wieder verlassen, bis ihr uns die Informationen übermittelt habt.«

»Vielen Dank«, sagt Z und beendet die Verbindung. »Zeit zu gehen.«

»Was bei der Dunkelheit hast du dir dabei gedacht?«, frage ich ihn. »Du hast das genaue Gegenteil von dem getan, was du gesagt hast!«

»Ich bin ein kalkuliertes Risiko eingegangen. Ich hätte diesem Swez auch eine Lüge auftischen können, nur dass er uns dann vom Himmel geholt hätte. Oder ich konnte ihm die Wahrheit sagen und auf seine Gier vertrauen. Und Kurguls sind ausgesprochen gierig.«

»Und falls die Garde ihnen ein besseres Angebot macht? Oder Swez mit einem Seelenschwert ansticht? Du hättest eine Lüge auch geschickt als Wahrheit verpacken können, ohne die Kinder in Gefahr zu bringen!«

»Angenommen, ich hätte ihnen gesagt, dass die Kinder nicht hier sind, aber die Box«, sagt Z. »Dann hätten sie uns getötet und sich die Box einfach genommen.«

»Aber was sollte sie davon abhalten, an Bord zu kommen und dich und mich zu töten und die Kinder zu entführen?«

»Das sollen sie mal versuchen. Ich glaube, die Kurguls fürchten mich.« Er hustet. »Sie könnten auch ein Loch in unser Schiff schießen, sodass die Atmosphäre entweicht, und dann die Box aus dem Wrack holen. Aber das können sie nicht tun, wenn wir die Kinder haben. Denn sie müssen wissen, dass die Garde es auf die Erinnerungen der Kinder abgesehen hat. Sie könnten auch versuchen, uns zu entern, aber sie wissen, dass ich dann viele von ihnen töten werde.«

»In deinem Zustand?«

»Mir geht es gut«, knurrt er leise. Aber ich bemerke, dass er die Knie fest zusammengepresst hat. »Sie könnten auch versuchen, sich die Kinder zu schnappen, wenn wir auf der Oberfläche sind, aber dort werden wir von Suits umgeben sein.«

»Und du hättest dir nicht irgendeine überzeugende

Lüge einfallen lassen können? Zum Beispiel … dass wir das Schwert von John Starfire mit der Haut vernäht hätten oder so etwas in der Art?«

»Ich bin kein guter Lügner«, sagt Z in vollem Ernst.

»Nun, ich …« Ich wollte schon erwidern, dass ich einer bin. Doch dann sage ich mir, dass mir unter diesen Umständen, wo wir gerade den Gardisten und den Teufel persönlich bezwungen hatten, wohl auch nichts eingefallen wäre. Mein Gehirn fühlt sich an wie ausgewrungen. »Ich muss gestehen, Z«, sage ich stattdessen, »du bist klüger, als ich dachte, als ich dich damals in dieser Kampfarena stehen sah, bereit zum Sterben.«

»Ich bin froh, dass ich dort nicht gestorben bin«, meint Z mit heiserer Stimme. »Ich hatte damals nicht erkannt, dass NecroWasp schon tot war. Es ist keine Ehre für mich, von jemandem getötet zu werden, der schon tot ist.«

»Ja, das hast du bereits erwähnt.«

Er lässt sich auf den Sitz fallen und stößt tief und pfeifend die Luft aus. »Jaqi.«

»Ai?«

»Lass mich nicht einschlafen.« Er packt den Hebel.

»Ich bin bei dir, Z.«

Wir haben den Kometen fast erreicht. Der Planet ist nun auch viel näher und füllt den halben Bildschirm aus.

»Wie hat er diesen Ort genannt?«

»Trace.«

»Wie in keine Spur.« Ein guter Name für einen Zufluchtsort.

Er wird plötzlich bleich. »Ich hole dir Wasser.«

»Nein«, sagt er keuchend. »Nein, bleib hier. Sprich mit mir.«

»Wie ist deine Geschichte? Wie kommt's, dass du jetzt hier bist?«

»Was weißt du über die Zarra?«

»Manche von euch haben Tattoos und manche nicht«, antworte ich.

»Ja, das auch. Manche von uns schlossen sich dem Imperium an. Andere nicht. Diejenigen von uns, die es nicht taten, hatten Land – karges, unwirtliches Land, aber Land. Bis das Imperium es für seine Minen haben wollte.«

»Ihr habt auf einem Scherbenvorkommen gesessen, nicht wahr?«

»Ich habe auf dem Land gesessen, auf dem mein Großvater starb«, sagt Z. Ich bin mir jetzt nicht mehr sicher, ob er noch immer wie der Tod klingt oder eher wie ein ganz normaler, trauriger alter Kerl. »Auf dem Wasser, das wir seit tausend Generationen tranken, mit dem Wild, das wir jagten, und den Bäumen, die wir fällten, und der Wüste, in der zu überleben wir von unseren Vätern und deren Vätern gelernt hatten. Aber, du hast recht, dort sind jetzt nur Unthunium-Minen. Wir sind in kleinen Parzellen zusammengepfercht, die uns per Los zugeteilt worden sind, und werden nach Wertzuwachs bezahlt. Mein Vater sitzt allein und verbittert in seiner kleinen Hütte und trinkt. Meine Mutter hat ihn und unsere Parzelle verlassen. Sie hat sich auch ihre Tattoos entfernen lassen.«

»Haben diese Tattoos eine Bedeutung?«

»Sie zeigen den Namen meiner Großväter und Großmütter. Sie bilden meinen gesamten Namen. Zaragathora ist nur ein Teil davon. Es ist … eigentlich wird er auch anders ausgesprochen.« Er stößt scharf die Luft aus. »Zaragathora war … eine dramatische Wahl.« Er schließt die Augen.

»Hey, Moment mal! Darf ich dich überhaupt noch Z nennen?«

»Ja.« Er öffnet die Augen wieder.

Wir haben den Schweif des Kometen erreicht. Ich sehe wunderschöne Eiskristalle über uns hinwegströmen.

»Aktiviere die Kometen-Destillationsblase«, sage ich. »Das rote Ding da oben. Erst rausziehen und dann runter.«

Er hebt stöhnend den Arm. Wir tauchen tief in den Eisschweif ein, um Wasser aufnehmen zu können. Das kostet uns wertvolle Zeit, aber man kann hier draußen auf den Wilden Welten nie genug gutes Wasser haben.

Es braucht eine ruhige Hand, um synchron mit dem Kometenschweif zu fliegen, und Z muss auch noch die Destillationsblase überwachen. Und dann müssen wir die Wasseraufnahme abbrechen und die letzte Etappe zum Planeten zurücklegen. Eine heikle und zeitaufwendige Angelegenheit, aber sie beschäftigt ihn und verhindert, dass er einschläft. Diese Quaddel sieht wirklich schlimm aus. Sie sondert eine schwarze Flüssigkeit ab, die langsam seine Rippen hinunter und über die markant definierten Bauchmuskeln rinnt.

»Bei der Dunkelheit«, sage ich, als wir uns dem Planeten nähern. Obwohl hier und da Sturmwolken hängen, sehe ich, dass ein ganzer Kontinent dieses Planeten unter uns in Licht getaucht ist. Überhaupt ist der größte Teil der Nachtseite hell erleuchtet. »Das ist also ein Suit-Mainframe.«

Schließlich erkennen wir auch jede Menge Metall in der Umlaufbahn. Die Suits sind überall. In allen Formen – Schlangen mit einer Länge von über einem Kilometer, Schiffe von der Größe Imperialer Dreadnoughts mit unzähligen kleinen Auslegerkränen und spinnenartige Gebilde, von denen manche dem Teufel so sehr ähneln, dass es mir wieder kalt den Rücken herunterläuft. Konstrukte in jeder nur vorstellbaren organischen und mechanischen Kombination wuseln auf einem endlosen Schrottplatz durcheinander und suchen sich das heraus, was sie brauchen.

Z meldet sich wieder zu Wort. »Ich habe meine Heimat verlassen, weil es dort keine Möglichkeit gab, sich Ehre zu verdienen. Eigentlich wollte ich zurückkehren und unsere Ehre wiederherstellen. Doch nun …« Er wirft einen Blick auf den Bildschirm. »Ich will nur noch ein lebenswertes Leben leben.«

»Nun, Z, falls wir das hier überleben, hast du dir genug Ehre verdient.« Ich ergreife seine kalte Hand. »Also musst du überleben.«

Araskar

Der Schrein steht in der Mitte des Meditationsraums. Er ist nicht besonders beeindruckend. Die Leichen, die wir bergen konnten, wurden eingeäschert, und die Asche wurde dann in einer offenen Urne deponiert. Sie ist so groß, dass man zehn Schritte machen muss, um ihren Umfang abzuschreiten.

Was einmal meine Soldaten waren, ist nun feine Asche, die zu hohen Dünen aufgehäuft ist und im Schein der Schiffsbeleuchtung in einem fahlen Weiß erscheint. Sie verströmt einen leichten Gestank, als ob alte Knochen für eine Suppe ausgekocht worden wären. Helthizor ist da drin und Salleka und alle anderen Gesichter, die ich während der Ausbildung angeschrien habe. Das sind die Ärsche, die ich den Bastard hochgescheucht habe, die ich immer wieder diesen Hügel stürmen ließ; die Häute, die ich auf Keil gerettet hatte – alles in der Asche vermengt.

Die Einäscherung gilt als eine Art der Ehrenbezeugung für sie, denn im Imperium gingen noch brauchbare Leichen von Hybriden in die Zuchtanlagen zurück und wurden ausgeschlachtet. Es wurde keine Zelle vergeudet, wenn es darum ging, Fleisch zu recyceln und zu produzieren – der Rohstoff für Synthohaut und Synthofleisch und neue Hybriden mit Einheitsgesichtern. Doch nun erweisen wir ihnen unsere Ehre und äschern die Hybriden ein wie richtige empfindungsfähige Wesen. Aber verdammt noch mal, ich hätte die Leichen meiner Soldaten noch einmal sehen wollen. Auch wenn sie verstümmelt gewesen wären, selbst wenn sie wieder in die Zuchtanlagen geschickt worden wären, hätte ich noch einen letzten Blick auf ihre Gesichter werfen wollen.

Ich knie nieder und ziehe das kurze Schwert, das ich am Gürtel hängen habe. Das große Seelenschwert nimmt anderen die Erinnerung; mit dem kleinen Seelenschwert nimmt man nur sich selbst die Seele.

Das kurze Schwert schimmert schwach im Schein der Lichter; die Maserung des schwarzen Stahls, der zu einer kurzen gekrümmten Klinge geschmiedet wurde, glimmt wie die Facetten eines Juwels.

»Zum Zeichen meiner verlorenen Ehre.«

Ich ritze mir den Arm auf, und die Klinge verrichtet ihr schmerzhaftes Werk. Ich lasse sie in der Wunde. Unsichtbare Finger wandern an den Nervenbahnen entlang und lösen immer heftigere Schmerzattacken aus, die bis ins Gehirn ausstrahlen.

Barathuin schlägt den Flaschenhals an der Tischkante ab. Bier und Glasscherben spritzen in der Dunkelheit der provisorischen Taverne im Zelt umher.

Echtes Glas. Echtes Bier. »Starfire!«, ruft er und stößt sein Seelenschwert in die Luft.

»Bei der brennenden Dunkelheit, du wirst uns noch umbringen!«

»Mich kann nichts umbringen«, sagt Barathuin mit lallender und stockender Stimme. Sein Gesicht ist mit Blutergüssen übersät, und er stinkt – und nicht nur nach Bier, sondern nach Blut und Schweiß von der Kampfarena. »Niemand kann mich heute umbringen, Araskar, nachdem ich das gewonnen habe ...« Er sieht mit schielendem Blick auf seine Trophäe. Dem Anschein nach könnte es der Tentakel eines Kurguls sein, wenn diese Tentakel aus zerknitterter Recycling-Alufolie bestehen. »Ich habe die Seelenschwert-Trophäe gewonnen.«

»Soll das etwa ein Seelenschwert sein?«

»Wonach sieht es denn für dich aus?«

»Ich würde es dir ja sagen, aber dafür bist du noch zu jung.« Das quittiert er mit brüllendem Gelächter. Ich stehe auf. Viele Mädels und Jungs – Barathuin steht auf beides – warten auf eine Gelegenheit, mit dem Gewinner zu sprechen. Und wer weiß, vielleicht ergibt sich im einen oder anderen Fall vielleicht noch mehr.

Ich setze mich an einen Tisch. Ich habe gerade so viel getrunken, um eine wohlige Wärme zu verspüren. Heute Abend spielt es keine Rolle, dass wir ein illegales Turnier veranstaltet haben, bei dem selbst der Widerstand die Stirn runzeln würde. Oder dass wir in einem

Camp unter einer Biosphäre auf einem kahlen Gesteinsbrocken sitzen, der kaum größer ist als ein Komet. Dass wir einen klaren und eindeutigen Befehl missachtet haben, um den Sprit an die Front zu schmuggeln. Heute Abend sind meine Freunde und ich zusammen, und wir werden uns bis zum Anschlag volllaufen lassen, bevor wir nächste Woche in den Einsatz gehen. Nächste Woche werden wir in die Enterkapseln steigen und den Imperialen Schiffen eine Breitseite verpassen. Wir werden die trainierten Hybriden des Imperiums nur mit unserem Mut und unserer Schläue besiegen.

Zum Teufel. Diese Gedanken müssen noch mit ein paar Drinks mehr runtergespült werden.

»Hey du.« Sie packt mich am Arm. Ich wirbele reflexartig herum und versuche, ihr Handgelenk zu umklammern, aber sie vereitelt diesen Versuch. Das rothaarige Mädchen. Diejenige, die mich vor ein paar Stunden in der Grube vermöbelt und Barathuin den Kampf seines Lebens geliefert hat.

»Hey«, sage ich. »Wir hatten dich schon gesucht. Du hast dir hoffentlich inzwischen die Wunden geleckt.« Ich imitiere das Grinsen, das Barathuin aufgesetzt hatte – dieses halb anklagende, halb verschmitzte Lächeln. »Ich jedenfalls bin noch nicht ganz fertig damit.«

»Maul halten und trinken.« Sie setzt sich mir gegenüber, schnappt sich eine halb leere Flasche von einem anderen Tisch und stößt mit mir an. »Auf den Widerstand und deinen blöden Freund.«

»Auf den Widerstand. Amen.«

Sie spricht dem Alkohol ordentlich zu. Nach ein paar Bieren bestellt sie Schnäpse. Und nach ein paar Schnäpsen zieht sie mich an sich, betäubt mich fast mit ihrem Mundgeruch und haucht: »Ich bin noch nüchtern.« Ich würde ihr das auch fast glauben, nur dass ich meinen eigenen Sinnen kaum noch trauen kann. Woher soll ich also wissen, ob das wirklich stimmt? »Ich hasse das. Ich kann nicht betrunken werden.«

Unsereins verträgt grundsätzlich einiges. Sie ist vielleicht ein Spionage-Modell, das gegen Trunkenheit immun ist. »Wo kommst du her? Du musst eine Premium-Version sein. Ich habe so jemanden wie dich noch nie gesehen.«

»Ich bin hausgemacht. Mit echten Eltern.«

»Ohne Scheiß? Ich habe noch nie einen von euch Echten getroffen. Dann hast du also auch ein Gesicht, das sonst niemand hat?«

»Das gehört ganz allein mir«, sagt sie und macht mit einer Hand kreisförmige Bewegungen über ihre Wangen. Ich lache, und sie winkt ab. »Das ist nicht so toll, wie es immer dargestellt wird. Es ist schon etwas anderes, als aus einem Zuchtbottich zu kommen. Meine Schwestern haben Angst, dass ich sie alle in Gefahr bringe, und mein Dad … hör mir bloß auf mit diesem Bastard.«

»Scheint so, als wärst du doch ein Premium-Modell. Du hast mich geschlagen, als ob du ein Marine mit Nahkampfausbildung wärst.«

»Ja, du warst nicht unbedingt die Herausforderung, für die ich dich gehalten hatte, Kumpel.«

»Was?« Ich spucke mein Bier aus.

»Ich merke es, wenn ein Hybrid sich zurückhält.« Sie trinkt noch einen Schnaps. »Du bist einer von denen, die erst dem Teufel persönlich gegenüberstehen müssen, bevor sie ein Schwert schwingen können.«

»Mach mal halblang! Ich weiß, dass ich dir auch ein paar Dinger verpasst habe.«

»Weißt du was, Kumpel? Das war höchstens ein leises Kitzeln.« Sie sieht zu mir auf. »Möchtest du mir vielleicht noch ein Ding verpassen?«

Was meint sie damit? Noch einen Kampf? Eine Revanche oder … oh. Oh.

Weil ich nicht antworte, hakt sie nach: »Du bist doch ein voll funktionsfähiges Modell, oder? Soll ich eine Inspektion durchführen?«

»Äh, voll funktionsfähig.« Im Zuchttank gezogene Eunuchen wären keine guten Soldaten. Dem Sternenfeuer sei Dank für solche kleinen Details.

»Und hast du es schon einmal eingesetzt?«

Darauf antworte ich nicht. Ich habe sie noch nie in der Offiziersmesse gesehen. Sie ist nur ein Mannschaftsdienstgrad. »Ich bin sicher, dass ich einen höheren Rang habe als du.«

»Darauf kannst du dir was einbilden, wenn du als Jungfrau stirbst.«

Jetzt hat sie meinen wunden Punkt getroffen, auch

wenn ich das nur ungern zugebe. »Dann hast du hiermit den Befehl bekommen, den Mund zu halten.«

»Was nach meiner Erfahrung die Gewähr für eine gute Nacht bietet.«

»Wieso gerade ich?«, frage ich, als wir aufstehen.

»Du gibst mir einen Korb?«, fragt sie mit einem Schmollmund.

»Gar nicht. Lass uns gehen. Ich habe mich nur gefragt, wieso gerade mich.«

»Du bist etwas Besonderes. Klappe halten und mir folgen, mein Schnubbel.«

»Ich bin etwas Besonderes? Wie kommst du denn darauf?«

»Ich weiß nicht«, antwortet sie. »Na schön, dann bist du eben nichts Besonderes. Ich brauche nur einen warmen Körper.«

In dieser Hinsicht bist du wie der Krieg, hätte ich beinahe gesagt. Aber ich scheine inzwischen gelernt zu haben, wann ich den Mund halten muss; und das ist dann auch wirklich der Schlüssel zu einer sehr guten Nacht.

17

Araskar

Ich schiebe die Erinnerung beiseite. Die Erinnerung an diese Nacht, als ich Rashiya zum ersten Mal begegnete, als das Turnier, das wir gekämpft hatten, vorbei war, als Barathuin siegreich war und meine Leute noch immer am Leben. Wir saßen am Tisch und tranken und lachten, und dann lud sie mich ohne Umschweife zu sich in ihre Kabine ein.

Die kleine Klinge wird durch die Energie der Gedanken von weißem Feuer umlodert. Ich strecke sie aus, sodass der Feuerschein des Seelenschwerts die Aschedünen beleuchtet.

»Ich habe ein Stück meiner Seele für meine Ehre gegeben«, sage ich leise. »Ich werde sie erst zurückholen, nachdem ich euch wahrhaft geehrt habe.«

Diese alte Geschichte zieht mich noch immer in ihren Bann. Ich hatte sie zum ersten Mal bei der Lektüre der Legenden der alten Jorier in diesem Buch, aus dem Barathuin und ich uns unsere Namen ausgesucht hatten, gelesen. Jemand, dessen Namen ich mir nicht gemerkt habe, hatte ein Seelenschwert, das tatsächlich

Seelen ziehen konnte. Nicht nur ein industriell hergestellter Psycho-Resonator aus einem Materialmix aus echtem Metall und Synthostahl, der mit einem in derselben Fabrik hergestellten Hybriden gekoppelt war.

Nein, dieser Jemand hatte ein magisches Schwert, und wenn er in die Schlacht zog, entriss er seinen Feinden die Seele und sog sie in sein Schwert. Das war etwas ganz anderes, als Fleisch in die Zuchttanks zurückzuschicken – das war richtiges Leben, der Ruhm des Sternenfeuers und die Strömungen des Universums, von denen die Legenden kündeten.

Und wenn seine Freunde fielen, nutzte er die Seele seiner Feinde wie ein Lebenselixier, um seine Freunde ins Leben zurückzuholen. Kein Witz. In der Geschichte pikt er seine toten Freunde mit dem Schwert, und schwupps, erwachen sie wieder zum Leben. Die Seelen seiner Feinde sind das Elixier, um seine Freunde zurückzuholen – als ob man Fleisch wieder in die Zuchtbottiche gibt.

Die Geschichte besagt auch, dass sie gegen eine ganze Armee von Dämonen kämpften und dann auf einem Drachen zu einem Mond flogen. Eigentlich eine ziemlich beschissene Geschichte.

Ein Seelenschwert, das zu mehr gut wäre, als Eingeweide zu zerfetzen und Erinnerungen herauszureißen. Wäre das nicht schön? Aber das ist nicht Sinn und Zweck einer Waffe, ob sie nun ein Stück Metall oder ein Stück synthetischen Fleisches ist.

Die Klinge verschwimmt vor meinen Augen; das gleißende weiße Feuer auf schwarzem Stahl blendet mich. Ich könnte es mir jetzt in die Brust stoßen. Ich könnte den letzten Akt der Entehrten vollziehen und mich in die Urne fallen lassen, um mich mit den Gefallenen zu vereinigen.

Doch ich stecke das kleine Seelenschwert wieder in die Scheide.

Dann hole ich die Pinken aus dem Hemd. Ich zeige sie dem Aschehaufen. »Die waren mir wichtiger als ihr«, sage ich. »Jetzt nicht mehr.«

Als ich die Pinken aus der Luftschleuse werfen will, verkrampft die Hand sich um sie – noch stärker, als John Starfire seinen Schwertknauf umklammert. Ich halte an ihnen fest, und ich denke an die Musik, und ich denke daran, den Krieg zu vergessen, und an Rashiya und an unsere mögliche gemeinsame Zukunft, und ich denke an das Mädchen in diesem Kanonenboot, an meine Soldaten und an meine Freunde. Und dann ziehen auf einmal ihre Gesichter vor meinem geistigen Auge vorbei, und verdammt noch mal, ich will vergessen. Ich will, dass das alles aufhört.

Meine Hand verkrampft sich und wird taub. Die Synthohaut der Finger fühlt sich im Vergleich lebendiger an als meine restliche Hand. Ich lasse los, die künstlichen Finger zuerst, dann – nach einer Ewigkeit – die richtigen Finger auch.

Ich sehe, wie die Luftschleuse sich öffnet und die

Pinken hinausgesogen werden. Der Beutel platzt auf, und die Pillen werden im Vakuum verstreut. Für eine Sekunde glitzern sie im Schein der Positionslichter des Schiffs wie winzige Sterne.

Jaqi

Ich spreche die Botschaft, und sie wird auf dem Bildschirm eingeblendet. Nicht dass ich sie lesen könnte. »Ich möchte den Ingenieur sprechen. Komme von Bills Basis.« Ich vermute, dieser Ingenieur ist ein Kollege der Suits.

Die Reaktion der Suits erfolgt sofort. Eine monotone Grabesstimme ertönt: »Ihr bringt die Daten?«

»Ja, klar«, murmele ich. Eine Kette von Suits zieht sich über unseren Bildschirm, ein halbes Dutzend Bündel aus Metallarmen und Rohren und knollenartigen Köpfen.

»Kommt. Wir werden die Koordinaten programmieren.« Die Zahlen werden auf unseren Bildschirm eingeblendet, das leuchtende Grün strahlt Zs Gesicht an.

Und dann gehen wir in den Landeanflug zum Mainframe.

Ich vergesse, die instabile künstliche Gravitation abzuschalten, bevor wir in die Atmosphäre eintreten. Die nun entstehenden Gravitationsturbulenzen bringen das Gehirn aus dem Takt. Dann lege ich den Schalter um. »Tut mir leid!« Die gute alte normale Schwerkraft walkt uns durch wie bei einer kräftigen Massage. Sie ist etwas stärker, als ich es gewohnt bin. Ich weiß zwar nicht die genauen Werte, aber ich erkenne eine ordentliche Schwerkraft, wenn ich sie spüre. Ich könnte mir auch vorstellen, dass die Suits die Planetenmasse extra für ihre humanoiden Besucher modifiziert haben. Zumindest für diejenigen, die sie sich nicht einverleiben wollen.

Sie werden sich uns nicht einverleiben. Das glaube ich nicht.

Doch dann überkommt mich eine Erkenntnis. »Wahnsinn«, sage ich, als der Gedanke mich durchfährt. »Z … das ist mein erster Aufenthalt auf einem Planeten seit …« Ich sehe zu ihm hinüber. Seine Augen sind geschlossen. Ich knuffe seinen Arm. »Z! Ein Planet! Ich bin auf keinem mehr gewesen, seit ich fünf war!«

Er öffnet die Augen. Sie sind glasig. Ich knuffe ihn wieder. »Mein erster richtiger Planet, Z!«

»Du hast …« Er erlangt seine Stimme wieder, »noch nie richtige Luft geatmet?«

»Nur die von Ökosphären und Stationen. Wir waren auf Farmen, als ich noch ganz klein war, aber daran kann ich mich nicht mehr erinnern.« Ein richtiger Planet, keine Ökosphäre. Zum Teufel, sogar ein Suit-Planet ist ein echter Gesteinsbrocken, der die Sonne umkreist. Das erste Mal. Es ist zwar nicht Irithessa, aber trotzdem … ich fliege in einer richtigen Atmosphäre. So, wie Gott es gewollt hätte, wie die Blaublüter sagen würden.

»Was ist denn da in der Luft?«, fragt Toq.

Ein gelber Schleier wirbelt auf uns zu – zu schnell für einen normalen Sturm. Fingerartige Blitze durchzucken die gelbe Wolke. Dahinter geht die Morgensonne über einer riesigen schwarzen Landschaft aus Dreiecken und Rechtecken und einem endlosen Meer aus roten und grünen, weißen und blauen Lichtern auf. Am Horizont hängen noch mehr von diesen gelben Schleiern. Sie vermischen sich mit dem rauchigen Purpur-Weiß normaler Wolken.

»Das, mein Freund, ist ein Nano-Suit-Schwarm.« Ich habe schon davon gehört und finde es unheimlich. Sie durchstreifen die Galaxis, losgelöst von ihren »Eltern«, dringen in Quantenspeicher ein und erzeugen mikroskopisch kleine Zellen, die imstande sind, ganze Schiffe zu fliegen oder abzuwracken. »Ich hoffe, sie sind über unser Erscheinen informiert.«

»Was würde sonst geschehen?«

»Sonst würden sie über dieses Schiff herfallen und es zerhäckseln. Oder noch schlimmer, sie würden es in einen Suit verwandeln und sich über seine organischen Bestandteile hermachen. Willkommen in der Suit-Hauptstadt. Versucht bitte, nicht zu kotzen.«

»Ich habe die Shir gesehen«, meint Kalia müde. »Ich glaube nicht, dass Suits mir mehr Angst einjagen können.«

»Es tut meinem verhärteten Selbst gut, das zu hören. Wirklich wahr.« Ich kann es ihr im Grunde nicht verübeln, dass sie den Teufel beim Namen genannt hat, wo wir ihm schon ins Auge gesehen haben. »Toq, hast du Angst?«

»Ich weiß nicht«, sagt er. »Ich glaube, es hat keinen Sinn, hier draußen Angst zu haben. Alles ist Furcht einflößend. Man muss sich eben daran gewöhnen.«

Das ist eine der klügsten Äußerungen, die ich in letzter Zeit gehört habe.

Wir setzen den Landeanflug fort. Um uns herum ragen schwarze nadelartige Türme in den Himmel. So große Türme habe ich noch selten gesehen; ich glaube nicht, dass sie den berühmten Pyramiden von Irithessa um vieles nachstehen. Ihre Spitzen verlieren sich im gelben Dunst der Nano-Schwärme. Fluggeräte huschen überall durch die Luft und befördern Dinge von einem Turm zum anderen. Am Fuß der Türme erstreckt sich ein städtischer Dschungel aus Stahl und Kabeln und Lichtern – eine lebendige Maschine, die den gesamten Kontinent bedeckt.

»Sie bewegen sich!«, ruft Toq. »Die Türme!«

Tatsächlich haben zwei große Türme an der Basis ein paar kurze Beine ausgefahren, auf denen sie nun umhergehen. Die unzähligen Lichter blinken rhythmisch, während sie durch das Metall und das insektenartige Gewimmel der Suits stapfen.

Wenn man die Türme näher in Augenschein nimmt

(und ich hoffe inständig, dass die Kinder das nicht tun), erkennt man die Blasen. Die Suits haben eigene Zuchtanlagen, in denen sie organische Entitäten züchten, die ihre Mechanik komplementär ergänzen. Man sieht ausgewachsene Männer und Frauen, die mit leeren Augen aus dem Gel starren, in dem sie eingelegt sind, während sie über einen Schlauch ernährt werden und in einen anderen scheißen.

»Der ganze Schrott der Galaxis. Bill hat ihnen alles verkauft, was er in die Finger bekam«, erzähle ich, »selbst wenn es nur alte Tellerscherben waren. Sie durchkämmen alles auf der Suche nach Informationen. Sie könnten wahrscheinlich die ganze Galaxis zerstören, wenn sie das wollten.«

»Und wieso tun sie es dann nicht?«, fragt Kalia.

»Das entspricht nicht ihrer Denkweise. Sie haben es auf Schrott und Daten abgesehen. Neues Material, das sie verarbeiten können. Neue Komponenten, aus denen sie Kraftstoff gewinnen können. Neue organische Entitäten zum Einverleiben. Wenn sie das Imperium stürzen würden, würde niemand ihnen mehr Informationen verkaufen wollen.«

Die Stimme, die nun aus dem Lautsprecher dröhnt, klingt beinahe menschlich. Aber eben nur beinahe, denn sie ist monoton und unmoduliert. »Ihr habt Daten.«

»Die wertvollsten Daten auf den Wilden Welten, wenn ihr sie hacken könnt.«

»Wir werden euch die Koordinaten für unser Datencenter übermitteln.« Und dann laufen auch schon die grünen Zahlen über den Bildschirm. Ein Kinderspiel. Wir müssen sie nur eingeben, um in den Mainframe der Suits zu gelangen.

Wir gehen tiefer. Eine gelbe Wolke quillt aus einem runden Kamin, und ich kann dem verdammten Ding nicht mehr ausweichen. Also fliege ich direkt hindurch. Ich schwöre, obwohl sie so mikroskopisch klein sind, kann ich hören, wie die kleinen Nano-Suits von der Hülle abprallen.

»Ah!« Diesmal kommt der Ausruf von Z – ausgerechnet von ihm. »Vorsicht!«

»Ich kann da leider nichts machen, Z. Sie werden uns aber nichts tun, solange wir ihnen mit den Daten vor der Nase wedeln.«

»Es … es scheint …« Er beendet den Satz nicht. Ich drehe mich zu Z um und sehe, dass er sich die Lippen leckt. »Alles klar bei dir?«

Z antwortet nicht.

Wir rasen im Tiefflug zwischen den Gebäuden hindurch. Sie sind alle in Bewegung. Selbst die Gebäude, die nicht lebendig – also keine Suits – sind, sind so mit Suits überzogen, dass sie sich zu bewegen scheinen. Ein paar von denen haben zwei Beine und zwei Arme, aber die meisten haben gleich ein paar Hundert Gliedmaßen ausgebildet. Es mutet wie ein Ameisennest an. Als ob man einen Baumstamm umdreht und alles mögliche

Krabbelgetier in alle Richtungen ausschwärmt. Es ist wie …

»Hey! Ah!« Ich springe von meinem Sitz auf.

»Was ist?«, fragt Z.

»Nichts. Nur …« Der Suit, an dem wir eben vorbeigeflogen sind, hatte eine verblüffende Ähnlichkeit mit einem Tausendfüßler.

»Hast du etwa Angst?«, fragt Z. »Nach allem, was du schon gesehen hast?«

»Das ergibt zwar keinen Sinn«, fauche ich, »aber ein Mädchen fürchtet sich manchmal eben doch vor Insekten. Gibt es denn gar nichts, wovor du dich fürchtest?«

»An Altersschwäche zu sterben«, antwortet Z. Seine Stimme ist ein trockenes Flüstern.

»Verdammt, Z. Darüber macht man keine Witze.«

Kalia flüstert etwas. »Was gibt's?«, frage ich. »Sprichst du mit mir?«

»Ich habe gebetet«, sagt sie. Das kann sicher nicht schaden, in diesem Dschungel aus Metall, in dem wir uns wie Insekten bewegen. Und obwohl ich nicht danach frage, weil es mich schließlich nichts angeht, spricht sie nun laut ihr Gebet: »Vater unser, der du das Sternenfeuer geschaffen hast durch Deine Hand, Deinen Atem, Deinen Willen und Deine Augen in tausend Sonnen. Gib uns heute, was wir bedürfen. Bewahre uns vor unseren Lastern, und vergib uns unseren Unglauben.«

Wir schweigen alle. Ich hebe die Hand, denn ich

nehme an, dass Z noch etwas über Blut und Ehre sagen und sich wohl auch dahingehend äußern möchte, dass es eine Schwäche sei, den blaublütigen Gott anzurufen. »Das ist wirklich ein schönes Gebet.«

»Ich bete jetzt die ganze Zeit«, sagt Kalia.« Ich bete für euch. Ich bete für Quinns Seele ...« Es gelingt ihr diesmal, seinen Namen auszusprechen, ohne dass ihre Stimme bricht. »Es tut mir leid, Jaqi. Das war nicht deine Schuld.«

»Möchtest du mir noch immer das Lesen beibringen?«

»Wenn wir überleben.«

Die Suits aktualisieren in Echtzeit die Koordinaten für mich und lotsen uns so zum Ziel. Wir fliegen mit hoher Geschwindigkeit durch die Straßenschluchten. Und ich muss sagen, wenn diese Metalltürme sich drehen und uns ins Visier nehmen, überkommt mich jedes Mal das Gefühl, als ob diese Kollegen uns am liebsten fressen würden. Dieses kleine Schiff muss in ihren Augen ein delikater Happen sein.

Schließlich fliegen wir in einen Hangar in einem dieser Türme. Der Eingang ist ungefähr doppelt so hoch wie die Ringe von Bills Asteroiden. Die Verstrebungen der Wände sind riesige schwarze Pylonen, die von Schwärmen insektenartiger kleiner Suit-Drohnen umschwirrt werden.

Und dann brechen riesige Suits aus den Wänden. Sie waren Teil dieser Pylonen. Die langen, segmentierten schwarzen Konstrukte eilen nun über das Metall.

Und alle sehen sie aus wie Tausendfüßler.

»O nein«, sage ich, und mir läuft ein Schauer den Rücken hinunter. Das wird ja immer schlimmer. Es musste einfach so kommen. Vielleicht spricht Gott auf diese Art zu mir. *Dieses Spiel wirst du nicht gewinnen, Jaqi. Stell dich einfach der Realität.*

Unser Schiff kommt zum Stillstand, und sie umringen uns. Der größte und längste von ihnen scheint sich über den Boden zu schleppen. Unzählige Anbauteile ragen aus diesen Segmenten – Arme, zwischen deren Fingern elektrische Spannungsbögen überspringen, an Kranauslegern montierte Zangenhände und menschliche Hände mit viel zu vielen Fingern.

»Wird Zeit, sich ihnen zu stellen«, sagt Z. Er versucht aufzustehen und sinkt gleich wieder auf den Sitz zurück. Er erhebt keine Einwände, als ich ihn dann am Arm packe und ihm auf die Beine helfe.

»Müssen wir das unbedingt tun?«, frage ich. »Können wir nicht gleich wieder verschwinden und woandershin springen?«

»Von hier aus geht es nicht weiter. Ab hier gibt es nur noch mehr Kurguls und mehr Suits.«

»Dann sieht mein Leben ab jetzt also so aus, oder?« Eigentlich war das nur für Z bestimmt, aber ich glaube, dass Kalia es auch gehört hat.

»Tut mir leid, Jaqi«, sagt sie. »Du wirst bald gehen können. Z kann sich um uns kümmern.«

»Ich werde nirgendwo hingehen. Noch nicht.«

Die Luke unseres Schiffs öffnet sich, und der Gestank ozonhaltiger, mit Rauch und dem Geruch brennender Reifen geschwängerter Luft zieht herein. Das ist also die Luft des ersten richtigen Planeten, an den ich mich erinnern kann. Na toll.

18

Araskar

Rashiyas Übungsschwert trifft mich direkt unter den Rippen. Die Luft entweicht aus der Lunge, und ich sehe nur noch rote Sterne. Ich gehe auf dem harten Hangarboden auf die Knie. Wenigstens bin ich nicht wieder taub, dem Schmerz nach zu urteilen, der den ganzen Körper durchflutet. Das ist doch schon mal was, nicht wahr? Ich spüre meinen Körper intensiver als in den Monaten zuvor. Das sollte ich eigentlich gebührend feiern.

»Guter Treffer. Gute Partie«, murmele ich, als ich wieder zu Atem komme.

»Wir sind noch nicht fertig«, sagt sie. »Es dauert seine Zeit, um die Dunkle Zone zu umgehen. Sogar im reinen Raum. Wir haben noch viel Zeit zum Üben. Greif mich an.«

»Ist das ein Befehl?«

Sie wölbt eine Augenbraue. »Vielleicht.«

»Ich stehe noch immer im Rang über Ihnen, Leutenant.«

»Du kannst mich besiegen. Du musst nur ernsthaft angreifen.«

»Ich könnte dich nie schlagen, du verrückte Schlampe.«

»Ich habe dir schon in unserer ersten gemeinsamen Nacht gesagt, dass du zu zurückhaltend bist, und das bist du immer noch!«

Das hat sie mir gesagt? Ich erinnere mich nicht daran. Vielleicht ist das ein Teil meiner Erinnerungen, die in das kurze Seelenschwert gewandert sind. Ja, so muss es sein. Jetzt, wo ich darüber nachdenke, erinnere ich mich nicht einmal mehr daran, wie wir uns begegnet sind.

Es wird schon seinen Grund haben, weshalb ich mich dieser Erinnerung entledigt habe …

»Ich habe gesehen, wie du deine Motte direkt ins feindliche Feuer gesteuert hast. Du hast dich an die brennende Waffengondel geklammert. Das hat ausgesehen wie ein Selbstmordversuch.« Sie berührt mich seitlich am Gesicht, und ich zucke zusammen. Da ist wohl ein Bluterguss. Ich habe gar nicht gemerkt, dass sie mir so nah gekommen ist. »Komm schon. Zieh dich nicht in dein Schneckenhaus zurück.«

»Du kennst mich doch. Ich bin schon die ganze Zeit auf einem Selbstmord-Trip. Nur dass ich bisher noch keinen Erfolg hatte.«

»Das bist nicht du.« Sie beugt sich zu mir, bis unsere Gesichter so nah sind, als lägen wir wieder im Bett. Dann ergreift sie meine Schulter, damit ich mich nicht zurückziehen kann. »Ich brauche dich«, flüstert sie. Ich hasse es, dass sie weiß, was ich denke.

Ich sehe Rashiya an. Sehe sie mir ganz bewusst an. Ich stelle sie mir mit der ursprünglichen Haut ihres Gesichts, ohne die Narbe am Kinn und ohne die halb geschmolzene perforierte Synthohaut, durch die man die Schaltkreise in ihrer Stirn sieht, vor. Ich stelle sie mir ohne Kleider vor, ohne die Striemen auf dem Rücken, die sie sich beim Training zugezogen hat, und ich stelle sie mir lachend vor.

»Sag mir die Wahrheit«, sage ich leise. »Was ist Direktive Null?«

Sie setzt diesen kalten, starren Blick auf und löst sich von mir. »Dafür hast du nicht die erforderliche Sicherheitsstufe.«

»Soldaten tratschen.«

»Ganz genau.« Sie seufzt und lehnt sich zurück. »Wir sollten Dienst und Freizeit auseinanderhalten. Ich werde dich vollumfänglich informieren, sobald das alles hier vorbei ist.«

Ich stehe einfach nur da. Ich hoffe, sie würde das nicht tun. Ich hoffe das sogar, als ich mir diese Erinnerung nahm.

»Greif mich an«, fordert sie mich auf. »Als ob du mich umbringen wolltest. Als ob wir zum ersten Mal in der Arena wären – nur dass du jetzt weißt, was auf dich wartet, wenn du brav bist.«

»Nein«, sage ich. »Wenn ich dich umbringen will, sage ich dir vorher Bescheid.«

Jaqi

Manche Dinge kann man einfach nicht beschreiben. Wenn man zum Beispiel mitten in einem Nest schwarzer, glänzender, verschmort riechender Suits sitzt, die aus irgendeinem Grund *alle* wie Tausendfüßler aussehen müssen. Und wenn sie dann auch noch dreimal so groß sind wie Tausendfüßler und auf ihren ziehharmonikaartigen, mit Beinen besetzten Leibern um uns herumwuseln. Toq hält meine Hand so fest, dass es schmerzt. Aber es ist zugleich auch tröstlich.

Jeder dieser Leiber besteht aus mehreren Metallsegmenten, und aus jedem Segment sprießt ein Ensemble von Armen. In manchen Fällen wird dieser Mix noch durch organische Arme angereichert. Und wahrscheinlich der größte und älteste Suit-Tausendfüßler im Raum ist dieser alte Typ da.

Er kommt herangekrochen. Ich versuche, nicht die Flucht zu ergreifen. Irgendwie mutet dieser Ort hier merkwürdig an – *es rauscht*, würde ich sagen. Als ob es eine Interferenz im Knoten gäbe, die mein Gehirn blockiert. Vielleicht liegt das an den vielen alten Knoten. Vielleicht liegt es auch an den vielen Daten.

Seine Stimme hallt wider – nicht nur in der Kammer, sondern auch in meinem Kopf. Als ob sie so tief im Grenzbereich operieren würden, dass sie fast schon in den reinen Raum fallen.

»Ich bin der Ingenieur.«

Das ist der Ingenieur? Der größte und hässlichste

aller Suits ist Bills Kontakt? »Ich bin Jaqi.« *Der Ingenieur ist immer für ein gutes Geschäft zu haben.* Hoffentlich hat Bill sich da nicht geirrt …

»Ich war einer der ersten, der nach den alten Pfaden gesucht hat. Und du hast mir alte Daten mitgebracht. Aus der Zeit vor meiner Zeit, als das Imperium noch jung war.«

»Du warst der erste Suit?« Ich lasse den Blick durch den Raum schweifen, der frappierende Ähnlichkeit mit einem Bienenstock hat. Bildschirme materialisieren mitten in der Luft: leere holografische Schirme, auf die plötzlich mit rasender Geschwindigkeit Buchstaben projiziert werden. »Hast du das alles hier geschaffen?«

Verschwommene Symbole erscheinen auf dem Bildschirm vor seinem Gesicht. »Ja, das habe ich.«

»Schön.« Ich schaue mich um und versuche, ihm gegenüber den Eindruck zu erwecken, als ob ich beeindruckt wäre und nicht etwa entsetzt.

»Wie habt ihr uns gefunden?«, fragt er.

»Bill«, antworte ich. »Der weiß alles.«

»Was habt ihr uns mitgebracht?«

Ich bedeute Kalia, vorzutreten. Sie drückt Z' Pranke so fest, wie Toq meine Hand drückt. Sie hat die schwarze Box.

Die Suits geraten in Wallung. Ich bin mir sicher, dass sie dieses Ding erkennen. »Uralte Daten«, sagt der Ingenieur. »Die ältesten, die ich je gesehen habe.«

Drei flexible Arme mit mehreren Gelenken werden

aus einem Fach in seiner Brust ausgefahren und greifen nach der Box. Kalia scheut zurück. Es ist offensichtlich, dass sie die Box nicht hergeben will.

»Gib es uns.«

»Du musst es uns zurückgeben, Ingenieur«, sage ich.

»Wir wollen nur die Daten, Euer Objekt wird zurückgegeben, wenn wir die Daten gelesen haben.«

Mir ist klar, dass ich keine Handhabe habe, um die Rückgabe zu gewährleisten. Aber das ist unsere einzige Chance. Also gebe ich dem Ingenieur das Ding.

Bei der Übergabe scheint etwas durch sein Helmvisier durch – etwas, das sein Gesicht sein könnte. Ein Wirrwarr aus Schaltkreisen, Kabeln und Fleisch wie eine Reliefkarte, gespickt mit zwei weißen blinkenden Augen. Und dann werden grüne Buchstaben und Zahlen auf das Visier eingeblendet. Selbst wenn diese Zeichen mir bekannt wären, könnte ich ihnen nicht folgen. Sie huschen immer schneller über den Monitor. Es müssen ganze Bücher sein, vielleicht sogar ganze Bibliotheken, die auf diesem Display eingeblendet werden.

Die anderen Suits um uns herum sind aufgeregt und stoßen Klick- und Krächzlaute aus. Beim Anblick dieser Daten werden sie ganz wuschig.

Die kleinen Zeichen blinken noch immer. »Kannst du das lesen?«, frage ich Kalia.

Sie verneint das mit einem Kopfschütteln. »Das ist zu schnell.«

Der Datentransfer dauert noch immer an. Ich werfe einen Blick auf Z. Er schwankt und blinzelt heftig. Und er stinkt, als ob er innerlich verfaulen würde. »Ihr, äh, ihr könnt damit was anfangen?«

»Die Daten sind geschützt«, sagt der Ingenieur mit dröhnender Stimme. »Ein uralter Code mit einer starken Verschlüsselung. Von jenen, die die Knoten in den Himmel geschrieben haben.«

»Woher habt ihr dieses Ding?«, frage ich.

»Dad hat es uns gegeben«, antwortet Kalia.

»Und woher hat er es?«, fragt Z.

»Ich weiß nicht«, erwidert Kalia. »Dad hat gern alte Sachen gesammelt.«

Der Scan des Ingenieurs scheint kein Ende nehmen zu wollen. Irgendwann lege ich den Arm um Z. »Wach bleiben«, murmele ich.

Er antwortet nicht. Er lehnt sich an mich, und dieser Fäulnisgestank wird noch stärker. Nein, so wird das nichts mehr mit ihm. Vielleicht können wir die Suits bitten, ihn zu scannen und nach einer Möglichkeit zu suchen, seine Gesundheit wiederherzustellen. Vielleicht, wenn wir ihnen noch ein weiteres Geschäft vorschlagen können.

Und plötzlich stößt der Ingenieur eine Art tiefes, raues Grunzen aus. Die roten Lichter in der Kammer werden gedimmt, und ein Lichtstrahl schießt aus der Box. Er nutzt die Decke über uns als Projektionsfläche und zeigt … Sterne.

Ein Sternenfeld.

»Sind das die Daten?«

»Es ist eine Karte«, erklärt der Ingenieur.

»Wovon?« Von den abgebildeten Sternen erkenne ich keinen einzigen. Obwohl ich die Sterne dieser Galaxis schon so ziemlich aus jeder Perspektive gesehen habe; vielleicht mit Ausnahme der Warte von den Blaublüter-Welten.

Und dann huschen wieder Zahlen und Buchstaben über diesen Bildschirm – so schnell, dass sie zu einem grünen Schemen verschwimmen. »Dazu gibt es keine aussagefähigen Daten«, sagt der Ingenieur schließlich. »Wir haben keine Daten zu dieser Karte.«

»Sah so die alte Galaxis aus?«, frage ich.

»Nein«, sagt Z plötzlich. Er richtet sich mühsam auf, wobei er sich mit der Hand auf meiner Schulter abstützt. Nur dass seine Hand dreimal so groß wie meine Schulter ist. Er richtet den Blick verzückt nach oben, als ob er eine ganze Phalanx von Geistern sehen würde. »Das ist der alte Himmel. Das sind die Sterne, die nun in der Dunklen Zone liegen.«

»Woher weißt du das?«

»Unsere Leute erinnern sich daran«, flüstert er. »Manche Dinge sind zu heilig zum Niederschreiben. Ich habe es von meinem Vater und der von seinem Großvater und der wiederum von seinem Vater und so weiter. Dieses Sternbild ...« Er deutet darauf, »... ist der Himmelsjäger. Meine Großmutter sagte, dass wir unser

Land verloren, als der Himmelsjäger dunkel wurde, den Krieg gegen das Imperium begannen und schließlich vergaßen, wer wir wirklich sind.« Er klingt so, als ob er gleich zusammenbrechen würde. »Ich hätte das nie für möglich gehalten.« Er sieht mich mit einem merkwürdig verzerrten Gesichtsausdruck an, was noch seltsamer anmutet als seine halb tote Erscheinung.

»Es gibt keine Daten dazu«, wiederholt der Ingenieur.

»Das liegt wahrscheinlich daran, dass das Imperium diese Daten gelöscht hat«, sage ich. »Was meinst du wohl, weshalb wir das haben?«

Z starrt mich noch immer an. »Was?«

»Du bist es«, sagt er im Flüsterton.

»Ich? Ich bin die Sternenkarte?«

»Du bist derjenige. Nicht John Starfire. Du bist es. *Derjenige, welcher ein Licht auf die alten Straßen wirft, derjenige, welcher das Volk in Sicherheit führt.*«

»Derjenige was?«

Kalia antwortet mit der gleichen Stimme, mit der sie auch ihre Gebete spricht: »*Der Sohn der Sterne steht im Angesicht der Riesen, die mit einem Schritt ganze Welten überspannen, und gewappnet ist er mit nichts als seinem Glauben*. Das ist es doch, was du meinst, oder, Z?«

Z nickt.

»Das habe ich noch nie gehört.«

»Es steht in der Bibel«, erklärt Kalia. »Drittes Buch von Joria.«

Z hebt zittrig die Hand. »John Starfire hat die Galaxis erobert, weil alle Hybriden an diese Prophezeiung glaubten. Aber es ist nicht John Starfire. Es ist Jaqi. Und die Riesen, welche die Welten überspannen ...« Er atmet tief durch. »Es wird keinen dauerhaften Frieden mit den Shir geben. Nicht, solange sie Sonnen fressen und Leben vernichten. Du wirst echten Frieden bringen, dauerhaften Frieden.« Seine Stimme bricht. »Kaum zu glauben, dass ich jetzt sterben soll, wo ich gesehen habe, worauf meine Vorväter gewartet haben.«

»Z ...« Ich habe ihm schon so oft gesagt, dass er nur Unsinn redet, dass ich nicht weiß, wie ich ihn jetzt zum Zuhören bewegen soll, wo er so offensichtlich neben sich steht.

»Woher willst du überhaupt wissen, dass sie es ist?«, fragt Kalia.

»Ermutige ihn nicht auch noch!«, sage ich schroff.

»Veralbere mich nicht!«, knurrt Z und bleckt die Zähne. »Ich weiß das so genau, wie ich mich an den Namen meines Vaters erinnere.«

»Ich bin mir ziemlich sicher, dass in dieser Prophezeiung von *Sohn* die Rede war. Ich bin aber nur eine Tochter.«

»Es gab keine Worte für *Sohn* und *Tochter* in der Sprache der alten Jorier«, fährt Kalia dazwischen, »weil sie nämlich kein Geschlecht hatten. Sie konnten zwischen männlich und weiblich wechseln.«

»Wirklich?« Das war vielleicht ganz praktisch. »Ich

werde trotzdem keinen Frieden bringen und die Shir töten.«

»Wirst du doch«, sagt Z und beugt sich zu mir hinab. Junge, der stinkt! »Du hast die Gardisten vernichtet. Du hast die Kinder gerettet. Du wirst dem Kriegsherrn entgegentreten, und du wirst die Wahrheit von Joria wiederherstellen, und du wirst …« er sucht nach Worten.

»Das ist so ungefähr das brutal Verrückteste, was du bisher von dir gegeben hast, und du hast wirklich schon echt krasse Dinger gebracht, Z. Ich halte nichts von Prophezeiungen. Das ist Quatsch. Religion macht die Leute nur verrückt. Glauben macht die Leute gaga. Ich bin nur ein Mädchen, das ein Leben als Schmugglerin geführt hat und jetzt verdammt noch mal ein ganz normales Leben führen will. Und nun machst du die Dinge noch komplizierter, wo wir sowieso schon genug Probleme haben.«

»Ich weiß es, so, wie ich den Namen meines Vaters …«

»Lass es gut sein, Z!«

Er zieht sich bei meiner Schimpftirade schwankend zurück. Ich packte ihn am Arm, um ihn zu stützen. Ich bin mir sicher, dass der Kerl durchaus glaubt, was er da sagt. Vielleicht glaubt Kalia inzwischen auch daran. Es ist zum Schreien. Ist die ganze Situation denn nicht schon verrückt genug?

»Ingenieur«, sagt Kalia. »Können wir jetzt jederzeit auf die Sternenkarte zugreifen?«

»Ich habe die Codes entschlüsselt. Ich kann sie offen

lassen, aber jedes empfindungsfähige Wesen, das sich damit auskennt, kann die Daten auch abrufen.«

»Gib es mir wieder.«

Er entspricht meiner Bitte – aber nicht, ohne dass seine Augen noch einmal kurz gefunkelt hätten. »Die Daten sind gut«, sagt er. »Sehr gut.« Und dann fügt er noch hinzu: »Ein Schiff ist in der Umlaufbahn. Sie haben Kontakt mit uns aufgenommen und sich nach euch erkundigt.«

»Oh.«

»Sind sie von der Garde?«, fragt Z.

»Ja«, erwidert der Ingenieur.

»Wie beim Feuer der Hölle haben sie uns gefunden?«, frage ich. »Sie können uns doch gar nicht durch die verdammte Dunkle Zone folgen!«

Z beugt sich zu mir herüber und flüstert: »Gut. Wir werden sie wieder bekämpfen, und diesmal vernichten wir sie, mit dem ganzen Blut und der Ehre unserer Vorfahren, und sterben in …«

»Nein, werden wir nicht.« Ich schaue zu dem alten Ingenieur auf. »Werdet ihr uns beschützen?«

Aus den Tiefen seiner alten Eingeweide ertönt ein mechanisches Surren. »Wir müssen einen Schutzkontrakt schließen«, sagt er schließlich.

»Wir haben dir gute Daten gegeben, und du beschützt uns. Wir haben also schon einen Vertrag.« Ich deute auf Z. »Und wenn du schon dabei bist, suche auch gleich die Daten für ein Heilmittel für ihn.«

»Viel mehr«, sagt er. »Es wird viel mehr erfordern, euch zu beschützen.« Er hebt einen dieser metallenen Tentakel. »Wir müssen dich in uns aufnehmen. Dein Wissen ist so groß.«

Schließlich werde ich mir mit einem eiskalten Schauer bewusst, dass er gar nicht mit mir spricht. Er deutet auf Z.

Z versteift sich. Seine schweißnasse Haut glitzert im Schein der Lauflichter. »Ich … du willst, dass ich ein *Suit* werde?«

»Deine Daten sind wertvoll.«

»Einen Moment«, sage ich. »Dann könntet ihr ihn also heilen?«

Der Ingenieur hüllt sich zunächst in Schweigen. »Seinen Körper brauchen wir nicht«, sagt er nach einer Pause. »Wir brauchen seine Daten.«

Obwohl Z dem Tode nahe ist, stößt er ein animalisches Knurren aus. »Das Wissen meiner Vorfahren ist wertvoller als …« Doch dann verstummt er. Und für eine imperiale Minute mustert er mit einem wägenden Blick die Kinder. Sie wären hier in Sicherheit, umgeben von all diesen Suits. Kalia und Toq erwidern seinen Blick fragend.

Ich weiß nicht, ob er sich überhaupt bewusst ist, dass er das laut ausspricht. »Es wäre ein ehrenhafter Tod, für euren Schutz zu sterben. Aber das Wissen meines Volkes, das, was nicht niedergeschrieben werden darf … es darf nicht weitergegeben werden. Nicht auf diese Art.«

»Du wirst kein Suit, Z«, sage ich. »Schau mal, Ingenieur, wir haben euch ein paar wertvolle Daten gegeben. Zs Gehirn werdet ihr nicht bekommen. Ihr werdet ihn in euren Zuchtanlagen wiederherstellen und dann unsere Flucht decken.« Ich trete vor, obwohl mir schier das Blut in den Adern gefriert.

Der Ingenieur stößt ein lang gezogenes Grummeln aus, und ich sehe wieder dieses Gesicht, diesen Klumpen aus Fleisch und Schaltkreisen, der wohl älter ist als mancher Planet. »Wir heilen nicht. Ihr seid nur innerhalb unserer Umlaufbahn geschützt.«

Ich lasse den Blick zwischen Z und den Kindern schweifen. Kalia packt Zs Hand. »Ihr müsst ihn aber heilen!«

»Nein«, sage ich. »Nein, ich glaube, ein Risiko können wir noch eingehen.« Hallo, Glück? Bist du noch da?

19

Jaqi

Okay, zwei Dinge.

Erstens: Ich hatte nie geglaubt, dass ich jemals ein normales Leben führen würde. Aber ich hatte es gehofft. Doch so schön Hoffnung auch ist, sie ist ein gefährlich' Ding auf den Wilden Welten. Als sie also sagten, ich sei das auserwählte Supergirl, die Retterin des Universums, schien das nur zu bestätigen, was mir sowieso schon ansatzweise bewusst war: dass ich niemals ein normales Leben führen würde.

Es war schön, sich dieser Hoffnung hinzugeben. Doch nachdem wir den Suit-Mainframe verlassen haben und uns wieder in Palthaz' altem Schiff befinden, lasse ich diese Hoffnung fahren. Ich sehe, wie der Suit-Mainframe unter uns zurückfällt, dieses Chaos aus Licht und Schwärze, ein Gitter, das den gesamten Planeten umspannt. Ich lasse alle Hoffnung fahren. Ein normales Leben ist mir nicht vergönnt.

Es schmerzt, die Hoffnung fahren zu lassen. Aber das, was ich habe, ist auch nicht schlecht. Ich habe diese Kinder, und ich habe Z – jedenfalls so lange, wie er noch durchhält –, und fürs Erste haben wir auch noch unser Leben. Falls wir das überleben.

Zweitens: Der Ingenieur hat diesen rostigen Kübel etwas aufgepeppt, soweit ich das beurteilen kann. Die Flugeigenschaften haben sich wesentlich verbessert, als wir in den schwarzen Raum aufsteigen. Das Schiff hat jetzt eine hervorragende Schubleistung und eine traumhafte Manövrierfähigkeit. Er hat mir auch gesagt, dass das kleine Scherbengeschütz, das Palthaz vor Jahren ruiniert hat, repariert worden sei. Also kann ich bei Bedarf auch kurze Salven feuern.

Aber das Wichtigste ist, dass er Fallschirme unter unseren Sitzen verstaut hat. »Fallschirme anlegen«, fordere ich die Kinder und Z jetzt auf. »Die Matakas werden uns nur dann in Ruhe lassen, wenn sie glauben, dass wir mit dem Schiff abgestürzt sind.« Bei mir dauert das etwas länger, denn ich will auch noch Bills Gitarre mitnehmen. Zu diesem Zweck schnalle ich mir erst die Gitarrentasche auf den Rücken und lege dann den Fallschirm an. »Komm schon, Z.« Ich hänge ihm auch einen Schirm um.

Er sieht zu mir auf, als ob er etwas sagen will – zum Beispiel etwas wie *ich werde sowieso sterben.* Ich ziehe die Gurte stramm. »Du musst schon mithelfen, Z!«

»Man drückt nur diesen Knopf?«, fragt Kalia und richtet den Blick auf die entsprechende Stelle. »Woher weiß ich, wann ich draufdrücken muss?«

»Nach dem Absprung aus dem Schiff zählst du bis

fünf«, sage ich. »Hast du auch die schwarze Box festgeschnallt?«

Sie tippt auf die Stelle, wo sie unter der Springerkombi mit Klettband am Oberkörper befestigt ist. »Der Ingenieur sagte, man bezeichnet das als Krypto-Speicher.«

»Du hast noch mal mit ihm gesprochen?«, frage ich.

»Aber nur kurz. Er hat viel gewusst. Über alles. Ich habe ihn auch gefragt, ob er glaubt, dass es Gott wirklich gibt.«

»Und was hat er ...« Keine Zeit mehr. Da kommt das Garde-Schiff. Insektenschiffe sind noch nicht zu sehen. Dahinter der weit entfernte Mond im gravitativen Spannungsfeld beider Planeten. Wenigstens steht er in einer niedrigen Umlaufbahn. Wenn ich mehr Zeit hätte, könnte ich ihn in ein paar Stunden erreichen.

Nur dass ich keine paar Stunden habe. Ich aktiviere die Sauerstoffeinspritzung für die Steuerraketen, um bis auf annähernde Lichtgeschwindigkeit zu beschleunigen. Dann bremse ich genauso stark wieder ab. Mir bleiben nur ein paar imperiale Minuten, um vom Planeten zum Mond zu gelangen.

»Los geht's.«

Für mich ist das eine leichte Übung. Raus aus der Atmosphäre, rein in die Dunkelheit des Raums und mit Vollgas diesem großen Mond entgegen, der vor uns am Himmel hängt. Die Kehrseite dieses Manövers ist jedoch ein extrem hoher Sauerstoffverbrauch. Die Kinder stöhnen unter der Wirkung des Drucks.

Z nölt vor sich hin. »Was nicht niedergeschrieben werden darf… Ich darf nicht die Dinge aufgeben, die nicht niedergeschrieben werden dürfen. Blut und Ehre. Mein Tod muss …«

»Noch nicht, Z«, sage ich. Dieses Ding hat eine extrem kurze Reaktionszeit. Wir haben die Schwerkraftsenke kaum verlassen, als das Garde-Schiff uns auch schon mit Granaten eindeckt. Ohne diesen Beschuss wäre es ein spektakulärer Flug geworden. »In Ordnung, Ingenieur«, sage ich laut, als ob er mich hören könnte. »Es wird allmählich brenzlig.«

Kalia betet schon wieder. »Vater unser, der du bist im Himmel, Dein sei das Sternenfeuer …«

»Immer weiter beten, Mädchen. Gib mir Bescheid, wenn dieser Typ dich erhört.«

Der Ingenieur hat gute Arbeit geleistet. Ich drücke die Knöpfe und beantworte ihr Scherbenfeuer mit einer Salve, und dann vollführen wir ein paar schöne Ausweichmanöver. Trotzdem kommen sie immer näher. Sie werden uns bald einholen. Diesmal verzichten sie auf die Insekten. Sie versuchen nur, nah genug heranzukommen, um uns mit einem Traktorstrahl einzufangen. Dieses große schwarze, elegante Schiff mit dem roten Flammen-Emblem des Widerstandes auf schwarzem Metall bewegt sich zielstrebig durch den Raum.

»Mach schon, Ingenieur«, flüstere ich. Worauf zum Teufel wartet er noch?

Und dieses Garde-Schiff kommt immer näher. Trotz

unserer hohen Geschwindigkeit verkürzt es zusehends den Abstand, deckt uns mit Scherbenbolzen ein und versucht, uns zumindest kampfunfähig zu schießen. Wir sind nun so weit vom Planeten entfernt, dass sie uns einfach durchlöchern und dann an Bord kommen könnten. Aber vielleicht wollen sie uns doch lieber nur zur Aufgabe zwingen, weil sie die Kinder lebendig haben wollen.

»Höchste Zeit, Ingenieur!«, murmele ich.

Die Gardisten kommen immer näher.

Und dann geschieht es.

Die gelbe Wolke rast durch den Raum. Als ob man nach einem Zug an einer Zigarre genüsslich den Rauch ausstoßen würde.

So schlau, wie die Gardisten sind, müssten sie das Phänomen eigentlich identifizieren. Nano-Suits sind schließlich in der Galaxis nicht ganz unbekannt. Aber die Gardisten sind voll und ganz auf uns fixiert. Und so kommt es nun, dass dieser gelbe Strom vom Planeten das Garde-Schiff erfasst, während es noch eine Salve roten Scherbenfeuers auf uns abschießt. Gelbe Finger ergreifen das Schiff, und rote Lohen züngeln über die Oberfläche. Das schwarze Metall zerbröselt, als die Suits sich anschicken, das Garde-Schiff aufzufressen.

Und dann werden wir von einer ihrer Scherben getroffen. Wir rotieren im Raum. Das Schiff stöhnt und knackt, Luft entweicht, und es tritt ein plötzlicher Leistungsabfall ein. Kalias Gebete steigern sich zu einem schrillen Crescendo. »Unser Vater!«

»Alles wird gut«, sage ich – im Grunde wider besseres Wissen. »Wir müssen es nur bis zum Mond schaffen. Wir müssen es nur …«

Und dann explodiert eine der Steuerraketen mit einem Donnerknall. Bei Höchstgeschwindigkeit ist das nicht lustig. Wir werden alle vorwärts geschleudert, und unser Schiff wirbelt durch die Dunkelheit. Und dann pralle ich gegen die Konsole, und alles um mich herum versinkt in Dunkelheit.

Araskar

Das Schiff ist mit bloßem Auge schwer zu erkennen. Schließlich ist der ganze Planet erleuchtet: ein Meer aus gelben und weißen Lichtern in der Dunkelheit. Da ist es ziemlich schwierig, ein so kleines Objekt zweifelsfrei zu identifizieren.

Aber es gelingt mir dennoch. Meine ganze Seele brennt, entzündet von der Musik, die in ihr erklingt. Es ist, als ob ich alle Pinken in der Galaxis eingeworfen hätte. Hätte nur noch gefehlt, dass ich aus der Luftschleuse gesprungen wäre, um dem Schiff hinterherzufliegen. Die beschwingten lieblichen Klänge, der Wirbel der Streicher als Oberton über der tiefen pulsierenden Harmonie. Sie pulsiert sichtbar um dieses kleine Schiff, das aussieht wie ein Babykopf.

»Abschießen«, befiehlt Rashiya.

»Nur flugunfähig schießen«, kontere ich. »Es genügt,

eine Steuerrakete zu zerstören.« Unsere Rumpfbesatzung hat die Feuerleitung und die Bedienung der Waffensysteme auf drei Stationen auf der Brücke umgeleitet. Wir haben die Lebenserhaltungssysteme auf den unteren Decks abgeschaltet und leben nun alle zusammen in einem Hangar. Wo nur noch zehn von uns übrig sind, ist das eine praktikable Lösung. Ein Wartungsingenieur und ein Küchenbulle werden als Kanoniere eingesetzt.

»Nur flugunfähig schießen«, bestätigt Rashiya.

»Ich werde mein Bestes tun«, sagt das Mädchen an der Waffenstation.

Rashiya beugt sich nach vorn. »Das ist es jetzt. Ich kann es fühlen.« Dann sieht sie zu mir herüber. »Es ist schon so gut wie vorbei.«

»Danach«, sage ich, »gehen wir ganz weit weg von hier. Irgendwohin, wo der Rest der Galaxis uns niemals finden wird.«

Sie bemerkt nicht, wie intensiv ich sie mustere, während sie lacht. »Daraus wird wohl nichts. Ich habe noch Befehle für mehrere Jahre abzuarbeiten. Konsolidierung.« Sie schüttelt den Kopf.

»Vielleicht ist wenigstens ein Bad drin.« Sie hat den Blick noch immer auf den Monitor gerichtet.

»Nun werde mal nicht übermütig.«

Dann sind wir auf Schussweite herangekommen, und eine Ladung Scherben trifft ihre Schubdüse. Sie explodiert und katapultiert das, was von dem Schiff noch übrig ist, auf seiner bisherigen Flugbahn entlang.

»Zugriff!«, befiehlt Rashiya. »Traktorstrahl. Sie dürfen nicht entkommen.«

»Ja, Ma'am«, bestätigt der Techniker. Er klingt erleichtert. »Ich … was ist das?« Er sieht zu mir auf. »Secondblade, ich weiß nicht, was diese Messwerte bedeuten.«

Ich werfe einen Blick auf die Zahlen. Verwirrend. Der Traktorstrahl ist – wird er umgeleitet oder blockiert? »Rashiya, was hat das …«

Und dann zerlegt es unser Schiff regelrecht.

Jaqi

Als ich das Bewusstsein wiedererlange, ist der Mond schon viel größer. Seine braune Oberfläche füllt den Bildschirm aus. Stimmen dringen aus dem Lautsprecher der Funkanlage. Ein paar Matakas schreien uns an und drohen, das Feuer zu eröffnen. Aber so schnell, wie wir fallen, werden wir beim Eintritt in die Atmosphäre verglühen, sodass sie gar nicht mehr dazu kommen, uns abzuschießen. Wir sind viel zu schnell. Ich packe die Schubhebel. Verdammt, wir müssen langsamer werden. Dann zünde ich die Bremsraketen und führe eine Vollbremsung aus. Wir müssen langsamer werden, Gravitation hin oder her …

Das Schiff kämpft gegen die Schwerkraft an und gegen unsere Massenträgheit. Die drei noch intakten Triebwerke laufen auf Volllast. Die Luft hier drin wird dünner; ich habe der Energieversorgung der Triebwerke für diese kurze Etappe Vorrang eingeräumt und die Lufterneuerungsanlage vorläufig abgeschaltet. Ist aber egal. Ist auch egal, dass mir schwarz vor Augen wird. Hauptsache, uns gelingt die Landung. Ich werfe einen Blick auf den Höhenmesser. Wir fallen immer noch zu schnell.

Aber wir sind noch am Leben. Und ich habe Schmerzen in der Brust: Die Lunge versucht, den letzten Rest Sauerstoff aufzusaugen. Wir stürzen einem großen, leeren braunen Fleck in der Mitte eines Kontinents entgegen, der rasend schnell näher kommt.

Dann werden wir von Schwerkraft, richtiger Schwerkraft, erfasst und angezogen. Der Himmel ist schwarz, die Luft rot glühend, und dann tauchen wir fast übergangslos in ein wunderschönes helles Blau ein.

»Ich werde hier nicht sterben!«, rufe ich. Ich war mir nicht einmal bewusst, dass ich das gerufen habe.

Das stark erhitzte Metall des Schiffs kreischt unter dem Druck der Atmosphäre, begleitet vom Brüllen der Bremsraketen, die uns gegen die Wirkung der Gravitation auf eine sichere Sprunggeschwindigkeit herunterbremsen. Das Druckneutralisierungsfeld wird bis an die Belastungsgrenze beansprucht. Z schreit nun auch, und obwohl er direkt neben mir sitzt, geht das in dieser Lärmhölle beinahe unter. Seine Adern sind so schwarz wie seine Tattoos. Er packt Toq. Dann versagt das Feld, und die ganze Luft, der echte Sauerstoff und das Kohlendioxid dieses Monds, durchflutet unser Schiff.

Z und Toq fliegen aus dem großen leeren Raum, der gerade noch das Heck unseres Schiffs war. Sie schweben frei im Himmel.

Ich zerre am Schubhebel, um das Schiff hochzuziehen. Ich zerre wie verrückt – bis der Metallhebel plötzlich mit einem lauten Knacken bricht. Der Schock geht mir durch den ganzen Arm. Ein Splitter des Schubhebels prallt vom Bildschirm ab und fliegt als Querschläger durch das Cockpit.

Ich bin noch nie in einer richtigen Atmosphäre geflogen. Aber schon oft in den größeren Ökosphären. Man hat auch schon mehrmals versucht, mich mit einem Traktorstrahl einzufangen. Aber das ist alles kein Vergleich zu dieser Situation. Die echte Gravitation dieses Mondes will uns regelrecht verschlingen.

Ich aktiviere den Autopiloten, obwohl ich nicht weiß, was das jetzt noch bringen soll. Ich springe auf, schnappe mir Kalia und renne los – genau in dem Moment, als die Seite des Schiffs in Flammen aufgeht und eine feurige Spur sich durch den Himmel zieht. Ich springe aus dem Schiff, um dem Feuer zu entkommen …

Ich sehe Braun unter uns, dann Blau, und dann reißt der Wind uns mit sich, und wir fallen ungebremst der Wüste unter uns entgegen.

Und dann spüre ich einen Zug an den Armen! Kalia entgleitet meinem Griff. Ich packe sie am Ellbogen. Sie öffnet die Augen. »Fünf!«, schreie ich.

Dann reißt der Wind sie mir aus den Armen. Sie

steigt auf, in den blauen Himmel über mir – und ihr Fallschirm öffnet sich.

»Mein Gott!«, rufe ich. Wenn ich jemals an Gott geglaubt habe, dann in diesem Moment. Ich fliege durch die Luft, durch richtige Luft. Kein Vakuum, kein Ökosphären-Mief, keine wiederaufbereitete Luft, sondern das echte Zeug. Aber ich falle eben auch. Verdammt, ich richte den Blick nach unten und sehe, dass diese braune Wüste immer näher kommt. Und dann erinnere ich mich – *ja genau* – und betätige den Auslöser meines eigenen Fallschirms.

Ich werde so heftig in die Höhe gerissen, dass mir wieder schwarz vor Augen wird, doch dann drifte ich ruhig durch den Himmel.

In der Ferne explodiert unser Schiff in einem Feuerball über der Wüste. Entweder durch den Auflösungsprozess oder durch Beschuss von den Matakas.

Und ich fliege durch die süßeste Luft, die ich jemals gerochen habe.

Unter mir der wohl schönste Anblick der ganzen Galaxis. Sand, so weit das Auge reicht, von roten Hügelketten durchzogen und von spitzen Felsen durchsetzt. Struppige kleine Bäume wie schwarze Punkte. Ein großes Tier bewegt sich in weiten Sprüngen durch den Sand, verfolgt von Reitern auf – sind das wirklich Pferde? Wie in den Geschichten?

Er wird der Vorstellung von den Wilden Welten wirklich gerecht, dieser Mond.

»Das ist wirklich schön«, flüsterte ich, und mein Gesicht fühlt sich feucht an. »Eine echte Atmosphäre. Richtige Pflanzen.« Und gleichsam als Ausdruck der Harmonie mit der Luft und der Landschaft *brummt* die Gitarre, die ich mir auf den Rücken geschnallt habe – ein tiefer, hallender Klang.

Ich komme zu schnell runter. Unter mir ragen ein paar hohe scharfgratige Felsformationen auf, fast so hoch wie diese Suit-Türme. »Nein, nein!«, schreie ich, als ob das etwas ändern würde. Ich ziehe die Beine an die Brust und versuche, die Flugbahn zu korrigieren. Ich fliege haarscharf an der höchsten Felsnadel vorbei und steuere eine weite, offene Sandfläche an. Aber ich bin immer noch zu schnell und schieße dicht über den Boden hinweg. Dann bekommen die Füße Bodenkontakt, und ich versuche, mit ihnen abzubremsen, aber ich bin noch zu schnell, und dann …

Ich pralle gegen eine Sanddüne. Diese weiche Barriere bewahrt mich davor, dass ich mir alle Knochen im Leib breche. Eine Sandfontäne wirbelt auf. Der Sand dringt in die Augen ein, in die Kehle, in die Nase. Der heiße Sand verschmirgelt meine armen Finger und raubt mir den Atem – wie das Vakuum im Raum. Ich würge und versuche, mich zu befreien. Ich erbreche Sand und Wasser und versuche, mir den Sand aus den Augen zu wischen, wobei ich mir aber nur noch mehr Sand in die Augen reibe. Schließlich komme ich wieder auf die Beine und lasse mit trüben Augen den Blick über die weite braune Ebene um mich herum schweifen. Sie steigt zu den hohen Felsen an, die ich vorhin gesehen habe.

Ich huste und spucke Sand. Freut mich, deine Bekanntschaft zu machen, echte Materie von der echten Erde. Sie hätte aber nicht gar so unsanft ausfallen müssen.

Ich greife hinter mich und ertaste die Gitarre. Sie scheint das alles unversehrt überstanden zu haben. Ich werfe den Fallschirm ab und stolpere auf Beinen, die noch immer von stechenden Schmerzen durchzuckt werden, auf die Felsen zu. Vielleicht gibt es dort Wasser. Auf diesen echten Planeten gibt es überall Wasser. Man muss keine Depots mit wiederaufbereiteter Flüssigkeit anlegen. Richtiges Wasser, noch besser als dieses Kometenwasser. Ich kann einfach den Kopf in einen dieser großen Flüsse tauchen, von denen die Altvorderen erzählen, und den Sand abwaschen …

Das Echo eines lauten Knalls hallt durch die Atmosphäre.

Ich schaue nach oben. Meine Augen sind noch immer voller Sand, aber ich sehe es trotzdem. Ich erkenne sogar von hier aus die Form.

Es ist eine Kapsel von diesem Garde-Schiff.

20

Araskar

Die Kapsel wird durchgeschüttelt, während wir durch die Atmosphäre fliegen. Die Stimmen von Kurguls ertönen auf unserer Frequenz. Sie wollen uns wohl abschießen, aber das ist ein leerer, öder, wasserloser und gottverlassener Mond; und ich glaube nicht, dass sie uns finden, bevor wir unsere Jagdbeute gefunden haben. Mit Kurguls werden wir fertig, sogar mit Matakas. Mit den mikroskopischen Suits jedoch nicht.

Obwohl wir an Fallschirmen runtergehen, fällt die Landung unserer Kapsel ziemlich hart aus. Wir schlittern und rollen über den Sand und steigen sofort aus, als wir endlich zum Stillstand gekommen sind.

Rashiya stößt die Luft aus. »Ich habe die Peilung des Krypto-Speichers.« Sie streicht mit der Hand über die Schaltkreise in ihrer Stirn. »Es ist fast vorbei. Fast vorbei.« Sie richtet den Blick gen Himmel. »Ich hoffe, die anderen Kapseln haben es auch geschafft. Zwischen den Matakas und den Suits …«

»Lass uns diese Mission zu Ende bringen«, sage ich.

Meine Hand zittert gar nicht, wie ich dann feststelle.

Sie liegt schön ruhig auf dem Knauf des Seelenschwerts. Ich hoffe, die restliche Besatzung hat es auch geschafft. Ich hoffe, es hat heute nicht noch mehr sinnlose Todesopfer gegeben.

Welch dumme Hoffnung.

Himmelwärts ragende Gesteinsformationen, die höher und facettenreicher sind als Türme in einer Stadt, wechseln sich mit freien sandigen Abschnitten ab. Die einzige Vegetation sind kleine struppige Gewächse, die sich an die felsigen Hänge klammern. Am Himmel ist die Welt der Suits nur als eine Impression, als eine große dunkle Sichel zu sehen. Das ist ein auf eine morbide Art und Weise schöner Anblick; und wie die erste natürliche Luft, die ich seit Irithessa geatmet habe, geht mir auch dieses Bild sofort in den Kopf und ins Blut. Es verdrängt sogar die Kopfschmerzen, die ich hatte, seit ich die Pinken weggeworfen habe.

Wir nähern uns einem rundlichen Felsen, der wie ein Schwert geformt ist und als verwitterte rote Gesteinsformation in den Himmel ragt. Er erinnert mich an etwas – nur dass ich das nicht in Worte fassen kann.

»Das menschliche Mädchen ist da drüben«, sagt Rashiya. Sie schlurft durch den Sand. Ich folge ihr.

Im Schatten dieses runden Felsens kriecht eine Gestalt auf Händen und Knien und schleppt das Gewicht eines Fallschirms hinter sich her. Sie blickt zu uns auf, zu mir und Rashiya.

Das ist also das menschliche Mädchen. Die Tochter

von Formoz von Keil, Hüterin unserer ersehnten Daten. Etwa zehn Jahre alt, das Gesicht mit Blutergüssen bedeckt, schmutzig und mit bebenden Lippen. Wimpern und Haar sind mit Sand verkrustet. Und dann bemerke ich, dass sie betet. Das tut sie wahrscheinlich schon seit Wochen. Und dafür sind meine Soldaten nun gestorben und zu Asche geworden: für ein weinendes kleines Mädchen am Rande der Wilden Welten.

»Gib ihn mir«, sagt Rashiya zu ihr. »Gib mir den Krypto-Speicher.«

»Vater im Himmel, Vater …«

»Die schwarze Box. Gib sie mir.« Rashiya zieht ihr Seelenschwert. Das Singen des Stahls erfüllt die Luft der leeren Wüste. Die schwarz schimmernde Klinge strahlt Hitze aus.

Auch ich ziehe mein Schwert.

Das Mädchen richtet sich auf die Knie auf und plappert weiter vor sich hin.

»Ich will dir nichts tun. Gib ihn mir einfach. Du bist so weit gekommen, doch nun bist du am Ende des Weges angelangt. Und es wäre sehr dumm von dir, dich mir zu widersetzen. Du würdest nur sterben wie dein Bruder, und du willst doch leben.« Rashiya beugt sich nach vorn.

Das Mädchen unterbricht schließlich sein Gebet und löst die Fallschirmgurte. Sie greift in den schmutzigen Overall, den sie trägt, und holt eine kleine Box heraus.

Rashiya schnappt sie sich. »Gut.« Sie mustert die Box.

Sieht auf den ersten Blick wirklich nur wie ein schwarzes Kästchen aus. Bei genauerem Hinsehen erkennt man jedoch die kleinen Schnörkel jorischer Schriftzeichen. Sie ist sichtlich erleichtert und entspannt sich. »Hol mich der Teufel, ich glaubte schon, ich würde diese Mission nie erfüllen.«

»Was ist da drin?«, frage ich das Mädchen.

Das erregt Rashiyas Aufmerksamkeit. Sie lässt den Blick zwischen mir und dem Mädchen schweifen.

»Was beinhaltet dieses Ding?«, frage ich weiter. »Ich weiß, dass es ein Krypto-Speicher ist. Was steckt da drin?«

Das Gesicht des kleinen Mädchens verzerrt sich, und ein Teil der Sandkruste blättert ab. »Ihr habt meinen Bruder ermordet!« Sie stößt die Hand in den Sand. »Ich werde euch gar nichts sagen!«

Ich ritze mir mit dem Seelenschwert die Hand auf, und die Flamme lodert auf. »Sag's mir. Dein anderer Bruder und eure Freunde sind immer noch in der Nähe. Wir können sie ganz leicht finden.«

Und als unsere Blicke sich treffen, frage ich mich, ob ich mich irgendwie von Rashiya unterscheide, als sie den Bruder des Mädchens getötet hat. Wahrscheinlich nicht. Vielleicht wirke ich sogar noch schlimmer, mit den Narben und der undeutlichen Aussprache und dem Blut, das mir von den Fingern tropft. Das Mädchen fängt an zu weinen. »Es ist … es ist eine Sternenkarte. Es ist eine Sternenkarte von dem, was die Dunkle Zone einmal war. O Gott, tut meinem kleinen Bruder nichts! Tut Jaqi nichts!«

Rashiya denkt eine Weile nach. »Araskar«, flüstert sie mir dann zu, »wenn das stimmt, was sie sagt, können wir sie nicht am Leben lassen. Wir dürfen nicht riskieren, dass irgendjemand davon erfährt. Es tut mir leid, aber …«

Ich schließe die Augen und rufe in der Erinnerung die Gesichter auf. Das ist nicht schwer. Meine toten Freunde, meine Soldaten, meine Chargen-Kameraden, waren alle nach dem Vorbild derselben fünfzehn Modelle erschaffen. Wenn auch tausend Geister mich verfolgen, so haben sie dennoch alle die gleichen Gesichter.

Ich wende mich an Rashiya. »Wir können keinen Menschen am Leben lassen, meinst du.«

Sie scheint nicht im Geringsten überrascht. Sie seufzt nur. »Soldatentratsch, ai?«

»Ich bin dahintergekommen.« Ich richte mein Seelenschwert auf sie. »Ich habe mich nicht als Soldat verpflichtet, um einen Genozid zu begehen, Rashiya. Das gilt auch für meine Leute.«

Sie hebt die Hände. »Na schön. Wir töten keine Kinder. Wir haben die Box, wir haben die Daten, und es muss sonst niemand etwas davon erfahren.«

Es könnte so einfach sein. Ich müsste nur zustimmend nicken, und dann könnten wir zur Kapsel zurückgehen. Wir könnten den Matakas mit der Garde drohen, damit sie uns ein Schiff geben, und wir könnten sogar sagen, dass die Kinder bei der Landung ums Leben gekommen seien. Wir könnten nach Irithessa zurückkehren und die Daten weitergeben. Ich könnte mich auf einen ruhigen Posten versetzen lassen, wo ich nicht immerzu über die Machenschaften des Widerstandes nachdenken muss und darüber, was »Konsolidierung« wirklich bedeutet. Ich könnte mir wieder Pinke einwerfen, ohne dass jemand mir Vorhaltungen macht, in die Musik eintauchen und vergessen, dass John Starfire höchstselbst, der Auserwählte, das ins Lächerliche zieht, wofür meine Freunde gestorben sind.

»Araskar«, sagt sie. »Lass uns gehen.«

»Ich werde nicht mitkommen.«

»Bitte?«

»Sie haben zwei Optionen, Lieutenant«, sage ich und lasse wieder diese fünfzehn Gesichter vor dem geistigen Auge vorbeiziehen. »Sie können mir den genauen Grund dafür nennen, weshalb Ihr Pater darauf erpicht ist, die halbe Galaxis zu töten. Oder ich werde es selbst herausfinden – damit.«

»Ich sagte, gehen wir, Soldat.«

»Ich bin nicht mehr Ihr Soldat.« Ich nehme Kampfstellung ein und bereite mich darauf vor, ihren Angriff mit meinem Seelenschwert zu parieren. »Betrachten Sie das als meine Kündigung.«

Sie attackiert mich. Ich wehre den Angriff ab und schlage ihr Schwert weg. Doch dann greift sie mit einem Wirbel aus Hieben wieder an. Ich halte ihrer furiosen

Attacke zwar stand, aber sie treibt mich dennoch zurück – den zerklüfteten felsigen Hang hinauf.

Sie wird mich töten. Wir haben das oft genug in Übungskämpfen durchgespielt. Jedes Mal hat sie mich mit ihrem Übungsschwert am Brustbein, am Solarplexus oder am Hals getroffen. Es gelingt mir, ein paar Schläge abzuwehren. Dann verschränken sich unsere Schwertknäufe, und ich weiche zurück. Sie sticht zu, und ich pariere. Mit dem nächsten Hieb schlitzt sie mir den Arm auf, und ein weiterer Hieb trifft meinen Schwertknauf. Die Klinge prallt vom Knauf ab und reißt mir die Seite auf.

»Araskar!« Sie weicht meinem schwachen Schlag mit einem Tänzeln aus. »Zwing mich nicht, das zu tun!«

Mein Blut rinnt am Knauf herunter auf die Klinge des Seelenschwerts. Sie entflammt in weißem Feuer, dessen Schein sogar in der Nachmittagshitze der Wüste erstrahlt. Ich pariere ihren nächsten Schlag und gehe zum Gegenangriff über, aber sie ist so verdammt schnell.

Sie weicht zurück, lädt mich förmlich dazu ein, ihr zu folgen. »Du weißt, dass wir unsere Befehle haben …«

Ich werfe mich den Hügel hinunter, direkt auf sie zu. Sie wehrt meinen Angriff ab. Mit blitzartiger Schnelligkeit schlägt sie meine Klinge weg und trifft mich am Hals. Ich drehe mich weg und weiche zurück, aber ich habe schon eine tiefe Wunde in der Schulter. Ein Blutschwall ergießt sich über den Schwertarm. Ich lasse das Seelenschwert fallen, stolpere und falle mit dem

Gesicht in den Sand. Ich versuche, mich auf dem unversehrten Arm aufzustützen und wieder aufzustehen, aber er gibt unter mir nach.

Sie versetzt mir einen Tritt. Wie sie über mir steht, sehe ich Hass und Trauer in ihren Augen. »Ich habe eine Mission«, flüstert sie. Sie stellt ihren Stiefel auf meinen Hals. »Du weißt, dass ich sie erfüllen muss.«

Und dann geht sie weg. Mit hoch erhobenem Seelenschwert. Um das kleine Mädchen zu töten.

Ich werde das nicht zulassen.

Die Musik in mir schwillt zu einem fiebrigen Brüllen wie von einem lebendigen Wesen an. Ich komme wieder auf die Beine, ergreife mit der beschädigten linken Hand mein Seelenschwert und greife an. Sie dreht sich um und sieht mich mit einem Blick ungläubigen Erstaunens an, als ich ihr die Klinge in die Brust stoße.

»Araskar, ich …« Und dann kann sie nichts mehr sagen, nicht mit der Klinge in den Atemwegen.

»Es tut mir leid«, sage ich und komme mir dabei vor wie ein Idiot.

Sie hustet und bringt ein paar Worte hervor. »Zieh es raus. Lass es nicht …«

Ich ziehe es nicht heraus.

Mein Seelenschwert saugt Rashiya ein wie ein Verdurstender kaltes, klares Wasser.

Ich sehe alles. Ich höre ihren Vater, wie er ihr alles erzählt: vom Plan der Konsolidierung der Galaxis, von diesem fehlenden Krypto-Speicher und davon, wie er nachts zitternd und aufgelöst von seinen Feinden spricht, die noch immer auf der Suche nach ihm sind. Mit weinerlicher, brüchiger Stimme redet er wirres Zeug und halluziniert dann wieder im Flüsterton über seine alten Feinde.

Ich kenne das Geheimnis ihres Vaters. Den Grund, weshalb er die Blaublüter allesamt töten will.

Er weiß, was die Shir sind.

Er weiß, dass ein Friedensschluss mit den Shir nur möglich ist, wenn er ihnen mehr Futter bringt. Die Blaublüter wissen das auch, und er befürchtet, dass sie dieses Wissen an alle Menschen weitergeben.

Sie glaubt ihm. Wieso auch nicht? Trotz seiner Paranoia und seines Wahns hat er schließlich schon oft genug Recht behalten.

Sie kämpft, so wie ich kämpfte, in den blutigen Gängen der Imperialen Navy-Schiffe. Sie tötet die loyalen Hybriden der Imperialen Streitkräfte, wirft Granaten und verschießt Scherben. Sie denkt an ihren Vater und an ihre Mutter, und das gibt ihr Kraft. Sie denkt daran, was sie ihr sagten: Sie ist eine neue Generation, die erste der neuen Jorier, ein Nachkomme von Hybriden, die die Freiheit erlangt haben. Doch um leben zu können, müssen sie zuerst die Galaxis säubern. Sie können nur dann in die Fußstapfen der Vorfahren treten, wenn die Menschen ausgelöscht wurden.

Sie glaubt. Und sie liebt. Sie liebte mich, so seltsam das auch war. Ich sehe mich – mit ihren Augen. Ich sehe aus wie der Held, als den ihr Vater mich bezeichnete. Ich sehe aber auch aus wie jemand, auf dem die Bürde des Schicksals und hoher Erwartungen lastet – so wie bei ihr.

Sie glaubt zu wissen, wer den Widerstand verraten hat. Ich greife nach dieser Ahnung, nach dem Verdacht, den sie tief in sich begraben hat …

Sie ist tot. Die Schwertspitze steckt in ihrem kalten und leeren Körper.

Ich lege sie in den Sand und ziehe das Seelenschwert aus ihrer Brust heraus. Da ist kein Blut. Das weiße Feuer auf der Klinge ist erloschen. Ihre Augen schauen zu mir auf, in einer erstarrten Momentaufnahme dieser merkwürdigen Mischung aus Bewunderung und Schrecken.

Ich lege sie hin und streiche ihr übers Haar. Sie war die Letzte meines allerersten Bataillons. Jeder einzelne von uns, außer mir verdammtem Glückspilz, ist nun tot. »Fester Schritt und blanke Klinge!«

Der Widerstand wird vielleicht darunter zu leiden haben. Aber ich weiß es nun aus ihren Erinnerungen: John Starfire hat die Galaxis erobert und einen Frieden mit den Shir ausgehandelt. Und er ist ein paranoider, schwacher Mann geworden.

Zum Teufel, ich kann ihm keinen Vorwurf machen. Der Krieg verändert uns auf mannigfaltige Art und Weise. Ich fahre mit der Hand über die Wellen ihrer geschmolzenen Synthohaut. Der Krieg verkrüppelt jeden – auf die eine oder andere Art.

Ich ziehe das Kurzschwert aus der Scheide. Es schimmert in der Sonne. Diesmal wird es mir alle meine verdammten Erinnerungen nehmen. Und mein verdammtes Leben.

Jaqi

Erst jetzt erinnere ich mich wieder an diese Geschichten über Wüsten: Es gibt dort nicht viel Wasser. Hm. An so etwas sollte ein Mädchen sich besser erinnern.

Ich stolpere vor mich hin und spüre erst jetzt, wie heiß es ist. Es ist eine andere Hitze mit freier Thermik: eine ausdörrende Hitze, die sich von der des Schweinestalls unterscheidet. Eine Kombination dieser schwülen, ekligen Stallhitze und der Trockenheit von Bills Basis bei zu starker Belüftung. Etwas zu trocken. Als ob die Feuchtigkeitsregelung ausgeschaltet wäre. Aber trotzdem erträglich. Die Luft ist auf jeden Fall ungleich besser als dieser wiederaufbereitete Mief.

Es dauert eine halbe Ewigkeit, die nächste dieser Felsnadeln zu erreichen. Die Entfernungen sind hier sehr groß. Ich kann mich nicht erinnern, jemals so weite Räume gesehen zu haben. Ich erklimme den Hügel, steige auf der anderen Seite wieder ab und …

Kalia rennt auf mich zu. Sie ist nicht verletzt, scheint aber den Sand des halben Planeten auf der Haut kleben und in den Kleidern stecken zu haben. »Jaqi!« Sie schaut mit offenem Mund zu mir auf. »Sie … Sie … die Garde!«

Ich renne mit ihr in den Schatten des größten Felsens.

Mit einem solchen Anblick hätte ich nicht gerechnet. Ich erkenne die Graue, die Quinn getötet hatte. Sie liegt auf dem Boden, und sie ist tot. Die gespenstisch fahle Gesichtsfarbe bedeutet, dass sie mit einem Seelenschwert erstochen wurde. Und der andere kommt mir auch bekannt vor. Narbengesicht. Moment mal, ich habe diesen Kameraden doch schon mal gesehen. Er war in dieser Motte, die sich an mein Schiff geklammert hatte! Ich weiß immer noch nicht, wieso ich ihn überhaupt sehen konnte, aber ich erkenne dieses Gesicht.

Er kniet auf dem Boden. Er hat mit zitternder Hand ein Kurzschwert auf seine Brust gerichtet.

»Er hat sie getötet«, sagt Kalia, die bisher geschwiegen und nur stoßweise geatmet hatte. »Er hat sie getötet und dann ... dann hat er sich einfach hingekniet.«

Ich nehme ihn in Augenschein. Er ist blutverschmiert, hat eine Fleischwunde in der Schulter und noch eine in der Seite. Und sich das Kurzschwert an die Brust gesetzt. Er will sich selbst richten – so eine Ehren-Kiste, die für den Rest der Galaxis von so großer Bedeutung ist.

Ich sage nichts. Soll der Bastard sich doch selbst abstechen. Es spielt keine Rolle, ob er Kalia gerettet hat. Bill hat er nicht gerettet, Quinn auch nicht oder eines der anderen Opfer der Grauen. Die letzten Tage war ich ständig auf der Flucht und bin von einem Knoten zum anderen gesprungen. Ich blute, bin mit blauen Flecken übersät, habe Schmerzen, Freunde verloren und ein ganzes Kaleidoskop von Situationen durchlebt. Dieser höllische Stress äußert sich nun als brutaler Kopfschmerz: Er drückt gegen mich, als ob ein Schiff in einen Knoten gezogen würde.

Soll er doch sterben, sage ich mir. Das wäre ein Stück ausgleichende Gerechtigkeit im Universum.

»Hey, stopp!«, ruft Kalia. Sie rennt zu dem Kerl hin. »Stopp! Du hast mir das Leben gerettet. Du musst nicht sterben!«

Er schaut auf und sieht mich. In diesem Moment werden irgendwelche Schwingungen zwischen uns übertragen, und ich bin bis ins Mark erschüttert. »Es sind schon genug Leute gestorben«, höre ich mich sagen.

Und ich meine das tatsächlich so.

Er nimmt das Schwert von der Brust.

21

Jaqi

Er sieht mich unverwandt an. Die rissigen Lippen sind leicht geöffnet, und die Brauen so gerunzelt, dass die Narbe über dem Auge sich auch verzieht.

»Was guckst du so, bei der brennenden Dunkelheit?«

»Du bist ungewöhnlich«, antwortet er mit monotoner Stimme.

»Ja, das haben mir auch schon andere gesagt.«

Er ist noch immer auf den Knien. Er hält noch immer das kurze Schwert in der zitternden Hand. Wenigstens hat er es nun heruntergenommen und hält es seitlich von sich, sodass an diesem ohnehin schon blutrünstigen Tag nicht noch mehr Blut vergossen wird. Ich setze mich auf den Boden. Ich könnte jetzt etwas Wasser vertragen, aiya. Ich habe einen höllischen Durst. »Kalia, hast du Toq und Z gesehen?«

»Habe ich nicht.«

»Dann sollten wir besser mal nach ihnen suchen.« Ich werfe einen Blick auf den Kameraden von der Garde. »Willst du hierbleiben? Ich brauche jemanden, der mir bei der Suche nach meiner Besatzung hilft.« Ich befingere die Pistole an meiner Hüfte und hoffe, dass er nicht bemerkt, dass sie leer ist. »Oder hast du dich schon für eine Seite entschieden?«

Er steht stöhnend auf und hält sich die blutige Hüfte. »Geh voraus«, sagt er. Seine Stimme klingt undeutlich, als ob er total drauf wäre. »Ich folge dir.«

Ich blicke immer wieder über die Schulter zu ihm zurück, während wir durch den Sand stapfen. Er hält dieses kleine Schwert in der Hand und starrt es an. Ich bin so auf ihn fixiert, dass ich Kalias Schrei kaum höre.

Z liegt in seinen Fallschirm verheddert mitten im Sand, nicht sehr weit von der Stelle entfernt, wo Kalia gelandet ist. Er regt sich nicht. Seine Haut hat nun einen deutlichen Grünton. Und beim Näherkommen rieche ich auch diesen leichten Verwesungsgeruch. Nein.

Kalia rennt zu ihm. Sie packt ihn an der Hüfte und holt eine kleine Wasserflasche heraus – schön mitgedacht, Kalia – und spritzt Z das Wasser ins Gesicht. Es läuft in die Rinnen um die Augen, über die Nase und weiter über die Lippen. Im Sonnenlicht wirken die Wassertropfen wie kleine Juwelen, die über sein Gesicht verteilt sind.

»Er ist nicht tot«, sagt Kalia. »Er kann doch nicht ...«

»Tot, wie er es wollte.« In Blut und Ehre. Nein, verdammt, dieses NecroDing war schon tot; und wie er sagte, liegt keine Ehre darin, es zu bekämpfen. Also liegt auch keine Ehre darin, durch sein Gift zu sterben. Aber es ist ehrenvoll, ein paar Kinder zu beschützen. Damit hat er viel mehr geleistet, als von ihm verlangt wurde. Ihm kommt die Ehre zuteil, der tapferste Bastard zu sein, der jemals die Galaxis durchflogen hat.

»Z.« Ich beuge mich über ihn und packe ihn an den Schultern. »Z, nein! Komm schon! Du bist schon einmal vergiftet worden! Nicht genug Blut und Ehre! Nicht genug …« Plötzlich habe ich einen Kloß im Hals, und ein kreatürliches, schreckliches Gefühl droht mich zu überwältigen. Als ob das ganze unterdrückte Weinen sich plötzlich Bahn brechen und ich in einem Meer aus Tränen ertrinken würde.

Er legt mir die Hand auf die Schulter. Der narbengesichtige Gardist hält sein Seelenschwert mit ausgestrecktem Arm. Als wollte er es mir geben. »Hier.«

»Was?« Er hält mir dieses blöde Langschwert hin, über das noch immer weiß glühende Flammen züngeln.

»Es gibt da … es gibt eine alte Geschichte.« Er verdreht die Augen. »Ich komme mir dumm dabei vor, das überhaupt zu erwähnen, aber es ist etwas Besonderes an dir.« Ich spiele mit dem Gedanken, ihm zu sagen, dass er Unsinn redet, und das mit einem kräftigen Schlag zu quittieren, doch er räuspert sich. »Es heißt, die alten Jorier konnten mit ihren Seelenschwertern nicht nur töten, sondern auch heilen. Ich glaube, du kannst das Sternenfeuer berühren und Wunder vollbringen, genau wie sie.«

Ich reibe mir die Augen. »Verdammter Dummschwätzer.«

»Vielleicht.« Er macht eine Bewegung mit dem Schwert. »Wäre trotzdem einen Versuch wert.«

»Ich bin doch kein Hybrid wie du, du Idiot.« Überhaupt ist das alles die verdammte Schuld dieses Kerls, und ich muss wirklich an mich halten, um ihn nicht zu erwürgen und seinen blöden Gardistenhelm mit einem Stein zu zertrümmern.

Doch er überrascht mich. »Du bist mehr, als ich bin«, sagt er sanft. »Du musst mehr sein, oder es war alles umsonst. Bitte. Leg deine Hand mit meiner auf das Schwert.«

Mehr als … egal, einen Versuch ist es wert. »Was sollen wir jetzt tun?«

»Denke an …« Es tritt ein langes Schweigen ein. Ich vermute, er sucht nach einem Weg, mir einen Zauberspruch der Garde unterzujubeln, um das Sternenfeuer zu beherrschen und den Raum zu krümmen. »Denke an ein Lied.«

»Was?«

»Ein Lied. Du kennst doch irgendwelche Lieder?«

Das ist wirklich zum Lachen. »Ich soll ein Lied singen, während wir das tun?«

»Du sollst nicht singen. Du sollst an ein Lied denken. Du sollst … einfach nur an Musik denken.« Er verzieht das Gesicht. »Weißt du, wie es ist, wenn du Musik hörst? Wenn du dich allmählich in einem Musikstück verlierst? Genau so.«

Die einzigen Songs, die mir einfallen, sind die alten

ordinären Gassenhauer von Bill. Ich öffne den Mund und will ihm schon sagen, dass ich keine Lieder kenne. Vielleicht liegt es an der Luft des Planeten, doch plötzlich höre ich die Stimme meiner Mutter. Sie singt leise, ein Farmerlied mit einem sanften Rhythmus: *Mach den Rücken krumm krumm krumm. Zupf das Unkraut zupf zupf zupf. Mach den Rücken krumm krumm krumm.* In meiner Erinnerung singt sie mich mit dieser leisen, sanften Melodie in den Schlaf.

Ich werde mir bewusst, dass er das Schwert gesenkt hat. Er hat die Spitze in Z' Brust gestoßen, mitten in diese große, schwarze und nässende Quaddel, die der NecroWasp ihm verpasst hat. Das weiße Feuer läuft über das Schwert. Ich halte den Knauf fest. Das Ding ist heiß und vibriert, als ob man einen Scherbenbolzen in der Hand hält.

Ich spüre etwas in mir. Ich werde selbst zu einem Knoten aus Feuer, einem Knoten aus allem – aus Zorn auf alles und jeden, aber auch aus Liebe zu meinen toten Eltern, Liebe zu Bill und Liebe zu Kalia und Toq und sogar zu Z, dem großen Miesmacher.

Und ich höre – ich höre etwas.

Diesmal ist es wirklich die Stimme meiner Mutter. Sie singt ihr kleines Farmerlied. *Zupf, krumm, zupf, krumm.* Aber das Lied hat diesmal eine Melodie, wie ich sie mir bisher nicht einmal vorstellen konnte. Leise, sanfte kleine Noten flirren durch diesen weiten Raum hinter ihrer Stimme. Und dann ändern sie sich, verwandeln sich in dieses Kontralied, dieses Ding, das aus riesigen Räumen besteht. Es füllt ihre Worte aus, türmt sich zu einem Tsunami aus hohen explosiven Noten auf und erzeugt Grundwellen aus leise klimpernden Tönen. Und ich weiß, was das ist. Das ist mehr, als durch einen Knoten zu fliegen. Das ist das Sternenfeuer selbst. Das Lied der Sterne. Das ist es, wovon die Jorier immer gesprochen haben. Und es ist ebenso lieblich wie selbstverständlich. Nur dass ich es bisher einfach nicht gespürt habe. Ich habe überhaupt noch nie eine solche Musik gehört. Niemand hat jemals eine solche Musik gehört.

»Drücken«, sagt er. »Drücke es heraus und in ihn hinein.«

Ich greife in diese Musik mit ihren wirbelnden Takten hinein. Ich übe aber keinen Druck aus, sondern dirigiere sie eher und bündele sie zu einem Strom, der durch das Seelenschwert fließt. Ich schiebe das Lied der Sterne in Z.

Er schnappt nach Luft. Der Gardist zieht das Schwert heraus.

Z setzt sich auf und fasst sich an die Brust. Die Quaddel ist zwar noch immer da, aber sie ist jetzt nur noch eine hässliche Narbe und kein Loch mehr in seiner Brust. Seine Haut ist kalkweiß unter den Tattoos. Aber nicht mehr grün.

»Ich … ich war gestorben.«

»Nicht genug Blut und Ehre«, sage ich, obwohl mir

das Sprechen mit diesem Kloß im Hals schwerfällt. »Wir mussten dich zurückholen.«

»Wo ist Toq?« Er steht auf und sieht sich um.

Ich stehe auch auf. In der Ferne höre ich etwas. Kein Schiff. Aber ein seltsames Geräusch. Ein steter Rhythmus, wie von Füßen, die schnell wie ein Schiff über die Erde stapfen.

»Matakas?«, frage ich. »Vielleicht haben sie wenigstens etwas Wasser dabei.« Ich richte den Blick auf den Gardisten. »Wie ist dein Name, du Prachtjunge?«

»Araskar.«

Wir warten. Drei Leute kommen auf uns zu – auf richtigen Pferden! Ich habe noch nie zuvor ein richtiges Pferd gesehen. Aber ich habe auch noch nie jemanden von den Toten zurückgeholt. Dieser Tag eröffnet mir völlig neue Horizonte.

Sie bleiben etwa dreißig Schritte entfernt stehen. Sind alle in weiße Gewänder gehüllt, die auch die Gesichter verdecken und nur die Augenpartie freilassen. Und sie haben überall diese lustigen kleinen Verzierungen – wie Perlenschnüre. Sie bestehen auch aus echter Materie, soweit ich das sagen kann. Ich habe noch nie Perlen gesehen, die aus Stein, Holz und Knochen bestehen.

Das sind keine Matakas. Es spricht auch einiges dafür, dass Matakas nicht die einzigen Lebewesen auf diesem großen Mond sind – dass es vielleicht noch andere Typen gibt, die in der Wüste rumlaufen und irgendwie zu überleben versuchen. Oder den Matakas als Hilfskräfte dienen.

Nun, die Graue ist erledigt, und dieser Gardist scheint auf meiner Seite zu sein. Und zum Teufel, ich habe gerade meinen Freund von den Toten zurückgeholt. Da werde ich doch jetzt keine Angst haben, mit diesen Neuankömmlingen zu sprechen.

Einer von ihnen kommt angeritten.

Vielleicht liegt es auch nur an meiner Euphorie, aber dieses Pferd ist das Schönste, was ich jemals gesehen habe. Es ist größer als Z, und es hat diese langen knotigen Beine, mit denen es diesen speziellen Trott bewerkstelligt, den ich noch nie gesehen habe. Riesenschritte – mit einer unglaublichen Leichtigkeit. Dieses Ding sieht mich mit glänzenden schwarzen Augen so lange an, dass ich fast den Eindruck bekomme, es ist empfindungsfähig.

Z liegt noch immer auf dem Boden und versucht, sich auf den Armen aufzustützen. Er wirkt noch sehr schwach. Und dieses Pferd reitet beinahe über ihn hinweg. Der Reiter hebt die Hand und lüftet den Schleier. Er – nein, *sie* – hat weiße Haut, die mit diesen schwarzen, verwobenen Tattoos bedeckt ist. Sie ist eine Zarra. Ich erwarte nun, dass sie zum krönenden Abschluss dieses Tages *Blut und Ehre* sagt.

»Wir haben Wasser und Essen«, sagt sie stattdessen. »Wir haben den Jungen gefunden. Es geht ihm gut.« Sie lässt den Blick über uns schweifen. »Wissen die Kurguls, dass ihr hier seid?«

»Sie gehen wohl davon aus, dass sie uns abgeschossen haben.«

»Gut.« Sie reicht Z die Hand. Er steht auf und ergreift sie. »Wir sind viele. Alle, die entkommen sind.«

Araskar

Das Mädchen – Jaqi – und die Kinder, Toq und Kalia, und dieser gewaltige Zarra sitzen zusammen mit unseren Gastgebern am Feuer.

Ich beobachte die Szenerie. Die Leute hier sind ein Gemisch aus allen möglichen Spezies. Zarra. Rorgs. Große, knochige Grevans mit schmalen Gesichtern und Fangzähnen. Keekuks, die »Crickets«, mit ihren segmentierten elastischen Beinen. Und sogar ein paar Menschen. Haut, Schuppen, tief liegende Augen und Knochengrate auf dem Kopf leuchten im Schein des Feuers und zeichnen einzigartige Schatten auf jedes Gesicht, ob weich und rund oder hart und kantig. Doch alle blicken staunend auf Jaqi und die Kinder. Sie sind alle hierhergekommen, zu diesem rauen Ort am Ende des Universums, wo sie jeden Tag ums Überleben kämpfen müssen. Die jungen Matakas betrinken sich bestimmt und kommen dann hierher, um ihr Mütchen zu kühlen – aber das nehmen sie in Kauf für ihre Isolation. Obwohl die Suits vielleicht sogar Jagd auf sie machen, wenn sie organische Materie brauchen. Sie sind alle hierhergekommen, um zu überleben. Und als

Jaqi und die Kinder ihre Geschichte erzählen und mir dabei immer wieder verzagte Blicke zuwerfen, bekundet die Runde in verschiedenen Zungen ihre Zustimmung.

Ein guter Ort, um Zuflucht zu suchen.

Ich wünschte, ich könnte vergessen, dass ich nicht aus freien Stücken hier bin.

Ich entferne mich vom Lagerfeuer.

Ich wandere hinaus in die Wüste. Nur ein paar Schritte, und ich spüre die Wärme des Feuers nicht mehr; ich friere und bekomme eine Gänsehaut am ganzen Körper. Die Luft ist frisch und bitterkalt, als ob sie die ganze Leere der Wilden Welten herantragen würde.

Meine Hand wandert zum Knauf des kurzen Seelenschwerts.

Rashiyas Erinnerungen brodeln noch immer in mir. Als Hybrid bedeutet einem sein Leben nicht sonderlich viel. Deshalb kann ich nicht aufhören, ihre Erinnerungen zu durchleben, weil ihr – wie dumm von ihr – mein Leben etwas bedeutet hat. Sie mag Daddys kleines Mädchen gewesen sein. Doch als sie sich dem Widerstand anschloss, brach sie den Kontakt zu ihm vollständig ab und ließ nichts mehr von sich hören. Sie war eine von uns – zumindest für eine Weile. Unser Bataillon war eine Art Familie für sie. Sie war uns in Liebe verbunden, trauerte über den Verlust ihrer Freunde, wie ich den Verlust meiner Freunde betrauerte, und dann entspannten sich zarte Bande zwischen uns, als ob wir wirklich aus derselben Charge stammten.

Sie hätte mich auf Irithessa nicht retten sollen. Es wäre besser für uns alle gewesen, wenn diese Kurguls mir einen Kopfschuss verpasst hätten. Wie einfach die Dinge jetzt wären.

Ich ziehe das Seelenschwert und wende es. Es reflektiert das helle Licht des Suit-Planeten, der die Hälfte des Himmels einnimmt. Ich frage mich, welche Erinnerungen ich dort wohl deponiert habe. Ich habe meine Erinnerungen noch nicht nach fehlenden Elementen durchsucht.

»Willst du wirklich vor den Sensenmann treten?«

Ich höre die Musik um sie herum, und ich drehe mich um und starre sie an. Das Mädchen ist ein Quell der Musik. Die Musik ist faszinierend in ihrer Komplexität und wunderschön in ihrer Einfachheit - wie ein einsamer Ton zu einer Flut aus Klängen anschwillt.

»Willst du wirklich sterben?«

Ich recke die Klinge in die Luft, bleibe ihr aber eine Antwort schuldig. Sie hat recht. Verdammt recht. Ich will wirklich sterben. Es ist nicht fair, dass alle meine Freunde, alle meine Kameraden, tot sind und dass ich hier das Richtige tun will und deshalb weiterlebe.

»Araskar«, sagt sie. Sagt meinen Namen. »Du hast ein paar gute Gründe zum Leben – die Kinder zum Beispiel. Du hast sie gerettet. Du weißt, dass wir ein großes Geheimnis hüten? Du solltest es sehen – es ist eine Sternenkarte, eine sehr alte Karte, aus der Zeit der ersten Jorier. Und halte uns nicht für undankbar. Denn ich weiß, dass du viel dafür riskiert hast, das Richtige zu tun.«

Auch darauf gehe ich nicht ein. »Ich würde schon gern einen Blick auf diese Sternenkarte werfen«, sage ich schließlich, um überhaupt etwas zu sagen. Ich richte den Blick auf die Sterne jenseits der großen Welt der Suits. Die Dunkle Zone geht eben auf, als dunkler Fleck hinter dem weißen Rand des Mainframe-Planeten.

»Und es gibt noch mehr zu tun. Ich habe diese Sternenkarte gesehen. Sie erwähnten eine Prophezeiung und sprachen von einer ominösen Dunklen Zone. Du gehörst doch zur Garde – was weißt du darüber?«

»Über das Dritte Buch von Joria?«

»Ich glaube, so hieß es.«

»Ich bin kein Lesefuchs«, sage ich und erinnere mich daran, wie der alte John Starfire davon gefaselt hatte. Ich frage mich, ob er wirklich jemals ernsthaft geglaubt hat, dass er der Mann in der Prophezeiung sei. »Ich kenne Leute, die daran glauben.«

»Stimmt, aber meiner Meinung nach ist das reine Idiotie. Wenn ich mir das so ansehe, euch, die Garde, Kalia, diese Betschwester, und Z mit seinem Wahn von Blut und Ehre, kann ich auf Religion gut verzichten.« Sie setzt sich in den Sand, ganz in meiner Nähe.

»Die Prophezeiung ist vielleicht Unsinn, aber …« Das Wissen tröpfelt in mein Bewusstsein – die Geheimnisse, die Rashiyas Vater bewahren wollte. »John Starfire hat Frieden mit den Shir geschlossen, indem er ihnen mehr zu fressen versprach. Es war ein Kompromiss. Jahrelang hat die Navy die Shir bekämpft und so die Ausbreitung der Dunklen Zone verhindert. John Starfire musste jedoch einen Preis zahlen. Er hat ihnen ein Versprechen gegeben…« Die Worte tröpfeln in meinen Kopf. »Er hat ihnen versprochen, dass sie sich über die Wilden Welten hermachen dürfen.«

»Noch mehr von diesen Teufeln?« Sie schaudert. »Er will sie loslassen?«

»Er will die Kontrolle über die Galaxis erlangen und sich seiner Konkurrenten entledigen. Fürs Erste rangieren die Shir für ihn unter ›ferner liefen‹. Er wird sich dieser Bedrohung später annehmen, wenn er sein Drittes Imperium errichtet.« Bisher hat sie auch mit keinem Wort meine undeutliche Aussprache erwähnt. Ich mag dieses Mädchen.

»Du weißt, was die Shir sind?«, fragt sie. »Hast du das in deinen … Studien herausgefunden?«

»Nein«, erwiderte ich. John Starfire weiß es, aber er hat es Rashiya nicht gesagt. Höherentwickeltes Leben? Vielleicht sogar empfindungsfähig? »Sie fressen Leben. Planeten, Sterne, Leute. Das Imperium hat sich für sie als Studienobjekt nicht interessiert, sondern sie nur eingedämmt.«

»Wir sind in diese Dunkle Zone gesprungen. Ich habe einen von ihnen gesehen. Es war … wirklich zum Fürchten, und es war hungrig.«

»Milliarden Leute werden sterben, wenn nicht mehr.

Er wird trotzdem sein Drittes Imperium errichten. Bis die Shir irgendwann seiner Kontrolle entgleiten.«

»Wofür zum Teufel willst du dann sterben, wenn du das vielleicht verhindern kannst? Ich sehe das so: Nachdem du dein ganzes Leben als Soldat im Dienste eines Irren verbracht hast, hast du jetzt einiges wieder auszubügeln.«

Ich drehe mich zu ihr um. »Auf den Widerstand lasse ich nichts kommen. Wir haben alles gegeben, um so kleine Hosenscheißer wie dich zu befreien.« Ich verkneife es mir, zu sagen: *Du hättest auf unserer Seite kämpfen müssen, wenn du wirklich für die Rechte der Hybriden einstehen würdest.*

»Und warum seid ihr dann alle verrückt geworden?«

»Sind wir doch gar nicht. Jedenfalls nicht alle.« Sie sieht mich an, als ob sie es mit einem Idioten zu tun hätte. »Ich wusste schließlich nicht, was John Starfire wirklich vorhat. Und da bin ich nicht der Einzige. Es gibt noch immer gute Hybriden im Widerstand, die bereit sind, sich für eine wirklich gerechte Sache einzusetzen. Es gibt viele, die noch an das Gute glauben.«

»Genau deshalb müssen wir doch kämpfen, Mann!«

»Und wenn wir ihnen klarmachen könnten, dass John Starfire gar nicht derjenige ist, von dem in der Prophezeiung die Rede ist …«

»Ich bin nicht die Erlöserin«, unterbricht sie mich mitten im Satz. »Kann nicht sein. Nicht ich. Ich würde mich bei der Rettung des Universums verspäten oder betrunken aufkreuzen oder sonst irgendeinen Mist bauen.«

Dieses Mädchen hat außer ihren sonstigen Qualitäten auch noch Haare auf den Zähnen. »Deine Gefolgsleute werden es aber glauben, und du musst dich auch so verhalten – ob du nun eine Heldin bist oder nicht.«

Was sagt man denn dazu? Da verwende ich John Starfires Worte nun gegen ihn.

Sie richtet den Blick nach oben auf Trace, als ob er ihr gleich auf den Kopf fallen würde. »Verdammte Idioten, ihr alle. Jedenfalls haben wir eine Sternenkarte von dem Gebiet, das heute die Dunkle Zone ist. Vielleicht finden die Suits oder sonst jemand heraus, was früher dort gewesen ist und woher die Shir kamen. Sobald du weißt, wo sie herkommen, kannst du deine Freunde vom Widerstand kontaktieren, und dann …« Sie runzelt die Stirn. »Wie nennt man das, wenn man Widerstand gegen einen Widerstand organisiert?«

»Gegen-Widerstand?«

Sie runzelt die Stirn. »Gibt's denn nicht einen cooleren Begriff dafür?«

»Resistenz in der Résistance?«

»Halt lieber den Mund, Penner, wenn nichts Gescheites rauskommt.«

»Wieso lässt du dir denn nicht etwas Besseres einfallen?« Ich betrachte sie ausgiebig. Ihr Gesicht leuchtet schwach im Widerschein des Planetenlichts – wie matt glänzendes Make-up auf der fast schwarzen Haut. »Du hast Hoffnung«, sage ich leise.

»Hab' ja sonst nichts anderes. Da kann ich mich ruhig an die Hoffnung klammern. Hier. Kannst du Gitarre spielen?«

Erst jetzt bemerke ich das Instrument, das sie mitgebracht hat. Es liegt neben ihr im Sand und reflektiert das Licht.

»Nein, kann ich nicht.«

»Dann lerne es«, sagt sie und gibt mir das Instrument. »Ich habe keine Zeit dafür, denn dieses Kind will mir unbedingt das Lesen beibringen. Wir werden musikalische Begleitung auf dieser Reise brauchen, und du führst das Wort ›Musik‹ doch ständig im Munde.« Sie streckt die Hand nach mir aus und hält dann inne. Schließlich berührt sie die Narbe in meinem Gesicht. »Es war schwer, sich gegen deine Freunde zu stellen, aiya?«

Ich schlucke, und die Synthohaut-Zunge zuckt. »Ja.«

Mein Blick ruht noch auf der Gitarre, lange, nachdem sie gegangen ist. Sieht Hoffnung etwa so aus? Nur Holz und Saiten – aber voller Töne, die erklingen möchten, voller Lieder, die gespielt werden möchten, ganze fulminante Suiten, die ich erlernen muss.

Jaqi

Ein schräger Vogel, dieser Typ. Ich möchte ihm am liebsten noch immer eine reinhauen, aber dann sage ich mir, Schwamm drüber. Er hat uns schließlich alle gerettet und ist zum Verräter an der stärksten Macht der Galaxis geworden. Und er versteht es, diese Klinge zu führen.

Ich gehe wieder zur Runde am Lagerfeuer zurück. Die Kinder schlafen an Z' Schultern gelehnt. Und die anderen, unsere neuen Freunde, unterhalten sich leise. In einer Vielzahl von Sprachen. Ich verstehe auch ein paar – ich glaube, ich beherrsche sogar mehr Sprachen als Kalia. Das verschafft mir eine gewisse Genugtuung, wenn ich bedenke, dass sie so überaus belesen ist.

Ich halte mich aber nicht lange damit auf, Z anzusehen, über die Ereignisse des heutigen Tages zu sinnieren oder darüber, was gerade geschehen ist. Es wird noch einige Zeit dauern, bis mein kleines dummes Gehirn das alles verarbeitet hat. Ich habe einen großen alten Macker von den Toten zurückgeholt. Das kann sich wirklich sehen lassen, ist aber auch eine Bestätigung dessen, dass ich doch eine Heldin bin.

Nein, ich werde morgen darüber nachdenken. Ich setze mich wieder hin.

»Hier«, sagt einer der Stammesangehörigen; ein Typ mit einer Knochenmaske vor dem schuppigen Gesicht, durch die nur die kleinen gelben Augen zu sehen sind.

»Hier was?«

»Nahrung. Von den Gärten. Du kommst von weit her, und wir möchten dir etwas Besonderes bieten.«

»Ihr habt uns schon reichlich von diesem Pferdefleisch zu essen gegeben, und das war auf jeden Fall besser als ein Protein…« Mir stockt der Atem, als ich sehe, was er da hat.

»Das ist etwas Besonderes. Um dich willkommen zu heißen.«

Er lässt nun das, was er in der Hand hat, in meine fallen. Es ist fest und nachgiebig zugleich. Die glatte Haut leuchtet im Widerschein des Feuers, und ich sehe es mir von allen Seiten an.

Ich werde vielleicht nie ein normales Leben führen, aber das Universum entschädigt mich in diesem Moment dafür.

Es ist eine Tomate.

DAS ABENTEUER GEHT WEITER IN:

SPENCER ELLSWORTH

STARFIRE REBELLION

DANKSAGUNG

Ein großes Dankeschön an meine Lektorin Beth Meacham. Vermutlich dankt jeder Autor seinem Lektor dafür, dass er »sich um das Manuskript gekümmert« hat, aber in meinem Fall ist das mehr denn je so, denn der erste Entwurf, den Beth zu sehen bekam, war roh und unbearbeitet, aber sie hat darin trotzdem eine Geschichte gesehen. Vielen Dank an alle bei Tor.com, die bei der Geburt der *Starfire*-Trilogie geholfen und Werbung dafür gemacht haben, und an Sparth für das tolle Cover. Danke an Superagentin Sara Megibow, die jede noch so unwichtige Frage beantwortet hat und außerdem immer dafür kämpft, dass meine Bücher ihre Wege zu den Lesern finden. Sie ist nicht nur eine Agentin – sie ist eine *Superagentin!*

Großer Dank geht auch an Cascade Writers, dem besten verdammten Schreibworkshop der Welt, bei dem ich besagte Lektorin und besagte Superagentin kennengelernt habe.

Ein Dankeschön von der Größe eines zwei Tonnen schweren Wollmammuts geht an Langley Hyde, meinem

Testleser Nummer 1 und Ideenlieferanten für *Starfire*, dem immer etwas einfiel, wie man die Geschichte noch größer machen könnte. Eigentlich solltest du als Koautor genannt werden, aber ich hoffe, du gibst dich auch mit einem Latte macchiato und einem Muffin zum Sonntagsfrühstück zufrieden.

Besonderer Dank gilt meinem Dad, der jede meiner Geschichten, von »Super Tiger« bis zu dieser hier, gelesen und mich beim Schreiben angefeuert hat. Danke, Papa! Vielen Dank auch an meine Schwestern, Brüder und meine Mutter, die meine Geschichten gelesen und mir die letzten 20 Jahre Mut gemacht haben. Und zum Schluss: aller Dank geht an Chrissy, Aida, Sam und Brigitta. Eure Liebe strömt in jedes Wort.